DU MÊME AUTEUR

Aux Éditions Gallimard

Romans

INTRODUCTION À LA MORT FRANÇAISE, coll. « L'Infini », 2001.

ÉVOLUER PARMI LES AVALANCHES, coll. « L'Infini », 2003.

CERCLE, coll. « L'Infini », 2007 (« Folio » n° 4857). Prix Décembre.

JAN KARSKI, coll. « L'Infini », 2009 (« Folio » n° 5178). Prix Interallié.

LES RENARDS PÂLES, coll. « L'Infini », 2013 (« Folio » n° 5889).

JE CHERCHE L'ITALIE, coll. « L'Infini », 2015 (« Folio » n° 6218).

Essais

PRÉLUDE À LA DÉLIVRANCE, de Yannick Haenel et François Meyronnis, coll. « L'Infini », 2009.

Collectifs

LIGNE DE RISQUE, 1997-2005, sous la direction de Yannick Haenel et François Meyronnis, coll. « L'Infini », 2005.

Entretiens

Philippe Sollers, POKER, entretiens avec la revue *Ligne de risque*, avec la collaboration de François Meyronnis, coll. « L'Infini », 2005.

Chez d'autres éditeurs

À MON SEUL DÉSIR, Éditions Argol/Réunion des Musées Nationaux, 2005.

LES PETITS SOLDATS, Éditions de La Table Ronde, 1996 (La Petite Vermillon, 2004).

LE SENS DU CALME, Mercure de France, coll. « Traits et portraits », 2011 (« Folio » n° 5508).

L'Infini

Collection dirigée
par Philippe Sollers

YANNICK HAENEL

TIENS FERME
TA COURONNE

roman

GALLIMARD

DES FILMS

PREMIÈRE PARTIE

DES FAITS

1

Le daim blanc

À cette époque, j'étais fou. J'avais dans mes valises un scénario de sept cents pages sur la vie de Melville : Herman Melville, l'auteur de *Moby Dick,* le plus grand écrivain américain, celui qui, en lançant le capitaine Achab sur les traces de la baleine blanche, avait allumé une mutinerie aux dimensions du monde, et offert à travers ses livres des tourbillons de prophéties auxquels je m'accrochais depuis des années ; Melville dont la vie avait été une continuelle catastrophe, qui n'avait fait à chaque instant que se battre contre l'idée de son propre suicide et, après avoir vécu des aventures fabuleuses dans les mers du Sud et connu le succès en les racontant, s'était soudain *converti à la littérature,* c'est-à-dire à une conception de la parole comme vérité, et avait écrit *Mardi,* que personne n'avait lu, puis *Pierre ou les Ambiguïtés,* que personne n'avait lu, puis *Le Grand Escroc,* que personne n'avait lu, avant de se cloîtrer pour les dix-neuf dernières années de sa vie dans un bureau des douanes de New York, et de déclarer à son ami Nathaniel Hawthorne : « Quand bien même j'écrirais les Évangiles en ce siècle, je finirais dans le ruisseau. »

J'étais fou peut-être, mais j'avais écrit ce scénario pour faire entendre ce qui habite la solitude d'un écrivain ; je savais bien qu'une telle chose échappe à la représentation : personne n'est capable de témoigner pour la pensée de quelqu'un d'autre parce que la pensée existe précisément hors témoin ; pourtant c'est ce que j'avais tenté de faire entendre dans mon scénario : la pensée de Melville — la population de ses pensées.

Cette population de pensées est un monde, et même les livres écrits et publiés par Melville ne suffisent pas à donner une idée de l'immensité qui peuple la tête d'un écrivain comme lui. D'ailleurs, il y a une phrase de *Moby Dick* qui évoque ce débordement : à propos du cachalot, elle parle de « l'intérieur mystiquement alvéolé de sa tête ». Eh bien, c'est précisément de cela que traitait mon scénario : *l'intérieur mystiquement alvéolé de la tête de Melville.*

J'avais conscience, en discutant avec des producteurs, qu'il n'était pas facile de se représenter le sujet de mon scénario et lorsque, à un moment de la conversation, l'un d'eux finissait par dire : « Mais de quoi ça parle ? », j'aimais beaucoup dire que ça parlait de ça : « l'intérieur mystiquement alvéolé de la tête de Melville ».

Était-ce le mot « mystiquement » ou le mot « alvéolé » qui provoquait leur stupeur ? Aucun producteur, bien sûr, ne donnait suite. Mais je ne me décourageais pas : lorsqu'on agit contre son propre intérêt (lorsqu'on se sabote), c'est toujours par fidélité à une chose plus obscure dont on sait secrètement qu'elle a raison. Après tout, ce qui est très précieux est aussi difficile que rare.

Et puis, à l'époque, je ne cherchais pas tellement à plaire, ni même à être reconnu : ce que je cherchais, c'était quelqu'un qui ne ricane pas quand on lui parle de l'intérieur mystiquement alvéolé d'une tête ; quelqu'un qui ne me regarde pas comme si j'étais fou (même si je l'étais) ; quelqu'un qui n'ait pas envie de tapoter sur son téléphone ou de penser à son prochain rendez-vous en faisant mine de m'écouter ; quelqu'un qui, si l'on prononce devant lui ces mots : « l'intérieur mystiquement alvéolé d'une tête », se contente de sourire, parce que ces mots lui plaisent ou parce qu'il voit très bien de quoi il s'agit. Mais ce quelqu'un, s'il existe, ne pouvait qu'avoir lui-même l'intérieur de la tête mystiquement alvéolé.

Bref, j'étais seul, et *The Great Melville* était en train de rejoindre l'immense troupeau des scénarios abandonnés. Il existe quelque part une steppe couverte de poussière et d'os, on dirait un ciel, on dirait la lune, où sont stockés les scénarios en exil : possible qu'ils attendent, un peu éteints déjà, le regard d'un acteur, d'une actrice, d'un producteur, d'un metteur en scène, mais en général leur solitude est sans appel, et la poussière efface peu à peu leur clarté.

La plupart de mes amis trouvaient ce scénario insensé. Ils trouvaient que c'était insensé de ma part de consacrer mon temps à un projet aussi peu *crédible* : selon eux, il ne viendrait à personne l'idée de faire un film à partir de ce scénario, personne n'aurait jamais envie de voir la vie d'un écrivain qui échoue ; et d'ailleurs mes amis n'avaient pas envie de me voir moi-même échouer à cause de cette histoire. Selon eux, il aurait été plus judicieux que j'écrive un livre sur Melville, par exemple une *biographie*, mais pas un *scénario* : le scénario, c'est la mort de l'écrivain, me disaient-ils ; le moment où les écrivains se mettent à rêver de cinéma est précisément celui qui marque leur mort en tant qu'écrivains ; le signe de la ruine, pour un écrivain, ruine financière, et surtout ruine morale, ruine psychique, ruine mentale, c'est lorsqu'il se met en tête d'écrire un scénario.

Mais moi, le scénario, je l'avais déjà écrit : je n'avais plus rien à craindre. Quelle ruine pouvais-je redouter ? J'avais écrit des romans, j'en écrirais encore — j'avais mille idées de roman en tête, mais d'abord je voulais vivre l'aventure de ce scénario jusqu'au bout, je tenais à *The Great Melville*, je tenais à parler de la solitude de l'écrivain et du caractère mystique de cette solitude, je voulais faire entendre ce qu'il y a à l'intérieur d'une tête mystiquement alvéolée.

Car les gens, et même mes amis, voient les écrivains comme de simples raconteurs, éventuellement comme de bons raconteurs qui ont éventuellement des idées singulières, voire passionnantes, sur la vie et la mort. Sauf qu'un type dont l'intérieur de la tête est mystiquement alvéolé, en général ils trouvent ça *exagéré*.

Bref, à l'époque, tout le monde pensait précisément cela : que j'exagérais. Je ne faisais rien pour convaincre qui que ce soit du contraire : j'avais mon idée fixe. Car bien sûr *The Great Melville* était un film impossible, mais justement, l'impossible était le sujet du scénario.

Au fond, un écrivain — un véritable écrivain (Melville, et aussi Kafka, me disais-je, ou Lowry ou Joyce : oui,

Melville, Kafka, Lowry, Joyce, très exactement ces quatre-là, et je répétais leur nom à mes amis et aux producteurs que je rencontrais) — est quelqu'un qui voue sa vie à l'impossible. Quelqu'un qui fait une expérience fondamentale avec la parole (qui trouve dans la parole un passage pour l'impossible). Quelqu'un à qui il arrive quelque chose qui n'a lieu que sur le plan de l'impossible. Et ce n'est pas parce que cette chose est impossible qu'elle ne lui arrive pas : au contraire, l'impossible lui arrive parce que sa solitude (c'est-à-dire son expérience avec la parole) est telle que ce genre de chose inconcevable peut avoir lieu, et qu'elle a lieu à travers les phrases, à travers les livres qu'il écrit, phrases et livres qui, même s'ils ont l'air de parler d'autre chose, ne parlent secrètement que de ça.

Un écrivain, me disais-je, disais-je à mes amis, ainsi qu'aux rares producteurs avec qui je réussissais à obtenir un rendez-vous pour parler de *The Great Melville*, un écrivain (Melville, et aussi Kafka ou Hölderlin, Walser ou Beckett — car je variais ma liste) est quelqu'un dont la solitude manifeste un rapport avec la vérité et qui s'y voue à chaque instant, même si cet instant relève de la légère tribulation, même si cette vérité lui échappe et lui paraît obscure, voire démente ; un écrivain est quelqu'un qui, même s'il existe à peine aux yeux du monde, sait entendre au cœur de celui-ci la beauté en même temps que le crime, et qui porte en lui, avec humour ou désolation, à travers les pensées les plus révolutionnaires ou les plus dépressives, un certain destin de l'être.

Je dois dire que lorsque je prononçais les mots « destin

de l'être », même mes amis les plus bienveillants semblaient découragés. Sans doute y voyaient-ils une présomption délirante, mais qu'y a-t-il de plus simple (et de plus compliqué, bien sûr) que l'être ? Qu'y a-t-il de plus important que d'engager sa vie dans l'être et de veiller à ce que chaque instant de sa vie dialogue avec cette dimension ? Car alors, nous n'avons plus seulement une vie, mais une existence : nous existons enfin.

Je me disais qu'un écrivain, du moins Melville ou Hamsun ou Proust ou Dostoïevski (je fais beaucoup d'efforts pour varier ma liste), est quelqu'un qui fait coïncider son expérience de la parole avec une expérience de l'être ; et qu'au fond, grâce à sa disponibilité permanente à la parole — à ce qui vient quand il écrit —, il ouvre son existence tout entière, qu'il le veuille ou non, à une telle expérience.

Que celle-ci soit illuminée par Dieu ou au contraire par la mort de Dieu, qu'elle soit habitée ou désertée, qu'elle consiste à se laisser absorber par le tronc d'un arbre ou par des sillons dans la neige, à s'ouvrir au cœur démesuré d'une femme étrange ou à déchiffrer des signes sur les murs, elle porte en elle quelque chose d'illimité qui la destine à être elle-même un monde, et donc à modifier l'histoire du monde.

Je me perdais un peu dans ma démonstration, mais je ne perdais pas de vue une chose, la plus importante pour moi : à travers Melville, s'écrivait quelque chose du destin de l'être. La preuve, c'est que sa tête était mystiquement alvéolée.

Je me souviens d'une amie qui prétendait que l'absolu n'est qu'une illusion, une manière de se « monter le bourrichon », comme dit Flaubert (elle citait Flaubert). Selon elle, Melville, avant d'être éventuellement le saint que j'imaginais, était surtout un type normal, avec sa routine, ses fatigues et ses emportements : un type adossé à un mur, qui ne faisait que spéculer sur l'existence d'un trou dans ce mur. Elle avait raison, mais moi, cette spéculation, ce trou dans le mur, même infime, ça me suffisait. Il me suffisait de penser qu'il y a un trou dans le mur pour que le mur ne m'intéresse plus et que toutes mes pensées se destinent au trou. Celui ou celle qui un jour a vu un trou dans le mur, ou qui l'a simplement imaginé, est voué à vivre avec cette idée du trou dans le mur, et il est impossible de vivre avec cette idée du trou dans le mur sans lui consacrer entièrement sa vie, voilà ce que je disais à cette amie, ce que je répétais à la plupart de mes amis, et aux producteurs qui faisaient mine de s'intéresser à ce scénario que j'avais appelé *The Great Melville*.

Alors voilà : un jour, j'avais entendu une phrase de Melville qui disait qu'en ce monde de mensonges, la vérité était forcée de fuir dans les bois comme un daim blanc effarouché, et j'avais pensé à ce film de Michael Cimino qu'on appelle en France *Voyage au bout de l'enfer*, mais dont le titre original est *The Deer Hunter*, c'est-à-dire le chasseur de daim.

Dans ce film qui porte sur la guerre du Vietnam, où de longues scènes de roulette russe jouées par Christopher Walken donnent à cette guerre absurde la dimension d'un suicide collectif, le chasseur, joué par Robert De Niro, poursuit un daim à travers les forêts du nord de l'Amérique ; lorsque enfin il le rattrape, lorsque celui-ci est dans son viseur, il s'abstient de tirer.

Comme dans certaines légendes, comme dans l'histoire de saint Julien l'Hospitalier où le grand cerf désarme le sacrificateur, le daim épargné par De Niro dans le film de Cimino est le survivant d'un monde régi par le crime, il témoigne d'une vérité cachée dans les bois, de quelque chose qui déborde la criminalité du monde et qui, en un sens, lui tient tête : l'innocence qui échappe à une Amérique absorbée dans son suicide guerrier. Car le daim, en échappant au sacrifice, révèle avant tout ce qui le menace, c'est-à-dire le monde devenu entièrement la proie d'un sacrifice.

Cet après-midi-là, je me suis dit : ce daim, c'est Melville — c'est Melville-Kafka-Lowry-Joyce ou Melville-Hölderlin-Walser-Beckett ou encore Melville-Hamsun-Proust-Dostoïevski —, c'est le destin de la littérature, son incarnation mystique, peut-être même sa tête alvéolée.

J'étais dans ma voiture, avec la radio allumée, et c'est en écoutant France Culture que j'avais entendu Tiphaine Samoyault, un écrivain que j'aime, citer cette phrase de Melville à propos de la vérité qui doit fuir dans les bois comme un daim blanc effarouché. Elle expliquait très brillamment que cette conception de la vérité était proche de celle des Grecs, et de ce que Parménide nommait l'*alètheia*, la vérité comme voilement-dévoilement. La vérité n'est pas un concept immuable, elle apparaît et disparaît, c'est une épiphanie, elle n'existe qu'à travers l'éclair qui la rend possible. J'étais absolument passionné par ce que j'entendais, et dans ma tête, avec tous les noms qui ne cessent d'y galoper nuit et jour et ne cessent de *former des rapports*, voici qu'un daim blanc s'était mis à traverser les kilomètres de forêts sur lesquelles mes pensées, nuit et jour, se concentrent (ma tête est une forêt de noms propres, d'où ma fatigue).

En même temps qu'au daim qui apparaît dans *The Deer Hunter* de Cimino et qui semble, en s'immobilisant face à Robert De Niro, exposer la vérité même de la folie des hommes, j'ai pensé au *Cavalier polonais* de Rembrandt, qu'on voit à New York, à la Frick Collection, sans doute à cause de la blancheur effarouchée du cheval arrêté au milieu des ténèbres, comme si la guerre était suspendue quelques instants et qu'à la place de l'hécatombe surgissait, en un bref éclair, la lumière de la vérité.

Mais si je commence à vous parler de tout ce qui me vient, si je vous détaille toutes mes pensées, et comment et pourquoi elles m'arrivent, si je vous parle de leur simulta-néité, cette histoire n'en finira plus.

2

Michael Cimino

Quelques heures plus tard, tandis que vers 3 heures du matin j'errais dans l'appartement en quête d'un reste de vodka, ouvrais et refermais le frigo en pestant contre le fait qu'il n'y avait jamais rien à manger chez moi et que j'allais devoir une fois de plus sortir en pleine nuit pour engloutir un Big Mac au McDonald's de la porte de Bagnolet, j'ai pensé, avec une simplicité qui aujourd'hui encore me paraît extravagant, qu'il fallait que je donne à lire *The Great Melville* à Michael Cimino.

Oui, il fallait absolument que Cimino lise mon scénario, c'était une évidence : entre Melville et Cimino, il y avait un rapport absolument crucial, décisif même. Comment n'y avais-je pas pensé plus tôt : il *fallait* que Michael Cimino lise *The Great Melville*, parce qu'il incarnait dans le cinéma américain ce que Melville avait incarné dans la littérature américaine, il était le dernier grand metteur en scène américain, le seul peut-être à avoir porté, ces trente ou quarante dernières années, un monde qui était à lui seul une expérience, et ce monde, cette expérience, c'était le secret de la fondation de l'Amérique, son destin criminel : le génocide des Indiens, la démence de l'impérialisme militaire au Vietnam, et tous les crimes sur lesquels était fondée en secret la démocratie.

Oui, Cimino, à travers ses films, *The Deer Hunter*, mais aussi *Heaven's Gate* (*La Porte du paradis*) et même *The Sunchaser*, explorait l'échec du rêve américain, la manière dont cette nation faite de toutes les nations, cette terre d'émigrés qui promettait de devenir le pays de tous les immigrés, une sorte d'utopie des minorités telle que précisément on la perçoit dans les romans de Melville, s'était retournée contre l'idée même d'émigration universelle et avait systématiquement écrasé ceux qui s'obstinaient à en poursuivre le rêve, c'est-à-dire avant tout les pauvres.

Je mordais dans mon Big Mac, assis sur un tabouret du McDonald's de la porte de Bagnolet, et je me disais que Cimino, tout comme Melville, était l'un des noms propres de l'histoire tout à la fois sanglante et immaculée du daim, il en était l'incarnation américaine, il était le daim blanc qui passe, effarouché, dans la forêt d'Hollywood et qui se retrouve dans le viseur de tous ceux à qui l'idée même de daim sera toujours insupportable.

Car Michael Cimino, après avoir triomphé dans le monde entier avec *The Deer Hunter*, avoir raflé des oscars et être devenu le nom même, l'incarnation, l'avenir du cinéma américain, avait subi, avec son film suivant — *Heaven's Gate* —, l'un des échecs les plus terribles de l'histoire du cinéma, un véritable désastre qui avait fait de lui tout simplement un *paria*.

21

Comme Melville, qui avait d'abord connu une gloire facile, puis avait sombré dans l'échec à partir du moment où il s'était mis à écrire *depuis la vérité* (en faisant parler en lui le daim blanc effarouché), Cimino avait approché cette vérité même qu'il y a dans l'échec, et sans doute s'était-il mis à ne plus séparer échec et vérité, à ne considérer la vérité qu'en rapport avec l'échec qui la révèle, comme un daim blanc effarouché qui traverse, indemne, cette forêt criminelle qu'on nomme l'humanité.

Pendant le tournage de *Heaven's Gate*, Cimino avait fait « exploser le budget », comme on dit dans ces cas-là, et les studios le lui avaient d'autant moins pardonné que le film avait été un échec commercial. Mais je crois que le bannissement de Cimino avait une autre raison, plus profonde : on lui avait tout simplement fait payer ce qu'il dévoilait dans son film, c'est-à-dire la mise à mort des immigrants d'Europe de l'Est par les propriétaires terriens de la jeune Amérique.

Heaven's Gate racontait la guerre civile qui avait éclaté en 1890 dans le comté de Johnson, Wyoming, et avait abouti au massacre des populations civiles pauvres venues de Pologne et d'Ukraine par des milices payées par les capitalistes de la région. Ce que racontait le film de Cimino, c'était que l'Amérique, après la liquidation des peuples indiens, avait continué à se fonder sur un programme d'extermination ; et que le capitalisme n'était pas l'expression du rêve de cette jeune nation mais, déjà, son cauchemar.

Il était évident, du moins à mes yeux, que Michael Cimino m'écouterait parler de mon scénario sans tapoter sur son téléphone, sans penser à son prochain rendez-vous, et qu'il était le seul qui, lorsque je parlerais de la tête de Melville, de l'intérieur mystiquement alvéolé de cette tête, n'éclaterait pas de rire. Car lui-même, Michael Cimino, je le comprenais soudain en avalant un verre de vodka achetée à l'épicerie de nuit de la porte de Bagnolet, et souriais tout seul à cette pensée : lui-même, Michael Cimino, était à coup sûr quelqu'un dont l'intérieur de la tête était mystiquement alvéolé.

À partir de cette nuit-là, j'ai repris espoir. Au lieu de raconter à n'importe qui mon scénario, j'ai cessé d'en parler et me suis mis à chercher comment il était possible de contacter Michael Cimino.

J'ai vite compris qu'il avait disparu de la circulation. On le disait ruiné, malade, on disait aussi que plus personne ne voulait produire ses films, et qu'il s'était tourné vers la littérature. Il vivait dans une ferme du Montana, ou une cabane, on ne savait pas très bien. On disait aussi qu'il ne sortait jamais de sa piscine et que personne depuis plus de trente ans n'avait vu ses yeux qui, imperturbablement, se masquaient derrière des lunettes noires, comme si cet écran sur son visage donnait à voir, avec une constance qui relevait de la bouderie la plus radicale (une bouderie mythologique, comme celle d'Achille), le fait qu'il n'y avait précisément plus rien à voir, qu'il n'y avait plus de film, que l'écran désormais était noir et qu'un tel constat valait autant pour le cinéma que pour la vie ; mais ces lunettes dont chaque article de presse sur Cimino évoquait l'étrangeté, sans doute parce qu'il avait une manière particulière de les porter, une manière de s'exprimer *depuis* ses lunettes noires et *depuis* cette cessation du visible qui hantait son cinéma, ces lunettes signalaient peut-être avant tout l'importance de l'idée de frontière dans sa vie, elles récapitulaient spectaculairement, comme un rideau de théâtre qu'on tire en guise de représailles, la série de frontières dont il avait fait l'épreuve à chaque instant de sa vie, tout en cherchant à les brouiller : frontière entre lui et les autres, bien sûr, mais surtout frontière entre la délicatesse de ses rêves et les millions de dollars dont on lui reprochait la perte, frontière entre la poésie et l'argent, frontière entre les sexes (car dans ses films, les hommes étaient féminins et les femmes masculines), frontière entre l'Amérique de ses échecs et l'Europe de ses pensées.

Bref, Cimino, disait-on, consacrait son temps à la solitude, à ce désert qui avait poussé en lui, et qu'aucune vision ne récusait parce que le désert est l'aboutissement même de la vision. Était-il devenu complètement fou ou au contraire avait-il atteint la sagesse ? En un sens, folie et sagesse sont une même chose, et la raison ne cherche qu'à exténuer ce qui en elle relève de la limite. En tous les cas, comme le héros de *L'Amérique* de Kafka, livre qui devait s'appeler initialement *Le Disparu*, il s'était bel et bien évanoui dans les lointains, au cœur dissimulé de cette terre américaine dont il avait rappelé, après Melville, l'immense flaque de sang qui en fondait l'histoire.

Sa disparition me paraissait logique : n'avait-il pas été forcé de fuir dans les bois comme le daim blanc ? J'ai revu ses films, un par un, en prenant des notes, et plus je les voyais, plus il me semblait évident que non seulement Cimino comprendrait *The Great Melville*, mais qu'en un sens, dans chacun de ses films, il réalisait *déjà* mon scénario.

3

Pointel

J'ai dit qu'à l'époque j'étais fou — disons que j'étais pos-
sédé : les noms, les livres, les phrases, les films n'arrêtaient
pas de vivre à l'intérieur de ma tête, ils se donnaient des
rendez-vous pour former entre eux des extases, sans même
que je puisse les séparer. J'étais littéralement habité par ce
flux de noms, de phrases, de titres de livres et de films dont
la circulation s'était progressivement substituée à mon
souffle et à mes nerfs.

Ça ne se calmait jamais : qui a dit que les noms, depuis
le Christ, sont pareils au souffle du matin et qu'ils sont des
rêves ? Dans ma vie, le souffle du matin est démesuré, mes
rêves sont immenses, ce sont des incendies qui se propagent
à travers les nuits, les saisons, les voyages : ils réveillent les
noms, les autres noms, tous les noms qui se parlent entre
eux.

Alors voilà, ma maladie, comme disaient mes amis, ma
folie, c'était ça : un mouvement perpétuel de noms. Chacun d'eux venait avec le vent, ils formaient un troupeau,
comme des chevaux sauvages qui tournoient dans une val-

lée. Chaque nom en allumait un autre, ça ne finissait jamais : je passais mes journées à me réciter des listes, des bouts de phrases, des citations, et tout se mettait en rapport et s'ouvrait démesurément, comme une terre sans limites, avec des flammes de bonheur qui s'arrachent au monde éteint.

On peut considérer, bien sûr, que j'étais malade, mais cette vie des noms dont j'étais chargé me rendait étrangement plus léger, comme si, à chaque instant, le daim blanc de Melville m'apparaissait. Voilà : je vivais au milieu d'un cortège de daims blancs, et en un sens c'était cela ma folie, mais c'était aussi ma gloire, parce que dans ce cortège qui défilait dans ma tête, j'étais accueilli : évoluer parmi les noms me donnait des ailes.

Un matin de mars, après des semaines de recherches, de rendez-vous bizarres, de coups de fil accablants, quelqu'un m'a transmis le contact de Michael Cimino. C'était dans un bureau de production, rue Notre-Dame-de-Nazareth, juste à côté de la place de la République. Le type à qui j'ai parlé ce jour-là de mon scénario, un certain Pointel, trouvait que j'étais complètement fou, il pensait que personne ne voudrait mettre de l'argent sur un projet pareil. Pointel avait cessé de produire depuis longtemps des films « ambitieux », comme il disait ; selon lui, l'époque du grand cinéma était finie, il n'y avait plus que la télévision, et il se contentait de produire des séries pour les chaînes françaises, des sagas : des « trucs pour les grands-mères », comme il disait.

Mais cet homme d'une soixantaine d'années, dont le visage était buriné comme celui d'un loup de mer, et dont le sourire était celui d'un dément, aimait la littérature américaine. Il avait passé sa jeunesse à San Francisco, continuait à vivre la moitié de l'année en Californie, et s'est mis à me parler des plages, et plus particulièrement de Big Sur où il possédait une petite maison, quasiment une cabane, me dit-il : il l'avait bâtie lui-même et en était très fier.

Pointel a cité plusieurs fois une phrase de Kerouac : « L'innocence absolue, celle de l'Indien qui a construit une pirogue tout seul dans les bois. » Et il s'est mis à monologuer sur la littérature américaine, dont il était passionné : il adorait Melville, Faulkner, Whitman, et pour lui, ce qui s'était écrit de plus beau sur « la guerre et l'amour » (je le cite), sur « l'espoir et la déception », sur « la politique et l'horreur », c'était là-bas que ça s'était écrit, et les films américains, selon lui les meilleurs au monde, n'étaient jamais que les héritiers de la littérature américaine, qui était la meilleure au monde.

Bref, lorsque le nom de Cimino a été prononcé, et que j'ai dit en riant que lui seul pourrait réaliser un film tel que *The Great Melville*, parce que sa vie n'était pas sans rapport avec Melville, Pointel m'a regardé longuement sans rien dire, comme pour évaluer si j'étais sérieux, comme si, d'un coup, l'éventualité que mon scénario puisse valoir quelque chose l'avait effleuré : « Michael ? C'est un ami. Tenez, je vous note son numéro, appelez-le de ma part. Vous verrez bien. »

Il m'a tendu un Post-it jaune, s'est levé, m'a raccompagné jusqu'à la porte, et en me serrant la main m'a dit : « Si vous arrivez à réveiller Michael : *Jackpot* ! Tenez-moi au courant », et il a souri en me tapotant l'épaule.

Réveiller Cimino, qu'est-ce que ça pouvait bien dire ? À coup sûr, me disais-je en descendant les escaliers, ce numéro de téléphone était un faux, Pointel m'avait raconté n'importe quoi, il était aussi cinglé que mon scénario, et en plus il s'était payé ma tête : en ce moment même, à coup sûr, il était au téléphone avec un copain producteur (un type avec qui il faisait de la voile, ou ce genre de choses) et il lui racontait comment il avait reçu dans son bureau un idiot d'écrivain français qui voulait faire un film avec Michael Cimino, et tous les deux, à coup sûr, éclataient de rire, comme les rapaces lucides et tristes qu'ils étaient deve-nus et que presque tout le monde, ces derniers temps, était devenu en France, et sans doute partout dans le monde.
Il était temps que j'arrête ce délire, que je fasse une croix sur ces histoires de daim blanc et de tête mystiquement alvéolée. Au fond, ça ne m'amusait plus, j'étais tout simple-ment devenu obsessionnel : ces dernières années, je n'avais pas fait attention à ce qui m'arrivait, encore moins à ce qui arrivait aux autres, j'avais glissé dans une solitude aberrante, une solitude que je croyais glorieuse mais qui n'était qu'un isolement sordide ; ma vie, que je croyais une aventure, tournait autour de mon ordinateur, devant lequel j'étais posté dix heures par jour, autour de mon frigo, qui était inlassablement vide, et de quelques bars de Gambetta ou de Belleville, où j'allais m'enivrer en racontant n'importe quoi à n'importe qui. Tout ça parce que j'avais une idée fixe, tout

ça parce que je lisais Melville, le grand Melville, et que j'avais découvert dans ses livres, dans sa vie et ses pensées quelque chose qui me semblait capital, une chose pour laquelle j'avais abandonné insensiblement mes amis, ma joie, les romans que j'écrivais, c'est-à-dire la vie même.

En marchant ce jour-là au hasard des rues, je suis tombé, devant Beaubourg, sur Agathe, une jeune femme dont j'avais été amoureux, il y a quelques années, et qui était devenue cinéaste. Elle était resplendissante, les fleurs blanches et mauves qui s'épanouissaient comme des grappes de raisin dans les feuillages autour de nous semblaient tournées vers sa fraîcheur ; on aurait dit que ces fleurs n'avaient éclos qu'afin d'illuminer d'un peu de mauve son beau visage pâle et d'ajouter à sa robe à carreaux vichy rouges et blancs de petits reflets qui, en miroitant, vous invitaient à partager avec elle une légèreté soyeuse, enfantine, comme s'il neigeait en plein mois de mars et que ces flocons vous caressaient la joue, comme si cette neige de fleurs était la promesse d'un doux baiser et que vous n'étiez peut-être pas seul au monde puisque cette jeune femme vous souriait et qu'elle paraissait avoir tout son temps pour vous. Mais son téléphone a sonné, elle a répondu aussitôt, et en s'éloignant elle m'a adressé un baiser avec la main.

4

Téléphonages

Je n'ai rien fait pendant plusieurs semaines. Ordinateur, frigo, vodka. J'entendais partout des voix de rapaces lucides et tristes, des gens qui riaient grassement dans la rue en se donnant des numéros de téléphone.

Je me disais : une cabane à Big Sur, voilà ce qu'il me faut, ou même une cabane dans le Finistère, une cabane dans le Pas-de-Calais — n'importe où, pourvu qu'il y ait la mer et que j'oublie les voix féroces, que j'oublie tous ces noms qui crépitaient pour rien dans ma tête, ce cortège glorieux qui m'avait entraîné dans une impasse.

Oui, même un trou pourri au bord d'une mer dégueulasse, pourvu que je n'entende plus rien, ni les rapaces ni les daims, et que je me réveille enfin, comme l'avait dit Pointel à propos de Cimino. Alors, à voix haute, je disais cette phrase : « Si j'arrive à me réveiller : *Jackpot !* » — et je riais tout seul.

Un matin, vers 11 heures, en composant le numéro de téléphone de Michael Cimino, celui que Pointel avait écrit sur le Post-it que j'avais gardé tout ce temps dans la poche de ma veste et que j'avais traîné avec moi jusqu'au port du Croisic, chez les Ricœur, un couple d'amis qui m'avaient invité à venir me reposer chez eux, je m'apprêtais à tomber sur un faux numéro, ou peut-être sur Pointel, qui alors éclaterait de rire, et me signifierait par ce rire effrayant que le cinéma était bel et bien une histoire morte, mais je m'en foutais : j'étais calme, il fallait que je passe une fois pour toutes ce coup de fil.

Je composais ce numéro de téléphone pour en finir. Pour me débarrasser de *The Great Melville*. Pour me réveiller. Personne ne répondrait, ou bien j'entendrais un rire — et alors, enfin, je passerais à autre chose, comme mes amis du Croisic m'y avaient enjoint avec tact et gentillesse, m'encourageant à reprendre ma vie de romancier heureux, à jouir de mon talent plutôt qu'à le gâcher, et à cesser de voir dans le cinéma un accomplissement possible de la littérature : car la littérature n'avait besoin d'aucun autre accomplissement qu'elle-même, ils me l'avaient répété pendant les quinze jours où j'étais resté chez eux, au bord de la mer, lors de promenades quotidiennes sur la plage, et ils avaient raison.

Quelqu'un a décroché, et à ce moment précis, je me suis rendu compte que j'avais oublié le décalage horaire : il était 11 heures du matin en France, mais si ce numéro était américain (et vu les chiffres, il semblait bel et bien américain), quelle heure pouvait-il être en Amérique ? Avant même de me présenter, je me suis excusé et j'ai demandé l'heure : « *What time is it ?* » Le type a répondu : « *Three o'clock in the morning.* » J'ai dit que j'étais absolument désolé, j'appelais de France et j'avais oublié le décalage horaire. Le type a dit que ça n'avait aucune importance parce qu'il ne dormait jamais. J'ai demandé s'il était possible que je parle à Michael Cimino et il m'a dit que c'était lui, il a ajouté en riant : «Je suis Michael Cimino» («*I am Michael Cimino*»).

Alors Michael Cimino m'a écouté baragouiner quelques secondes en anglais à propos de Melville, Herman Melville, et de l'échec comme vérité de l'être (j'ai dit qu'échouer, c'était avoir raison historiquement) ; et Cimino m'a répondu très cordialement en français (dans un français aussi approximatif que mon anglais) que sans aucun doute Melville était un magnifique écrivain, et qu'il l'avait beaucoup lu, comme Dostoïevski, m'a-t-il dit, et il a précisé que la fin de *La Porte du paradis*, sur le bateau, lorsque Kris Kristofferson se tient dans sa cabine, plein d'«illusions perdues» (il avait prononcé ces deux mots en français avec une sorte de raffinement canaille, comme s'il était devenu un personnage de Proust), cette fin était un hommage à l'auteur de *Moby Dick*, mais qu'il travaillait depuis des années sur un autre scénario, l'adaptation de *La Condition humaine* de Malraux ; «quoi qu'il en soit» (c'est l'expression qu'il a utilisée), il serait content de me rencontrer afin de parler de littérature («de Melville, de Malraux, de Dostoïevski», a-t-il dit), content de rencontrer un Français, parce que la France était le seul pays où l'on comprenait vraiment ses films, avec la Pologne peut-être (mais la Pologne était un «pays imaginaire», a-t-il ajouté d'une manière énigmatique). Bref, il était actuellement à Los Angeles, mais serait à New York quelques jours mi-avril pour « acheter des livres », m'a-t-il dit, et si j'en avais envie, on pouvait se voir là-bas. J'ai répondu oui, bien sûr, New York, quel jour ? Et Cimino m'a dit : « Voulez-vous le 17 avril, dans l'après-midi ? — Parfait, j'ai dit, absolument parfait : le 17, j'y serai. » Nous avons convenu de l'heure exacte du rendez-vous, et du lieu, puis il m'a remercié de l'avoir appelé.

J'étais abasourdi. Dans ma tête, le daim blanc se remettait à galoper, la forêt des noms bruissait d'une confiance nouvelle. Quelque chose de mystiquement alvéolé agrandissait de nouveau ma joie. Je riais tout seul, et j'ai avalé une grande rasade de vodka en l'honneur de Cimino.

Voilà, j'étais réveillé. J'allais rencontrer Cimino, j'allais lui parler de *The Great Melville*. En finir avec cette histoire ne consistait pas à s'en débarrasser, mais à l'accomplir *dans la réalité*.

J'ai appelé mes amis du Croisic pour leur annoncer la bonne nouvelle, ils étaient très contents pour moi, et en même temps un peu inquiets parce que cette histoire n'était toujours pas finie, et selon eux, elle risquait de ne jamais finir, mais ils se rendaient compte que j'allais rencontrer Michael Cimino (eux aussi avaient vu ses films) et que c'était une véritable aventure.

En avalant un autre shot de vodka, j'ai pensé à Pointel : il ne s'était pas payé ma tête, en un sens il m'avait donné ma chance. « Si vous arrivez à réveiller Michael : *Jackpot !* » Je répétais cette phrase en riant. À partir de maintenant, me disais-je, je n'allais plus faire que ça : réveiller Michael Cimino, réveiller le grand Melville, et me réveiller enfin, moi. Fini la vodka, fini le frigo vide, fini les nuits blanches devant l'ordinateur. Discipline. Discipline absolue. Réveil. *Jackpot !*

Quelques minutes après ce coup de fil à Michael Cimino, le téléphone avait sonné, et c'était lui : il avait appuyé sur la touche « rappel » de son téléphone, et puisqu'on se voyait bientôt à New York, pouvais-je lui apporter de Paris un livre sur Malraux qu'il n'avait pas trouvé ici, ni à Los Angeles ni à New York, un livre du philosophe Jean-François Lyotard, un livre qui sans doute n'était pas traduit en anglais, un livre dont il avait absolument besoin pour son scénario, et dont il pensait qu'il contenait des informations absolument décisives, des informations qui, peut-être même, allaient tout changer à son scénario, tout changer à l'idée qu'il s'était faite jusqu'à présent de Malraux, et par la même occasion de son roman *La Condition humaine*, roman dont il était évident, me dit-il, qu'il s'agissait, d'une manière absolument secrète, d'un traité philosophique, et même mystique, sur le sens de la révolution et du suicide (et aussi, bien sûr, ajouta-t-il, sur leur absence de sens, car au fond, me dit-il, *La Condition humaine* est avant tout un livre sur l'étrange *rapport* — étrange et décisif, me dit-il — entre la révolution et le suicide : on peut dire, me dit Michael Cimino, que *La Condition humaine* est à la fois un livre sur le caractère suicidaire de la révolution et un livre sur le caractère révolutionnaire du suicide, car en un sens, me dit Michael Cimino, la révolution, pour Malraux, est une forme de suicide — un suicide nécessaire, bien sûr, un grand et beau suicide, dit-il en appuyant sur ces deux adjectifs —, et en même temps le suicide de certains de ses personnages, et en particulier celui de Kyo, est finalement un acte politique, le plus beau, le plus grand des actes politiques, c'est-à-dire un acte bien sûr absolument révolutionnaire) — bref, est-ce que ça ne me gênait pas, si je le trouvais à Paris (et sans doute serait-il facile de le trouver à Paris), de lui apporter à New York ce livre sur Malraux ?

« Aucun problème, ai-je dit, ça me fait plaisir, le 17 avril, sans faute, j'apporterai ce livre. »

J'étais fou de joie à l'idée que Cimino me demande quelque chose, car cela *confirmait* notre rendez-vous, lui donnait une consistance, et même quelque chose de *réel*, car après tout, qu'est-ce qui m'assurait que le 17 avril, à 15 heures, Michael Cimino se déplacerait pour rencontrer un inconnu français qui avait écrit un scénario sur Melville ? Qu'est-ce qui m'assurait qu'il ferait l'effort d'être là, lui qui avait tellement habitué le monde à ne plus du tout être là ? Maintenant qu'il y avait ce livre, j'étais presque sûr qu'il viendrait au rendez-vous, j'étais sûr qu'il ne l'oublierait pas et qu'au dernier moment il ne chercherait pas à le reporter ou à l'annuler ou à l'effacer tout simplement de son esprit.

Je me suis mis à la recherche du livre de Jean-François Lyotard sur Malraux, que j'ai trouvé immédiatement chez Gibert, puis d'un billet d'avion pour New York : il ne restait aucune place *autour* du 17 (je n'avais pas réalisé que le 17 était dans trois jours), mais il en restait pour le 17 lui-même : il y avait même une offre à moitié prix pour un aller-retour dans la même journée.

Une journée à New York, une seule journée : sortir de l'aéroport, voir Cimino, repartir à l'aéroport. Faire le voyage à New York uniquement pour voir Michael Cimino. Au fond, ça me plaisait. Qu'avais-je à faire des charmes de cette ville ? Je ne m'intéressais pas tellement aux villes. Je décidai donc de saisir cette offre, d'arriver à New York le 17 au matin et de repartir le 17 au soir.

5

Le Cavalier polonais

À 15 heures, le 17 avril, comme prévu, j'étais posté face au *Cavalier polonais* de Rembrandt. J'avais du mal à me concentrer sur le tableau, parce que je guettais l'arrivée de Cimino. Je me répétais les mots qu'il avait prononcés au téléphone pour fixer notre rendez-vous : « Voulez-vous qu'on se retrouve à la Frick Collection ? C'est un musée juste en face de Central Park. »

Et tout heureux de la coïncidence, parce que c'est dans ce musée qu'est exposé *Le Cavalier polonais* de Rembrandt, et que j'associe ce tableau, comme vous savez, au daim effarouché de la vérité selon Melville, j'avais exprimé à Cimino non seulement mon accord mais mon enthousiasme, et précisé qu'on pouvait alors se retrouver devant ce tableau, que j'aimais particulièrement. Il avait juste dit : « *Wonderful* », et maintenant que j'étais devant *Le Cavalier polonais* de Rembrandt, je me demandais s'il avait bien entendu, s'il était clair pour lui que c'était devant ce tableau, précisément devant celui-ci, que nous avions rendez-vous.

Peut-être avait-il compris autre chose, peut-être pensait-il que nous nous retrouverions au hasard dans le musée, et que je n'avais indiqué *Le Cavalier polonais* de Rembrandt qu'afin de lui faire entendre que je connaissais ce musée : le musée où il y avait *Le Cavalier polonais* de Rembrandt.

Comment faire ? J'attendais depuis une demi-heure, et si maintenant je m'éloignais de ce tableau pour chercher Michael Cimino dans les autres salles du musée, il pouvait, pendant ce temps, apparaître dans la salle du *Cavalier polonais* et, ne me voyant pas, il risquerait de partir. Le mieux était de ne pas bouger : même s'il n'avait pas compris qu'on devait se retrouver devant *Le Cavalier polonais* de Rembrandt, même s'il pensait qu'on se croiserait « au hasard » dans le musée, à un moment ou à un autre, il entrerait forcément dans la salle du *Cavalier polonais* de Rembrandt, et on se rencontrerait.

Car j'étais debout face au tableau, bien en vue, ne cessant de jeter des coups d'œil autour de moi, et chaque fois que je me retournais vers l'entrée de la salle, guettant l'arrivée de Cimino, la gardienne croisait mon regard. Chaque fois, elle me fixait, et au fil du temps, son regard s'était durci : il avait pris un air non pas de désapprobation (ce serait excessif), mais de légère interrogation méfiante : qu'est-ce que je foutais là, debout depuis plus de quarante minutes face à un tableau, alors même que je ne le contemplais pas, ce tableau (j'étais trop préoccupé par l'arrivée imminente de Cimino), mais que je regardais sans cesse autour de moi, voilà ce qu'exprimait le regard de la gardienne (et je ne pouvais pas lui donner tort).

Pour que Michael Cimino me repère tout de suite, je m'étais muni du livre de Jean-François Lyotard sur Malraux, que je tenais bien droit, à hauteur de ma poitrine, comme si je cherchais à en faire la réclame, ce qui, je le voyais bien, ajoutait à la bizarrerie de mon attitude, ainsi qu'aux soupçons de la gardienne qui semblait de plus en plus nerveuse.

Je me suis rendu compte alors (cela faisait presque une heure que j'attendais) que je ne savais pas à quoi ressemblait Michael Cimino aujourd'hui ; j'avais son visage en tête, mais sans doute ce visage était-il celui qu'il avait du temps de *Heaven's Gate*, du temps de sa gloire, laquelle remontait à plus de trente ans : chaque fois que je me retournais vers l'entrée, je m'attendais à voir surgir ce Michael Cimino aux joues rondes d'il y a trente ans, avec un chapeau de cow-boy et des Ray-Ban dont j'avais partout vu l'image à l'époque.

Mais j'avais confiance — confiance en qui : en Cimino ? en moi ? Je souriais en fixant le visage du *Cavalier polonais*, lui aussi paraissait avoir confiance, et malgré le ciel d'apocalypse qui pesait sur lui comme une menace, malgré les ténèbres qui semblaient vouloir absorber les couleurs chaudes, rouges et brunes dont il était drapé, on sentait dans le geste du cavalier, dans la rêverie qui lui donnait une forme de noblesse, une attente qui était plus forte que la ruine, on pressentait que ce crépuscule dans lequel il s'était immobilisé avec son cheval n'était que le prélude à quelque chose qui pour l'instant demeurait silencieux, mais qui changerait tout : *Le Cavalier polonais* de Rembrandt veillait sur une nouvelle époque, sur un silence nouveau.

Il arrive un moment où l'absurdité de la situation vous apparaît comme un triomphe, comme une sorte de chef-d'œuvre : elle se suffit à elle-même ; et en l'occurrence, l'espoir qui m'animait était si excessif (il y avait aussi la fatigue du voyage) que j'en étais maintenant arrivé, face au *Cavalier polonais* de Rembrandt, à oublier toute inquiétude, à oublier l'objet même de ma présence, à oublier que j'attendais Michael Cimino.

J'avais rangé le livre de Lyotard sur Malraux dans ma poche et m'étais assis sur la banquette en velours face au tableau. Je me sentais bien ici, seul, à New York. La lumière de l'après-midi entrait par une des fenêtres, elle était douce : avec elle, avec ses rayons printaniers, les couleurs sombres du *Cavalier polonais* prenaient un éclat paisible, et en veillant à ce que la gardienne ne me voie pas (mais depuis que je m'étais assis sur la banquette, elle avait cessé de me soupçonner), j'ai sorti de ma poche la flasque de vodka achetée au *duty free* de Roissy-Charles-de-Gaulle pour supporter le voyage en avion, et à petites goulées, tout en glissant dans une agréable torpeur, j'ai fini la bouteille.

Sans doute m'étais-je endormi : la gardienne était à mes côtés, elle me secouait l'épaule tout en parlant dans un talkie-walkie. « *It's closed* », répétait-elle.

Dehors, le ciel était rose, et la grande masse des feuillages de Central Park étincelait comme un buisson de flammes douces. Je respirais l'odeur de la glycine, celle du chèvre-feuille qui grimpait le long de la grande porte du musée, et tous les pétales qui voletaient comme de petites syllabes jaunes et mauves dans l'air poussiéreux et saturé de New York.

J'ai allumé une cigarette et je me suis assis sur les marches de la Frick Collection. Mon vol décollait un peu avant minuit, il était 17 h 30, j'avais du temps devant moi, peut-être irais-je me mettre sur un banc là-bas, dans Central Park, et regarder un peu les arbres, le ciel et les jeunes femmes dont les robes légères appelaient d'autres désirs que ceux qui depuis des mois encombraient ma tête, des désirs plus clairs, plus glissants — des désirs qui se multiplient. Quelle était donc cette phrase de Fitzgerald à propos de New York, dans *The Great Gatsby*? Ah oui : « L'île antique qui a fleuri autrefois aux yeux des marins hollandais, le sein vert et frais d'un monde nouveau. » Moi aussi, je me sentais vert et frais. J'avais traversé l'océan, et voilà : j'étais réveillé.

Une femme était assise sur une des marches et observait les visiteurs qui sortaient du musée. Elle était entourée de sachets de livres de chez Strand, portait des lunettes noires et une casquette sur laquelle était écrit « FUCK » et fumait cigarette sur cigarette en tapotant sur une tablette iPad. Elle a remarqué que moi aussi je traînais des sachets de livres de chez Strand, et on s'est souri.

C'est drôle, je n'étais même pas déçu. Michael Cimino n'était pas venu, mais au fond, c'était logique : n'était-il pas devenu une sorte de fantôme ? Comme le Cavalier polonais, il vivait le long d'une ligne de crépuscule, cette ligne à partir de laquelle on perçoit l'origine et la fin des choses et qui procure à celui qui parvient à la serrer de près une lucidité effrayante, mais aussi l'innocence que tout le monde, aujourd'hui, a perdue.

Je repensais à notre conversation téléphonique : ne l'avais-je pas rêvée ? Il y a parfois dans nos têtes des figures vides qui se remplissent de signes lorsque nous en avons besoin ; ils sont comme des spectres invités dans nos phrases, qui nous viennent en aide.

J'ai allumé une autre cigarette, j'avais envie d'une vodka, j'ai fermé les yeux. J'étais arrivé ce matin très tôt, vers 6 heures ; dans l'avion je n'avais pas dormi, et toute la journée, en attendant le rendez-vous avec Michael Cimino, j'avais arpenté la ville en remontant Manhattan depuis le pont de Brooklyn. Je m'étais arrêté chez Strand, et moi aussi, comme cette femme, j'avais acheté des tas de livres que je traînais à présent avec moi. J'allais continuer quelques heures à arpenter la ville, puis j'irais m'allonger sur le fauteuil d'une salle d'attente de Kennedy Airport jusqu'au départ de l'avion, avec mes sacs de livres.

Voilà, j'étais venu à New York voir un tableau de Rembrandt et acheter des livres. C'est ça que j'aurais dû répondre ce matin au fonctionnaire de l'immigration, à Kennedy Airport, lorsqu'il m'avait demandé pourquoi je venais aux États-Unis : voir un tableau, acheter des livres. Au lieu de quoi j'avais marmonné : « *To speak with somebody* » (Pour parler à quelqu'un).

Le type avait relevé la tête et m'avait dévisagé curieusement, comme si ma phrase devait déclencher une procédure spéciale. « *Who exactly ?* » Je n'avais pas bien compris sa question, il avait dû la répéter plusieurs fois (et bien sûr le fait de faire répéter le fonctionnaire de l'immigration commençait à transformer cette simple formalité en incident).

Bref, lorsque enfin j'eus compris qu'il voulait connaître le nom de celui avec qui je venais parler à New York, je ne sais pas ce qui m'a pris, j'ai dit, comme Bartleby, le personnage de Melville : « *I would prefer not to.* » Le type ne comprenait pas : « *What ?* » disait-il. Et j'ai dû à mon tour répéter plusieurs fois ma phrase jusqu'à ce qu'il la comprenne, et sans doute l'a-t-il interprétée comme une insolence parce que d'un geste il a fait signe aux policiers qui patientaient de l'autre côté de la ligne et qui ont accouru. Il était évident qu'à la question : « Quel est le motif de votre voyage ? », j'aurais dû répondre quelque chose comme : « affaires », ou « tourisme ».

Ils ont sorti de mon sac la bouteille de vodka, qu'ils ont examinée avec répugnance, puis le scénario de *The Great Melville*, qui était relié et que j'avais imprimé en rouge. Manifestement, cette couleur les inquiétait. L'un des flics m'a demandé de quoi ça parlait : un scénario, j'ai dit, un scénario sur Melville, « *the author of* Moby Dick ». J'ai précisé, de manière absurde, que Melville avait justement travaillé à la douane de New York et que, en quelque sorte, il était leur collègue.

J'allais partir lorsque la femme à la casquette « FUCK » s'est approchée de moi. Elle m'a demandé si ce n'était pas avec elle que j'avais rendez-vous. J'ai dit que non : j'avais rendez-vous avec quelqu'un qui n'était pas venu, je l'avais attendu plusieurs heures et maintenant j'allais prendre l'avion. Alors la femme m'a tendu la main en souriant et m'a dit en français qu'elle était absolument désolée, elle était très en retard à cause d'un autre rendez-vous, et quand elle était arrivée, il y a une demi-heure, ils ne l'avaient pas laissée entrer parce qu'ils allaient fermer.

Je ne comprenais pas. Alors elle m'a demandé comment allait *Le Cavalier polonais* aujourd'hui. Nous avons souri et j'ai sorti le livre de Jean-François Lyotard sur Malraux, je le lui ai tendu. «Moi aussi, j'ai des livres pour vous», m'a dit Cimino, et nous nous sommes dirigés vers Central Park.

L'air était doux, léger, et nous ne cessions de sourire. Il y avait des éclats bleus dans les feuillages des ormes, et quelque chose d'autre encore semblait briller d'arbre en arbre, une vérité qui n'appartenait pas seulement au printemps, une sorte de lueur qui, tout en paraissant fragile et incertaine, enchantait le cœur des enfants dans les allées et celui des couples allongés sur l'herbe ; cette lueur effaçait peu à peu les ombres, et comme le «sein vert et frais d'un monde nouveau» dont parlait Fitzgerald, elle semblait capable d'effacer le néant, de vaincre les horreurs et d'emporter cette fin d'après-midi vers la joie des instants parfaits.

On a marché longtemps, jusqu'au bord de l'Hudson. Cimino m'a indiqué un banc, où nous nous sommes assis. Il a sorti une flasque de vodka, que nous avons bue par petites goulées en fumant des cigarettes. Nous parlions. Le soir tombait, rose, rouge, bleuté, avec un peu de vent qui faisait tournoyer les mouettes. Cimino m'a montré les livres

45

qu'il avait achetés chez Strand, et je lui ai montré les miens. Les livres passaient d'une main à l'autre, et nous riions de reconnaître des livres que nous aimions ou d'autres que nous avions toujours voulu lire, alors nous avons fait des échanges, et à la fin, Cimino m'a offert un livre qui était à part, emballé dans un papier cadeau : je devais l'ouvrir plus tard, lorsque je serais rentré en France.

On a regardé au loin, là-bas, la statue de la Liberté, et j'ai rappelé à Cimino que dans *L'Amérique* de Kafka, lorsque Karl Rossmann arrive en bateau depuis l'Europe, il voit la statue brandir, à la place du flambeau, une épée, celle qui lui coupera sans cesse la route, celle qui voudra sa mort. Cimino m'a dit : « Karl Rossmann, c'est moi. » Puis nous avons tranquillement vidé la flasque de vodka en regardant, plus loin, là-bas, l'île d'Ellis Island, où pour chacun de nous tout commence et tout finit.

6

Sabbat

Cinq mois plus tard, je reçus un SMS de Pointel. On était le 23 septembre. Je m'en souviens avec précision parce que ce jour-là, c'est mon anniversaire. J'étais en train de fêter l'événement comme il se doit : en sifflant un pack de bières au lit devant *Apocalypse Now*, le film de Francis Ford Coppola, lorsque, sur mon téléphone, le message est apparu.

Depuis mon retour de New York, j'avais la certitude de détenir quelque chose. Une chose absolument cruciale, une chose terrible. Peut-être n'existait-elle qu'à peine, peut-être même n'avait-elle pas de nom, mais cette chose ne cessait de me sauter au visage ; et comme une bête rugissante que l'effroi a longtemps muselée au fond de sa grotte, elle surgissait des ténèbres et dévoilait ses mâchoires *chaque fois que je regardais un film.*

Oui, j'étais assez fou pour croire qu'un secret circule à travers des films ; assez fou pour imaginer qu'il soit possible d'y accéder, et même d'en recevoir des lumières. Ce secret, je l'avais cherché à travers les films de Michael Cimino, et voici que la recherche s'élargissait encore, car la vérité est comme le corps immense des déesses : elle est là et pas là — on la voit et on ne la voit pas.

Moi, je la voyais. Était-ce cette Voie lactée où scintillent des lueurs d'or ? Ou ce trou puant où roulent des crânes verts ? En suivant Melville à travers le monde, en chassant avec lui non seulement une baleine qui avait pris la place de Dieu mais aussi un flot d'ombres et d'horreur, et des clartés d'adoration, et la joie du labyrinthe et l'engloutissement dans l'abîme, et les yeux rouges du crime, et la possibilité orageuse et sereine de l'amour, j'avais découvert qu'une étincelle s'allume au cœur de la destruction comme un cristal arctique ; et que cette étincelle suffit pour mettre le feu au monde. Ce feu est blanc, croyez-moi. Il est le contraire du ravage. Nous y brûlons sans être consumés. Et ne riez pas, c'est exactement ce que je vois : un incendie immaculé.

C'est pourquoi je ne faisais plus que ça : regarder des films. J'avais passé tout l'été à voir trois, quatre films par jour, allongé sur mon divan-lit, face au grand écran plat que mon voisin de palier Tot avait dégotté sur eBay : il trouvait que c'était une hérésie de regarder des films sur un ordinateur, comme j'en avais pris l'habitude depuis des années ; et en échange du grand écran dont il m'avait offert la jouissance illimitée, je lui gardais son dalmatien lorsqu'il était en déplacement : Tot était joueur de poker, il lui arrivait de partir à l'improviste pour un tournoi au bout du monde sans préciser la date de son retour ; ainsi avais-je très souvent la garde de son chien, dont j'appréciais la silhouette gracile et l'enjouement presque enfantin.

Au début, le dalmatien, qui s'appelle Sabbat, demeurait dans l'appartement de Tot, et je me contentais de le sortir trois fois par jour dans le jardin de la cour intérieure, comme Tot me l'avait indiqué ; je profitais de ces trois visites à Sabbat pour le nourrir, selon les prescriptions que Tot avait épinglées en lettres majuscules sur le frigo : le matin, remplir la gamelle grise d'eau claire, la gamelle rouge de croquettes Bio « spécial régime » et la gamelle bleue d'une livre de viande rouge coupée en dés, que chaque soir je sortais du congélateur pour le lendemain et déposais, recouverte de papier aluminium, dans l'évier ; le soir, remplir les gamelles rouge et bleue de granulés « diète canine » (et offrir à Sabbat une friandise à la viande de bœuf séchée).

En général, je visionnais mon premier film vers midi, puis un deuxième vers 14 heures ; et après avoir vaqué à mes occupations, c'est-à-dire être allé me ravitailler en bières et en vodka chez Franprix, puis en cigarettes au tabac de la rue Pelleport, je lançais un troisième film dans la soirée, souvent plus long, esthétiquement plus ambitieux, un de ces films qui supposent qu'on pense avec eux, c'est-à-dire qu'on mette à l'épreuve notre pensée, et que celle-ci accepte de se modifier, un de ces films qui attendent qu'on se rende disponible au feu éventuel qui les consume et que soi-même on prenne éventuellement feu : un film qui répondait à ma recherche, et dont les flammes m'apportaient des lueurs.

Pour que j'arrive à m'orienter dans la forêt de tous les films, il fallait qu'à un moment ou un autre surgisse le daim blanc : pas lui personnellement, ni aucune silhouette d'animal fuyant à travers les bois, mais l'événement qu'une telle fuite annonce, cette voix du sacrifice qui traverse les époques et dévoile la trame sous les apparences.

Et, bien sûr, le daim ne surgit pas sur commande ; il ne galope pas dans n'importe quel film, même s'il est séduisant de le croire. En un sens, rien n'est plus rare que son apparition ; c'est pourquoi je la guette aussi intensément, c'est pourquoi j'y consacre tout mon temps : je ne veux pas rater l'épiphanie du daim blanc de la vérité.

Je visionnais ainsi, cet été-là, des dizaines et des dizaines de films, et parmi eux des dizaines et des dizaines de mauvais films, parfois même des navets, sans rien croiser qui ressemblât au reflet de mon daim ; mais il suffisait d'un détail, trois secondes d'un miroitement, l'écho de l'écho d'une voix perdue dans le désert, une trace de sang sur le bord d'un trottoir ou l'émail épiphanique d'un lavabo au milieu d'un *thriller* pour que s'accomplisse ce que j'attendais, ce que je souhaitais plus que tout, cette chose que mon désir, à chaque instant, était sur le point d'inventer : un signe, une annonce.

Vers 1 ou 2 heures du matin, j'enchaînais enfin avec une dernière séance, parfois le même film, dont je notais alors les dialogues que j'avais aimés dans un cahier spécial. Je reparlerai de ce cahier : depuis ma rencontre avec Michael Cimino, j'avais laissé reposer *The Great Melville,* et ce cahier, en quelque sorte, le remplaçait.

Oui, les phrases de *The Great Melville*, celles que j'avais imprimées en rouge, celles qui avaient passé la douane de

50

New York et que Michael Cimino avait lues intégralement, de la première à la dernière, en ponctuant sa lecture de grognements de satisfaction, en m'indiquant du bout de l'index les scènes qui lui plaisaient, ces phrases avaient besoin que je leur laisse à présent cette liberté qui est leur horizon, et vers laquelle chacune d'elle tend comme un animal impatient.

Je me souviens que, dans *Au-dessous du volcan* de Malcolm Lowry, un troupeau de chevaux sauvages — de belles pouliches aux robes lustrées — ne cesse de galoper au gré d'une lumière aux nuances violettes qui éblouit les cimes de la Sierra Madre ; les déplacements de ce troupeau à travers le livre y inventent une prairie toujours plus lointaine, creusée par un désir sans fin : et c'est peut-être à cette vision furtive et pleine de joie, plutôt qu'à son mescal, que le Consul, prisonnier de lui-même, ne cesse de s'abreuver.

À mes yeux, les phrases de *The Great Melville* étaient semblables au galop ininterrompu des juments de Lowry ; elles suscitent le même bonheur écarlate, celui qui nous vient des plus grandes espérances ; ce bonheur éclate lorsque l'horizon se dégage : notre soif y ouvre un passage, et même si le galop s'éloigne, même si l'on entend de moins en moins son bruit, sa seule existence constitue une promesse qui continue d'agir sur notre vie.

Plutôt que de continuer à réécrire indéfiniment le texte de mon scénario, j'avais trouvé plus judicieux de lui accorder un peu de répit : peut-être se bonifierait-il de lui-même ; peut-être, en s'éloignant de moi, trouverait-il de lui-même ce qui le rendait si étrange aux yeux des autres,

et parviendrait-il à l'être un peu moins ou plus du tout
— à plaire enfin (mais je ne me faisais pas d'illusions,
mon scénario était tenace, et même assez têtu, et en vérité
je ne souhaitais pas qu'il se modifiât : céder sur son désir
est une manière de consentir, et le consentement n'est-il
pas l'ennemi de l'art ?).

J'avais ainsi disposé ces sept cents pages reliées dans une
boîte en métal, une boîte à biscuits rouge, longue et plate
comme un petit cercueil, et je l'avais placée à ma gauche,
sous la protection de l'hirondelle empaillée qui orne mon
chevet. Cette hirondelle, j'y tiens énormément : c'est une
déesse. Dans l'*Odyssée*, Athéna n'apparaît-elle pas à son cher
Ulysse sous les traits d'une hirondelle aux yeux pers ? Mon
hirondelle aussi avait dans les yeux cet éclat gris, légèrement
nacré, qui vous destine à la perfection du silence. Lorsque je
traversais un moment difficile, entre deux films, il m'arrivait de m'adresser à elle : « Pour une fois encore aime-moi,
Athéna, le plus possible. »

On dit qu'Ulysse est celui qui sait *sortir du brasier* : je
pense aujourd'hui qu'on l'appelle ainsi parce qu'une île
brille dans sa tête, et cet éclat de roche qui surgit de l'étendue des eaux n'est pas seulement Ithaque, mais la présence
de sa chère Athéna, son hirondelle, celle dont il peut invo-
quer le secours à tout instant, sans avoir besoin de lui pro-
mettre un sacrifice, comme on le fait quand on prie les
autres dieux (et cet au-delà du sacrifice ne s'appelle-t-il pas
l'amour ?).

C'était agréable de penser que l'objet de mon désir était
à portée de main, serré dans un boîtier qui le protégeait et

lui accordait une valeur sacrée : parmi les rangées de papyrus qui s'alignent le long du mur sur la gauche de mon lit, ce petit coffret faisait office de reliquaire. Lorsque vous avez écrit quelque chose qui vous semble important, ne serait-ce que trois phrases, celles-ci continuent à vivre à travers vos pensées, et sans que vous le sachiez, elles vous transmettent leur découverte ; il me semble parfois que c'est elles, sur un plan très secret, qui vivent à notre place, nous épargnant ainsi la peine de trouver une solution à nos vies : les phrases existent ; quant à nous, peu importe.

Ainsi, tandis que je regardais un film en sifflant une bière ou en m'enfilant des shots d'Absolut, cette vodka dont j'apprécie la rondeur translucide du flacon et l'évidence du nom, il suffisait que je tourne légèrement les yeux sur ma gauche vers l'autel formé par les papyrus, l'hirondelle et la boîte à manuscrit : je bénéficiais alors d'une faveur, comme si la vie me souriait.

Entre chaque film, je sortais Sabbat. La plupart du temps, je me contentais de descendre avec lui dans le petit jardin où il s'ébrouait quelques minutes et pissait contre le tronc des platanes. Lorsqu'il chiait, j'avais pour désagréable contrainte de ramasser sa merde, et de la jeter au vide-ordures. Tot m'avait ainsi confié une réserve de gants en plastique que j'enfilais dès que Sabbat se mettait en position pour déféquer. C'était toujours un moment délicat, car je savais — et Tot lui-même me l'avait confirmé — qu'il est déconseillé de déranger un dalmatien qui chie : l'instant où le dalmatien chie est celui où il revient à lui-même, à son instinct royal, à l'évidence de son trône. Personne ne doit perturber une telle rêverie, au risque de rendre fou le dalmatien et de provoquer des dégâts irréparables pour lui, et peut-être pour autrui.

Précisément, un soir, alors que j'avais interrompu un énième visionnage intense d'*Apocalypse Now* pour sortir Sabbat, et qu'il s'était approché de son endroit préféré, un coin humide en bordure des acacias, un coin où il parvenait à recréer le monde propice à sa détente, la concierge, Mme Figo, était apparue, furibarde, brandissant je ne sais quelle liasse de formulaires relatifs à des colis que je ne cessais de me faire livrer et que je ne venais jamais chercher dans sa loge : non seulement elle perdait son temps avec des livreurs qui l'insultaient, mais en plus elle devait stocker mes montagnes de cartons dans le minuscule espace de sa loge, alors même que rien ne l'y obligeait.

Avant même que je puisse lui répondre que chaque fois que je descendais chercher mes colis la loge était fermée, Mme Figo avisa le dalmatien qui produisait son effort sous les acacias : elle me reprocha de semer des crottes de chien partout dans la résidence, ce que je contestai *illico*, mon voisin Tot, à qui appartenait le chien, m'ayant fourni abondamment en petits sachets dans lesquels je fourrais les excréments. Que j'aie éventuellement oublié sur la pelouse de notre respectable résidence un ou deux étrons me paraissait hélas probable, j'étais tout prêt à l'admettre, car il arrive que Sabbat chie de nuit, et le jardin n'est alors que faiblement éclairé, mais dans l'ensemble je respectais scrupuleusement les consignes d'hygiène publique, et il était donc exagéré, voire malvenu de me faire des reproches.

Pourquoi n'allais-je pas avec mon chien dans la rue comme tout le monde, hurla Mme Figo. La question, dans sa généralité, était légitime, mais je lui précisai que ce n'était pas mon chien et que je ne faisais qu'appliquer les directives de mon voisin Tot qui savait, lui, ce qui est bon pour son chien, car de fait il s'agissait de *son* chien, et non pas du mien, et par ailleurs j'imaginais, pure spéculation de ma part, que sans doute le jardin de la résidence était un lieu plus engageant pour faire ses besoins que les caniveaux impersonnels et froids qu'on trouve dans les rues de Paris.

Comme j'allumai une cigarette, Mme Figo sauta sur l'occasion pour stigmatiser ma tabagie : non seulement je semais des fientes çà et là sur les plates-bandes de ce jardin dont elle avait la responsabilité, mais j'y écrasais des mégots. Cette nouvelle accusation était plus injuste encore que la précédente, car jamais je n'abandonnais aucun mégot ni même ne les dissimulais en les enfouissant sous la terre comme font certains, dis-je, mais les glissais systématiquement dans le sachet où ils rejoignaient les excréments de Sabbat. J'étais en règle, dis-je à Mme Figo, et peut-être même irréprochable.

Notre dialogue atteignait son intensité maximale, et comme je le redoutais, cette intensité dérangea Sabbat : il surgit de son fourré et bondit sur Mme Figo, qui s'écroula de tout son long dans un buisson d'acanthe et nous maudit, moi et mon chien stupide.

Après la promenade de l'après-midi, avant que je ne replonge dans l'enfer passionnant d'*Apocalypse Now*, où je décelais une catabase qui, loin de décrire l'embourbement américain dans la guerre du Vietnam, concernait notre situation sacrificielle à tous, nous remontions dans l'appartement de Tot et je tenais compagnie encore quelques instants à Sabbat, qui supportait mal la solitude : affalé dans le fauteuil club du salon, jambes allongées sur la table basse, tandis que Sabbat, fou de joie, m'apportait une peluche ou quelque poupée Barbie déchiquetée, j'observais par la fenêtre le passage de la lumière à travers le feuillage des grands platanes. Très vite, Sabbat se couchait de tout son long sur moi, les pattes avant enroulées autour de mes épaules, la gueule calée contre mon cou, son gros ventre de dalmatien en surpoids confortablement lové contre mon abdomen et ses pattes arrière étendues le long de mes jambes ; il poussait de longs soupirs d'aise et fermait les yeux, rassuré, comme si nous allions vivre ainsi, ensemble, pendant des semaines, des mois, des années, une vie entière.

J'aime observer les platanes du jardin : chez Tot, les différences avec le point de vue que j'avais depuis mon lit étaient infimes, mais chaque nuance d'un reflet modifie la couleur des arbres, et il suffisait d'un peu de vent, d'un nuage, d'une légère fraîcheur pour que le dessin des branches et le volume des frondaisons semblent neufs.

J'aimerais m'introduire dans chaque appartement de la résidence pour suivre la lumière au fil de la journée et voir toutes les métamorphoses : il y a un moment, vers 18 heures, lorsque le ciel a été clair toute la journée, et que l'après-midi est resté immobile, où les couleurs s'enflamment : d'abord elles vacillent, incertaines, et l'herbe, les buissons d'acacia, les petits massifs de lauriers vous semblent roux, presque noirs ; cette rousseur monte, et alors les platanes et les marronniers de la cour intérieure se gorgent d'une sève qui se jette sur la baie vitrée, sur le plafond et les murs de l'appartement : le monde prend une couleur de sable chaud, puis des éclats orange et jaunes clignotent aux coins des vitres, comme des zestes d'agrumes ; les reflets tremblent un peu, pliés dans la nacre, mauves et rouges, bleutés ; il n'y a plus qu'un immense buisson de flammes, et la solitude de ce buisson m'enivre. Les étoiles ne meurent pas, elles déchirent la gorge des humains qui admirent le soleil. Il faudrait enfoncer un couteau dans la matière des journées, trancher le gras, y découper ce qui seul vous éblouit : a-t-on besoin d'autre chose que de vertige ?

7

Tot

Les séjours à l'étranger de Tot n'excédaient pas d'habitude huit à dix jours, mais voici que je n'avais plus de nouvelles depuis bientôt trois semaines : il avait pris l'avion le 1er septembre pour une tournée des casinos du nord de l'Amérique, et nous étions le 23 ; comme Sabbat souffrait de solitude et que mes visites ne suffisaient plus à calmer ses gémissements, j'avais fini par le garder chez moi ; j'aimais ce chien, mais sans doute prenais-je trop au sérieux mon rôle : j'avais l'impression de passer mes journées à le nourrir, à l'accompagner dans le petit jardin pour qu'il fasse ses besoins, à jouer à la balle avec lui comme s'il s'agissait d'un enfant ; je n'arrivais plus à penser tranquillement, ma solitude elle-même tombait en morceaux : il fallait absolument que Tot revienne.

Même Anouk, sa petite amie, ignorait la date de son retour ; et comme il n'avait ni portable ni mail, nous n'avions aucun moyen de le joindre. D'ailleurs, même lorsqu'il était chez lui, il demeurait injoignable : sa passion pour le jeu l'amenait à fréquenter des gens interlopes, et sans doute était-il empêtré dans de louches histoires d'argent ; ainsi lui arrivait-il de se cloîtrer pendant des semaines, et de vivre comme un clandestin, volets fermés — de «faire le mort», comme il disait : dans ces cas-là, c'était moi, encore et toujours moi, qui sortais le chien.

Je n'ai jamais compris sur quoi portait vraiment notre accord (sans doute ai-je de la répugnance à y penser) : échanger un chien contre un écran de télévision me paraît extravagant, et d'ailleurs, avais-je demandé quelque chose ? Rien, je n'avais rien demandé. Vous vivez seul, et voici qu'on vous envahit, d'abord c'est un chien, puis le reste s'ensuit, comme une dégringolade.

La première fois que j'avais vu Tot, c'était sur le palier : je sortais de l'ascenseur, un type m'observait dans l'embrasure ; il était long et maigre, pieds nus, vêtu d'un kimono en soie rouge orné de broderies où des dragons crachaient du feu. Ce feu, j'ai compris immédiatement qu'il s'agissait du sien : il avait l'air d'un homme qu'on aurait retiré du bûcher avant que les flammes ne rôtissent intégralement son corps. Et puis il y avait quelque chose, dans son allure, du mercenaire et du Peau-Rouge ; le visage émacié, l'œil brusque ; les cheveux ras, à la manière des anciens militaires. J'appris plus tard qu'il s'était engagé dans la Légion étrangère, et avait séjourné cinq ans au camp de Djibouti, puis à Abou Dhabi ; j'appris qu'il avait combattu sur divers fronts, lors d'opérations au Tchad, au Mali, ainsi qu'au Liban ; j'appris, par Anouk — car lui ne racontait rien, se taisait la plupart du temps, et n'ouvrait la bouche que pour donner des ordres —, j'appris donc que pendant une séance de plongée sous-marine au large de Djibouti, alors qu'il s'était blessé la jambe sur un banc de corail, un requin, attiré par le sang, avait foncé sur lui ; le corps de Tot était, paraît-il, entièrement couturé de cicatrices qui témoignaient de cet affreux combat, mais le requin, lui, était mort : Tot l'avait déchiqueté.

Il me demanda à voix basse, une voix lugubre, sourde, si j'avais vu son chien. J'avais croisé en effet dans le petit jardin de la cour intérieure un dalmatien qui urinait contre les platanes. C'est lui, avait-il dit : est-ce que je pensais qu'il allait remonter ? J'ai haussé les épaules : savoir ce que pense un chien n'était pas vraiment dans mes cordes.

Quelques minutes plus tard, on a frappé à la porte : c'était encore lui, pieds nus, avec son kimono et ses yeux déments ; il avait un abcès dentaire, il lui fallait se rendre immédiatement chez le dentiste, en bas, place Édith-Piaf ; ses dents saignaient et il n'avait qu'une envie : les arracher, une à une, avec une pince. D'ailleurs, je m'en souviens très bien, à ce moment-là il avait glissé sa main dans la poche de son kimono et brandi une petite pince en métal qu'il avait aussitôt fourrée dans sa bouche ; j'ai pensé qu'il allait s'arracher une dent, juste là, devant moi, j'imaginais déjà le chicot sanguinolent, et puis voilà : il m'a demandé si je pouvais m'occuper de son chien en son absence.

Il m'est impossible de raconter tout de suite ce qui a eu lieu entre Tot et moi : je dois en passer par cette histoire, dont le caractère labyrinthique, croyez-moi, est involontaire. J'aurais aimé que ce récit fût clair, mais il me semble que la clarté n'est jamais qu'une étape : sa perfection relève d'une insuffisance à voir ce qu'il y a derrière l'horizon.

Et puis rien n'est fini : j'ai beau tenter de réduire Tot à son désespoir, je redoute sa vengeance — nous étions liés par une entente presque effrayante. Dans cette histoire, les démons se multiplient, ils empruntent à l'agneau sa colère. Car la faute n'appartient pas qu'aux ténèbres, les innocents eux-mêmes peuvent trembler, personne n'est capable de tenir debout lorsque arrive le jour de faire les comptes. Je souffrirai, et alors ? J'ai toujours souffert. Mais je n'ai qu'une peur : que rien n'existe, c'est-à-dire que nos âmes soient mortes.

La plupart du temps, Tot était à cran ; l'agressivité semblait son élément naturel : il était toujours sur le point de se battre. Avait-il tué quelqu'un ? Il vivait du moins dans la terreur de le faire. Cette terreur est ambiguë : elle vous appelle, comme la soif. Sans doute est-il impossible d'échapper à un tel désir car il ne cesse de grandir et bientôt se substitue au moindre souffle : une fois l'idée du crime entrée en vous, non seulement le repos s'éloigne, mais votre mort se précise — *vous vivez avec votre mort.*

Pour la plupart des gens, la mort n'existe pas, ils perdent des amis, ils perdent un parent, ils en souffrent, mais leur propre suppression demeure lointaine : pour rien au monde ils ne voudraient visiter leur propre fosse ; ils ferment les yeux quand le couteau les découpe tranquillement.

Tot, au contraire, appartenait au sacrifice : les stupeurs qui frappaient un être aussi vigoureux, et le mettaient au lit pour des journées entières, relevaient de cette emprise.

Le calme de Tot venait du fait qu'il était brûlé des pieds à la tête ; une telle brûlure le protégeait de cette ruine à laquelle la plupart des créatures succombent, parce qu'elles craignent pour ce qu'elles ont bâti.

C'était sa force : Tot ne cherchait en aucune façon à être reconnu ; il existait seul, sans rien qui pût l'enchaîner, sinon ses fièvres, dont la ténacité semblait ouvrir un cauchemar. Qu'il fût vide ou profond était sans importance, Tot était avant tout dangereux : ce danger donnait une consistance humide à sa vie ; et sans doute ne concevait-il pas d'autre vérité que celle de ses vices : c'est leur immensité, leur rigueur qui le faisaient respirer avec autant de précision.

Entre ses tournois de poker, Tot se consacrait à la chasse. Je l'ai même accompagné dans l'une de ses virées nocturnes en forêt (il n'est pas encore temps de raconter cet épisode). Son appartement était le même que le mien : même baie vitrée, même couloir obscur. Aucune décoration. Une atmosphère de planque, avec des meubles récupérés et du matériel informatique entassé dans les coins. Dans la chambre-salon, là où j'avais établi le téléviseur, il avait installé une armurerie : elle était composée de toutes sortes d'armes blanches, dont les lames brillent dans ma tête tandis que j'écris ces phrases, en particulier une hache qu'il utilisa le soir où il m'invita à dîner ; et puis il y avait trois carabines : un après-midi que nous buvions des bières chez lui, il sortit une clef de sa poche, ouvrit la vitrine et s'empara de celle du milieu, mit en joue, visa son chien, releva brusquement l'arme et me la tendit.

Est-ce lui qui m'a initié à la chasse ? Je ne crois pas : une telle passion, lorsqu'elle se déclare, a rencontré son objet depuis longtemps ; mais si pour moi la chasse a surtout lieu dans ma tête, chez Tot elle relevait d'un acte réel : il fallait qu'il poursuive une silhouette jusqu'à la mort.

Ses gestes rapides, précis, étaient ceux d'un adepte : passer en une seconde de la froideur à la fièvre, puis inversement, implique une discipline qui fait défaut aux cœurs embrouillés.

La carabine qu'il avait mise entre mes mains était allemande, une Haenel, selon lui la meilleure pour les traqueurs ; les fusils d'assaut de la firme Haenel, m'expliquat-il, étaient ceux qu'utilisait la Wehrmacht ; et depuis la Seconde Guerre mondiale, l'atelier Haenel s'était spécialisé dans les armes sur mesure : celle-ci, une arme de battue semi-automatique à la crosse droite avait été conçue à sa demande pour suivre des proies à travers une forêt et tirer en mouvement. Car dans la chasse, disait Tot, ce qu'il y a de meilleur, c'est la traque : quand arrive le moment de viser, de tirer, quand arrive l'instant de tuer, la chasse est déjà finie ; chasser, disait Tot, ne consiste pas à ajuster le croisillon d'une lunette mais à poursuivre une proie jusqu'à ce que plus rien ne vous sépare d'elle : il faut, pour entrer véritablement dans la chasse, que votre fatigue s'égale à celle de l'animal que vous traquez, il faut que les deux souffles s'équilibrent et, en un sens, ne fassent plus qu'un ; il n'est pas vrai que dans la chasse le chasseur et la proie se substituent l'un à l'autre, me dit-il, mais il arrive qu'ils ne fassent qu'un : une véritable chasse, une chasse *réussie* implique

que vous ayez vaincu l'animal avant même de tirer, c'est-à-dire que vous vous soyez confronté à lui toute une nuit, et qu'à force de le poursuivre à travers la forêt vous vous soyez vidé de ce qui vous sépare de lui ; le véritable chasseur, me dit-il, est celui qui continue à respirer lorsque sa proie est hors d'haleine, le véritable chasseur épuise sa proie, laquelle, renonçant à se cacher, finit par s'écrouler à ses pieds. Alors, le regard de l'animal qui se retourne sur vous consacre l'animal qui était en vous ; le halètement qui parcourt vos deux corps abolit la distance. Dans la chasse, me dit Tot, la pitié n'existe pas : celui qui a épuisé l'autre lui accorde d'en finir. C'est alors, me dit-il, qu'on retrouve ses mâchoires : j'aime tuer, dit Tot, et les chasseurs qui taisent cette joie mentent.

Il faut que j'avoue une chose, qui sans doute n'est pas étrangère à mes problèmes avec Tot. Un soir, Anouk avait frappé à ma porte. Était-ce en juillet ou en août ? Elle cherchait Tot. Je lui dis qu'il était parti quelques jours. C'était faux, Tot était là — il faisait le mort : il ne voulait voir personne, pas même Anouk (surtout pas elle, m'avait-il dit).

Je ne tenais pas spécialement à protéger Tot, mais l'emprise qu'il avait sur Anouk me dégoûtait, elle perdait de jour en jour son charme, elle était dans la main de Tot, il lui suffirait un jour de fermer son poing pour l'écraser.

Elle s'étonna qu'il ne l'ait pas prévenue ; sa tristesse était celle d'une petite fille ; je l'invitai à entrer.

Anouk avait une vingtaine d'années (je dirais vingt-quatre ans), je l'avais rencontrée deux ou trois fois dans le quartier avec Tot, elle commençait une thèse de philosophie sur Wittgenstein, sur un petit écrit de Wittgenstein consacré au *Rameau d'or*, et plus généralement sur l'articulation entre la logique et la mystique ; elle enseignait la philosophie dans un lycée de banlieue, à Deuil-la-Barre ; c'était sa première année, elle était encore stagiaire, et déjà l'enseignement lui semblait une folie. Elle était brillante, et sa passion pour un homme aussi dur que Tot relevait à mes yeux du gâchis : je l'imaginais ramper devant ce hibou mutique ; cette vision m'était insupportable.

Je venais de commencer un énième visionnage de *La Porte du paradis* de Cimino, et lui proposai de le voir avec moi. C'était un film sur la fondation de l'Amérique par le crime, lui dis-je, un film qui racontait comment les riches éliminent les pauvres, comment, vers la fin du xixe siècle, dans un comté du Wyoming, des propriétaires terriens, soutenus par les autorités gouvernementales, avaient dressé une liste noire d'immigrés à abattre et payé des mercenaires pour exécuter ce travail. J'aimais particulièrement ce film parce que la lutte des classes y était racontée, comme dans Flaubert, à travers une scintillation de cérémonies : il y avait le sexe, la danse et la mort. Et plus encore, comme elle allait s'en apercevoir, il y avait l'immensité des ciels d'azur qui écrasaient les personnages, il y avait les montagnes Rocheuses, celles du Colorado et du Montana, avec leurs cimes enneigées où étincelait parmi des hardes de cerfs le daim blanc de la vérité, il y avait des prairies sans fin traversées par des convois de migrants qui s'enfonçaient dans la boue, il y avait cette lumière dorée qui donne à la tragédie sa couleur d'espérance.

Lorsqu'elle découvrit la pièce où je vivais, elle eut un mouvement de recul ; la nuit, ma chambre ressemble à un tombeau : celui du pharaon dans sa pyramide, dit-elle en souriant. Elle se planta devant les papyrus et caressa du bout des doigts la gorge de l'hirondelle ; ses gestes étaient si délicats qu'ils semblaient invisibles : il y avait en elle une réserve de silence qui me plut — j'avais tellement l'habitude d'être seul que parler me semblait une anomalie.

J'étais déjà un peu ivre. Je lui versai un shot de vodka, elle ôta son blouson d'aviateur, releva ses cheveux en un chignon qui dévoila une nuque constellée de grains de beauté, s'assit sur le divan-lit, but la vodka et m'en demanda aussitôt une autre. La pluie frappait doucement contre la baie vitrée. Anouk semblait aussi déterminée qu'absente, avec ce regard à la fois buté et vide qu'ont parfois les jeunes femmes ; ses yeux gris, son visage poupin lui donnaient l'air d'un écureuil. Ses boucles d'oreilles avaient la forme d'une larme. Certains soirs, le velours glisse entre les voix comme si les étoiles s'allumaient dans nos gorges.

Elle s'allongea sur le lit à mes côtés, elle attendrait ici le retour de Tot, on l'entendrait forcément tourner la clef dans la serrure. Je lui tendis la bouteille de vodka, qu'elle but au goulot ; nous commençâmes à regarder *La Porte du paradis* en fumant des joints.

C'était agréable de voir un film à deux : existe-t-il une plus juste définition de la paix ? Dans la nuit, tandis qu'à l'écran les paysages du Wyoming déployaient leurs ciels de feu et que les montagnes contemplaient la vie des personnages avec le calme lointain des dieux, je distinguais de

66

temps à autre, à la faveur d'une lueur venue de l'écran, le visage d'Anouk, que j'avais crue somnolente, mais qui était concentrée. Lorsqu'elle allumait une cigarette, un petit brasier rouge faisait étinceler son piercing au coin du nez, j'en profitais pour contempler la ligne de ses lèvres, que l'ombre sculptait.

Et tandis que la pluie ne cessait de battre contre les baies vitrées, le crépuscule déplia l'infinie variété de ses nuances dans le ciel qui, en inclinant vers nous les feuillages emmêlés des tilleuls et des marronniers de la cour intérieure, semblait avec l'orage entrer tout entier ce soir dans la chambre. Les grands ciels remplis de montagnes blanches de *La Porte du paradis* mêlaient leur éclat aveuglant aux coups de tonnerre dont les grondements affolaient Sabbat. La nuit était orange et rouge. C'est un plaisir d'être abrité lorsque frappe le déluge : Anouk était blottie contre un oreiller, je devinais son sourire, c'était une nuit parfaite.

Elle s'enthousiasma pour la longue scène de fête où les immigrants, avant leur massacre, dansent en patins à roulettes sous le hangar du *Heaven's Gate*, cette porte du paradis qui ne sera finalement pas l'autre nom de l'Amérique, ni celui d'aucune Terre promise, mais une pauvre salle des fêtes tamisée de lumière rousse où, dansant au rythme doux-amer de la musique cajun, grouille le troupeau des éternels sacrifiés de l'Histoire.

Le film durait presque quatre heures, je proposai une pause. Anouk me demanda si elle pouvait prendre une douche. J'en profitai pour faire des spaghettis *all'arrabbiata* et ouvris une bouteille de vin blanc que je tenais au frais.

Elle revint avec une serviette nouée autour d'elle, les cheveux mouillés, parfumée de citron et de fleur d'oranger ; elle s'allongea à mon côté en souriant ; de petites gouttes ruisselaient sur ses épaules ; le vernis de ses orteils était orange.

Avais-je entendu Tot rentrer ? Non, aucun bruit, personne.

En avançant vers moi son visage pour m'embrasser, elle dénoua sa serviette. Ses seins étaient minuscules, son corps doux et chétif comme celui de mon hirondelle : il me semblait, en approchant ma bouche de son sexe, que j'aurais pu briser ses petits os d'un seul coup de dent.

Il y avait plusieurs mois que je n'avais pas fait l'amour, et l'alcool n'aide pas tellement : en général, on est lourd, engourdi, il est difficile de bander, mais Anouk me branla avec gentillesse. Sa main était chaude, presque fondante, et ses longs doigts aux ongles vernis pressaient ma queue avec une vigueur humide. «Pas de pénétration», dit-elle. De petites lumières clignotaient dans la chambre et nous nous embrassions avec une telle ardeur qu'un peu de salive s'écoulait sur nos corps et mouillait les seins d'Anouk que je pétrissais comme un enragé. Je lui suçai la chatte, longtemps : c'était une joie de fouiller ses lèvres, de lécher toute cette pulpe juteuse et d'ouvrir avec le bout de ma langue les adorables plis de sa vulve. J'avais la bouche en feu, pleine de bave, je ne me contrôlais plus. Elle s'accrochait à mes cheveux en gémissant, et en appuyant sur ma tête pour que ma langue aille plus loin dans sa chatte, elle se mit à tressaillir, ses épaules se secouèrent, et elle poussa un cri : sa joie déchira la nuit. Je pensais à Tot, derrière le mur, qui avait forcément entendu.

Sabbat se réveilla, effrayé, et fonça sur nous : il me mordit le cul, puis sauta sur le lit pour lécher le visage d'Anouk en gémissant.

Je me redressai, le visage ruisselant ; elle se mit à genoux et engloutit ma queue. Son regard avait la couleur de l'orage, mais déjà elle semblait absente. La nuit nous enveloppait comme un mouchoir de velours. Malgré la douleur au cul, je me sentais sous les doigts d'Anouk devenir entièrement fluide. Peut-être la béatitude commence-t-elle ici, lorsque la main d'une femme vous soustrait à la pesanteur. Sabbat se mit à aboyer. J'approchai ma queue contre la joue d'Anouk et lui barbouillai le visage de foutre, en criant de joie à mon tour. Elle éclata de rire, moi aussi. J'ouvris la baie vitrée ; nous nous étendîmes sur le lit. L'odeur de la pluie se mêlait à celle du sexe et du citron.

8

Sacrifices

Bref, le 23 septembre, je m'étais offert une fois de plus un visionnage d'*Apocalypse Now*, que je n'avais cessé de regarder tout l'été : à 15 heures, au moment où je reçus le SMS de Pointel, j'en étais à la deuxième séance de la journée.

Avec ce film, je m'approchais de la clé. J'en avais la certitude : le daim blanc de la vérité court à travers les films, et c'est la raison pour laquelle je ne cessais d'en visionner ; mais depuis ma rencontre avec Cimino, c'est *Apocalypse Now* de Francis Ford Coppola que je regardais quasi quotidiennement : il me semblait que ce film complétait l'expertise de Cimino : en un sens, il en constituait la suite, car avec *Apocalypse Now*, on allait encore plus loin dans l'exploration des enfers où le monde n'en finit pas de sombrer.

Dans ce film, plus que dans aucun autre, on passe à chaque instant de la vie à la mort, et de la mort à la vie : la mission du capitaine Willard, que les autorités militaires américaines chargent en pleine guerre du Vietnam de remonter le fleuve à la recherche du colonel Kurtz, ne se déroule pas selon moi au Vietnam, pas plus qu'au

Cambodge, ni dans aucune région de l'Asie du Sud-Est, mais dans un lieu qui ne figure sur aucune carte : ce point effrayant — sacré — où la vie et la mort se rencontrent.

Car il ne s'agit pas tant pour le capitaine Willard d'aller liquider un élément dangereux de l'armée américaine que de s'approcher du monstre : en effet, le colonel Kurtz, en n'obéissant plus aux ordres de l'état-major, en s'affranchissant de son commandement pour prendre la tête d'une armée de montagnards qui le vénèrent comme un dieu, n'a pas seulement franchi les limites qu'impose l'ordre militaire, il a basculé dans une dimension inconnue où le crime, en prenant une signification religieuse, n'a plus d'importance.

Les soldats de Cimino, ceux de *Voyage au bout de l'enfer*, n'étaient que des marionnettes que la guerre s'employait à détruire : ils tombaient les uns après les autres dans le piège absurde du Vietnam, se retrouvaient prisonniers d'une cage en bambou au milieu d'une rivière infestée de rats où, à bout de forces, ils risquaient à chaque instant de se noyer, et n'en sortaient qu'afin de comparaître face à leurs bourreaux qui les obligeaient à jouer leur destin à la roulette russe — à s'exposer au caprice suicidaire du hasard ; et comme les dix années désastreuses sous les murs de Troie servaient, dans l'*Iliade*, à effacer des lignées de héros, l'enfoncement obstiné dans le cauchemar vietnamien semblait n'avoir pour but que d'offrir les soldats américains en cadeau à la mort.

Mais l'aventure racontée dans *Apocalypse Now* se situait à un autre moment du sacrifice : le *moment d'après*, celui où le hasard n'existe plus, celui où le temps lui-même n'est plus que crime. Si, comme l'affirmait le titre du film, l'apocalypse est là — et les sceaux rompus —, alors les actes changent de nature ; non seulement ils n'ont plus aucun sens, mais ils deviennent étrangers à l'univers qui les contient : ce sont des voix qui se débattent, des gestes qui conjurent, des volontés qui s'aveuglent.

Ce que j'avais consigné dans mon scénario avait précisément à voir avec la fin : avec l'idée que la fin est arrivée, qu'elle est déjà là et qu'en un sens nous vivons *après la fin*.

Oui, depuis que ma passion pour Herman Melville avait tout emporté sur son passage, mes journées ne faisaient que s'enrouler dans les délices d'une exégèse qui avait pour objet la fin, l'idée de fin, le filigrane — à l'intérieur de chaque instant — d'une interminable fin qui détrame le monde.

Que cette fin ne relève pas seulement de la dévastation, mais aussi, mystiquement, de la rosée — qu'elle rafraîchisse le monde au lieu de le pourrir —, Melville, comme tous les grands écrivains, l'avait su : ses livres ne parlent secrètement que de résurrection.

Avant de raconter mes retrouvailles avec Pointel, il faut que je vous parle de ma première vision d'*Apocalypse Now*. C'est à l'époque où l'État islamique a commencé à diffuser ses vidéos de décapitation. On était début août. Étendu sur mon divan, je suffoquais. L'air était humide et sale, comme celui des petites îles infestées de cannibales autour desquelles tourne le *Pequod*, au large de Sumatra, lorsque le capitaine Achab, au comble de la fureur, se rapproche de la Baleine ; Sabbat hurlait à la mort dans l'appartement d'à côté, ses cris retentissaient dans la cour intérieure, où les voisins, à bout de nerfs, n'en finissaient plus de protester ; et moi, je m'enlisais dans la dépression : quand bien même on parviendrait à concevoir sa propre solitude comme une gloire, quand bien même on régnerait sur un pays de nuances où le moindre détail ouvre des lueurs, où le pelage d'un dalmatien vous protège, où la floraison étoilée d'une tête de papyrus vous auréole, il n'en reste pas moins que ce pays n'existe que pour soi — et même, certains soirs, n'existe pas du tout.

En gros, le bilan n'était pas fameux : j'avais quarante-neuf ans, je vivais reclus dans un studio de vingt mètres carrés et passais mes journées à regarder des films en buvant de l'alcool. Bien sûr, je me consacrais à une tâche qui me semblait essentielle, quasi sacrée, ce genre d'activité qui touche à l'absolu, qui peut-être même relève de la vocation et nécessite qu'on vive sans se soucier de la réussite sociale (et je ne perdais jamais l'occasion de répéter ces mots qui me donnaient tellement raison : « absolu », « vocation », « sacré ») ; mais j'en venais certains jours à douter du sens qu'un tel passe-temps donnait à ma vie, car même en admettant, avec beaucoup d'indulgence, qu'on pût se considérer comme un héros sous prétexte que le daim blanc de la vérité nous apparaît dans des films, rien ne distinguait cet héroïsme de la vie pathétique du *looser*.

Je pouvais bien réciter à voix haute mes éternels mantras : Melville-Proust-Joyce ou Dante-Flaubert-Beckett ou Shakespeare-Rimbaud-Faulkner, il était devenu impossible, certains soirs, de savoir si je ne me montais pas

73

complètement le bourrichon; si le daim blanc qui frissonne là-bas, sous les branches d'un pin, existe réellement ou s'il n'est qu'un mirage; si, en clamant dans la nuit des noms de poètes, on est soi-même un poète, ou plus simplement un clown.

Avec la chaleur, l'alcool me tournait la tête. J'ai souvent écrit allongé sur un lit, fiévreux, à demi ivre; j'ai même accueilli, dans cet état, des clartés qui ont décidé de ma vie. La solitude la plus étoilée procure une joie lente: dans ces cas-là, je fais durer la nuit; mais il n'est pas facile de savoir si votre vie s'en va en morceaux ou si vous allez vers ce qu'il y a de plus vivant: ce soir-là, ni les films, ni Melville, ni mon trône de papyrus ne suffisaient; il existe un moment où l'angoisse vous mord le ventre — alors, *plus rien ne suffit*.

Bref, j'étais allé boire un verre aux Petits Oignons, un café du 20ᵉ arrondissement, à côté de chez moi. Et en quelques minutes, bavardant, riant au comptoir avec Walter, le patron du café — un grand maigre à la barbe grise «fan d'Elvis», comme il disait —, avec Anouk, avec Ferdinand, Chiara et Rachid, j'avais repris vie.

Les murs des Petits Oignons sont rouges. L'éclairage tamisé donne à ce lieu une allure d'aquarium; nos paroles, nos rires s'y ébrouent comme des poissons qui filent entre le corail des prairies sous-marines. C'est ainsi que des processions de baleines viennent, couple après couple, nager dans le plus secret de mon esprit, et y transportent la terreur, la prière et la délivrance. Ainsi va mon désir: si je commence à boire, il faut que j'engloutisse l'aquarium; je dois vider l'océan — ouvrir les écluses du monde.

Il y avait un habitué, Gloriot, un type qui écrivait des polars, avec des lunettes en écaille et les cheveux tondus poivre et sel, un type très drôle qui s'enfilait exclusivement des Pernod et parlait toujours du diable : selon lui, Satan était là depuis le début, et c'était à cause de lui que le temps s'était mis en marche pour nous broyer les uns après les autres. Satan s'ennuie comme un gros cafard : c'était son expression — et plus il *a*, disait-il à Walter, moins il *est*, parce que, précisément, Satan n'est rien, c'est pourquoi il nous veut, il veut qu'on bosse pour lui, et la plupart du temps c'est déjà réglé, on ne fait pas un geste sans que ce bouffeur d'âmes y soit pour quelque chose : nos vies, disait-il, sont *privatisées par Satan*.

Ce soir-là, on ne parlait que de l'assassinat d'un journaliste américain par ce groupe de djihadistes encore mal connu, l'État islamique. La vidéo de sa décapitation avait été postée sur Internet, et d'après ce qu'en disait Gloriot, qui l'avait regardée, c'était une abomination : les mains liées dans le dos, en combinaison orange, la victime était à genoux dans un désert d'Irak ou de Syrie ; et derrière lui, debout, un type cagoulé de noir éructait en anglais une malédiction contre l'Amérique, puis il sortait un couteau et l'égorgeait. Des drapeaux noirs claquaient ensuite dans le désert, recouverts d'inscriptions blanches en arabe. On découvrait le corps en combinaison orange couché dans le sable, sa tête posée sur le ventre.

Il y avait ceux qui avaient regardé la vidéo ; et ceux qui, par éthique ou par dégoût, avaient refusé de la voir (l'éthique et le dégoût semblaient parfois indiscernables).

Rachid, un long type au visage émacié, le crâne rasé, qui tenait la boutique Phone Call de la rue Orfila, trouvait dégueulasse qu'on regarde de telles vidéos ; c'était faire le jeu des djihadistes ; c'était du voyeurisme : selon lui, Gloriot prenait plaisir à cette pornographie du crime. Gloriot se défendait : « Je m'informe, disait-il, et non seulement je m'informe, mais je me prépare ; je ne veux pas que l'horreur me soumette, je veux tenir face à l'horreur — et triompher de la terreur dans laquelle le mal croit nous amoindrir. Je ne la regarde pas par fascination, disait Gloriot, mais au contraire pour vaincre la fascination qu'elle nous inspire. »

Le couteau du djihadiste, dont il semblait qu'il fût anglais, ne tranchait pas seulement la gorge d'un homme, il déclarait une guerre spirituelle ; les hommes ont besoin de connaître la fin autant que le commencement — en un sens, ils *veulent* la fin : rien ne les passionne autant que l'instant de la mort, rien ne les excite plus que l'agonie, disait Gloriot ; ainsi le sacrifice de ce pauvre homme ouvrait-il une brèche dans notre confort d'Occidentaux bien nourris, et son immolation, en déchirant la taie qui nous encrasse les yeux, nous faisait-elle peut-être comprendre que nous vivons dans un monde qui ne cesse de mettre fin à ses jours, un monde qui en camouflant son vide sous l'esprit du spectacle et de la marchandise qui a déjà avalé chacun de nous n'en finit pas de s'enliser dans l'inessentiel.

Il s'ensuivit des huées, Rachid et Ferdinand protestèrent avec véhémence, et même Walter, habituellement taiseux, s'aventura à affirmer que nous n'avions besoin d'aucun

massacre pour savoir qui nous étions et ce que nous dési-
rions : les sacrifices ne nous apprennent rien, les supplices
sont toujours en trop, ils ne font qu'approfondir l'injustice.

Un type un peu bizarre prit la défense de Gloriot, un
grand Noir que tout le monde appelait le Baron, le béret
vissé sur la tête surmonté d'une petite plume, des yeux
énormes, une élégance martiale ; il était complètement
ivre, tremblait en serrant sa bière, mais parlait avec assu-
rance : selon lui, nous finirions tous agenouillés dans un
désert, la gorge ouverte au verdict de Dieu ; et peu importait de quel Dieu il s'agissait, peu importait même l'idée de
Dieu, peu importaient ces conneries de religion qui nous
effrayent, nous avions perdu le rapport avec nos propres
existences, nous étions peut-être des impies mais surtout
des misérables, amoindris, aveuglés, asservis, lui pas moins
qu'un autre, précisa-t-il, et si la faiblesse est une faute (et
selon lui elle l'était), notre faute appelait nécessairement
une révolution ; il était devenu urgent que nous changions
notre manière de vivre et que nous nous remettions à penser, car l'absence de pensée mène au gouffre, et précisément c'était l'absence absolue de pensée, l'absence de
pensée des Occidentaux autant que l'absence de pensée des
djihadistes qui nous ramenait à la scène la plus primitive
de l'histoire de l'humanité, c'est-à-dire la mise à mort dans
le désert.

Le vin, le whisky m'embrouillaient la tête. En restant
isolé si longtemps dans ma chambre à regarder des films,
j'avais perdu l'habitude des autres. Toute cette agitation, ce
flot de paroles me faisaient l'effet d'une avalanche. Je me

noyais doucement dans le rouge des murs qui dégoulinait dans nos verres. La soif ouvre un chemin d'étincelles qui glissent dans mes veines : c'étaient d'abord des gouttes, comme s'il pleuvait du sang, puis des giclées rouges se sont mises à lécher nos doigts, à mouiller nos cheveux, à baigner nos visages.

Et tandis que Walter, exaspéré, montait le son pour que la voix d'Elvis couvre tout ce bavardage, je me noyais doucement dans un flot de petites lumières. Les visages tremblent dans mon verre ; le ciel s'écoule, fruité, entre mes lèvres. C'est un bain d'étoiles écarlates où ruissellent des mots que la voix d'Elvis fait chalouper ; Anouk et Ferdinand dansent, leur caïpirinha à la main, en reprenant à tue-tête les paroles de *Suspicious Mind* ; et Walter refait derrière son comptoir le geste d'Elvis lors du concert de 1970 à Las Vegas, ce moulinet de *crooner* qu'il exécute en costume de vinyle blanc, et dont le caractère parodique, loin de détruire le spectacle, lui ajoute une dimension lointaine, comme si la frime et la tendresse, en coïncidant, ouvraient à une vérité indéchiffrable : les dieux qui se moquent d'eux-mêmes sont les plus puissants.

La vision du sacrifié en combinaison orange dont avait parlé Gloriot ne me quittait plus. Accrochée au mur des Petits Oignons, sa tête me regardait, comme celle d'un animal empaillé ; de sa bouche s'écoulait une lave vert et noir, comme si en mourant il recrachait les visions qu'il avait endurées. Alors j'entendis, je lus sur ses lèvres ce cri :

La tête me tournait, je m'accrochai au comptoir. Dans mon ivresse, appelée par les filtres orangés du couchant, par un sillage de mains coupées voguant au fil de l'eau, apparut le visage du colonel Kurtz : le crâne chauve, luisant d'humidité, de Marlon Brando à la fin d'*Apocalypse Now*.

Il est allongé sur sa couche, dans la pénombre d'un temple, au milieu de la jungle — et transpire. Les ténèbres sont vertes ; les palmiers sont remplis de cadavres pendus aux branches ; des têtes coupées s'empilent sur les marches qui mènent jusqu'au colonel Kurtz.

Il me semble que la boue est une salive morte ; il me semble que je nage dans cette boue, en direction du temple, en direction de Kurtz qui se tourne vers moi et me lance un paquet recouvert de chiffons. Je le rattrape, c'est lourd, gluant, j'ouvre : c'est ma tête. Le colonel Kurtz dit : « Le monde finit comme ça. »

Cette apparition me terrifia. En allant aux toilettes, je croisai mon image dans le miroir au-dessus du lavabo, mais ce n'était pas moi. Bien sûr, il y avait une ressemblance, le visage qui s'affichait ne m'était pas inconnu, mais je ne pourrais pas dire que c'était le mien : les traits étaient secs, les joues creusées, les yeux clos. Comment est-il possible de rencontrer son reflet avec les yeux fermés ? Je me suis approché : non seulement les yeux restaient clos, mais la peau de ce visage était bleue. Bref, je voyais un mort. Ce n'était pas désagréable, c'était même intéressant. Mais ce qui me saisit, plus que ma tête de mort, c'était le désir soudain, et plus que le désir, la nécessité, l'urgence, de trouver des mots : face à ma tête de mort, il fallait absolument que je prononce une parole — il me semblait que je n'avais jamais éprouvé de manière aussi impérieuse la nécessité du langage ; non seulement je sentais que les mots existaient, comme si j'assistais à leur naissance, mais je faisais corps avec eux : il n'y avait plus de différence entre eux et moi. Trois mots étaient sur le point de sortir de ma tête, et j'étais ces trois mots.

Avec un feutre noir, je traçai à la va-vite trois petits rectangles vides sur le miroir, les deux premiers à la place des yeux et le troisième à la place de la bouche. En prononçant chaque nom, je remplis les rectangles :

ISAAC   MOBY DICK

COLONEL KURTZ

Ainsi le mort s'est-il effacé : à la place, il y avait moi, les yeux exorbités par la fatigue et l'alcool, avec un rire figé. J'étais *revenu*.

Je quittai précipitamment le café. Dans la rue, Anouk et Ferdinand fumaient. Anouk me toucha le bras : est-ce que j'allais bien ? Je me mis à courir. Une voiture manqua de m'écraser. La nuit, sur l'avenue Gambetta, était rouge ; et dans ce rouge des arbres brûlaient tout au long de l'hôpital Tenon. Lorsqu'on allume un feu, la transparence de l'air se brouille ; très vite la fumée dissipe l'obscurité et voici qu'avec les flammes, avec leurs crêtes orange et bleu, s'ouvre un passage. Ma bouche était pleine de feu : en courant, je portais des flammes — j'étais moi-même le passage. Je croisai le Baron, qui pissait contre un mur. Il leva le poing et maudit le ciel. J'éclatai de rire ; les couleurs du feu riaient avec moi : jaune, rouge, bleu — elles scintillaient dans le ciel comme une guirlande de Noël.

Dévalant l'avenue, ivre, la tête pleine de rires, j'étais encore à l'intérieur de mon scénario : je nageais dans ses phrases. À travers la terreur qu'elle ouvrait en nous, la gorge tranchée du journaliste américain délivrait une parole, un chuchotement : *le rite ne s'interrompt jamais*, voilà ce que rappelait cette voix.

Derrière moi, le Baron se mit à courir. J'accélérai. Il me semble qu'il m'appela ; et plusieurs fois, porté par la nuit, j'entendis mon nom : « Jean ! Jean ! » Je ne voulais pas me retourner, il fallait que j'accélère encore, jusqu'à la place Gambetta, où il y aurait de la vie, du bruit, des gens — où je serais sauvé.

Le bruit de ses pas se rapprochait comme ceux d'un meurtrier. J'étais certain qu'il voulait me tuer. Malgré mon ivresse, ou peut-être grâce à elle (au déchaînement qu'elle produit), je comprenais qu'à l'intérieur de chaque instant il y a un crime. Je le *voyais*. Il arrive que des humains glissent dans les actes obscurs et s'égalent à un tel crime ; alors l'horreur nous éclabousse, et le temps d'un éclair, *on voit*. Mais il s'agit d'autre chose : en écoutant tout à l'heure Gloriot,

Walter et le Baron, j'avais compris qu'il existe une scène à laquelle personne n'assiste, une scène qui n'a lieu nulle part et détermine en secret chacun de nos actes ; une scène qui, en un sens, est pire qu'un égorgement dans le désert — pire qu'aucune infamie représentable ; et c'était cette scène que je guettais chaque jour en visionnant des films.

J'arrivai sur la place Gambetta. Elle était absolument déserte. Je me retournai, à bout de souffle : le Baron avait disparu. Peu importe les fous, me dis-je, peu importe les assassins : seuls comptent la nuit et son rire. Je crois que j'étais heureux : la joie qui flambe dans certains cœurs se situe au-delà de ce qu'une beuverie perçoit. L'herbe qui croît au fond des eaux entourait ma tête. Je regardai le vieux ciel de Paris : moi aussi j'entends les astres crier. Toute la vie des morts dépend d'une pensée juste. La voix de l'agneau est à la fois un incendie et une brise.

9

Guy « le Cobra »

À mon réveil, je n'avais qu'une idée en tête : revoir *Apocalypse Now* ; il devait être midi, le soleil éclaboussait la chambre, j'avais un peu mal au crâne, mais sans plus : pour une cuite au whisky, je pouvais m'estimer heureux.

Je me suis jeté sur mon ordinateur pour télécharger le film, mais ça ne marchait pas ; j'ai pensé alors à Guy « le Cobra » : il devait forcément avoir *Apocalypse Now* en stock, sa boutique n'était qu'à cinq minutes, je n'ai même pas pris le temps d'attendre l'ascenseur et me suis précipité dans l'escalier.

J'avais dormi tout habillé, si bien que dans ma joie je suis parti comme ça, sans avoir fait ma toilette ; dehors, il y avait un temps splendide et la lumière était chaude, bleu-jaune, avec le parfum acide et violent des grands jours d'été.

En arrivant au coin de la rue de la Py, j'ai eu le vertige et me suis appuyé contre l'étal de fruits et légumes du « Jardin de Paris », qui ouvre sur la place Édith-Piaf : des grappes de raisin, des oranges, des poires, des pommes, des figues étincelaient au soleil, et tous ces fruits m'ont fait du bien :

c'était doux et frais — exactement ce dont j'avais besoin. Il y avait longtemps que je n'avais pas éprouvé une telle douceur, une telle fraîcheur : la solitude est bonne, mais sans doute ma vie était-elle excessivement aride (un peu de réconfort serait le bienvenu).

J'ai acheté une boîte d'Efferalgan à la pharmacie, et j'ai avalé le comprimé tout de suite en prenant de l'eau à la fontaine Wallace ; puis j'ai retiré de l'argent au distributeur automatique : il ne restait que vingt euros sur mon compte. Je n'étais pas surpris : même si je n'achetais presque rien, la petite somme sur laquelle je vivais depuis que j'avais vendu la voiture avait fondu ; il était évident qu'il aurait fallu trouver une solution, passer des coups de fil, remplir des formulaires — mais je n'en avais pas la force ; à une époque, j'avais eu de l'argent, certains de mes livres avaient même été des succès, disons des semi-succès, mais j'avais tout dépensé. Depuis plusieurs années, je laissais ma vie rouler sur elle-même : j'avais confiance, et en même temps je m'en foutais. Était-ce par désespoir ? Je ne crois pas. Ma négligence relève plutôt d'une sorte de bonheur : un bonheur insensé — un bonheur extravagant. Il faut être fou, sans doute, pour éprouver une telle insouciance alors qu'on frôle le gouffre : je me suis toujours senti comme Ismaël dans *Moby Dick* lorsqu'il dit (je récite le texte de Melville, j'en suis tramé comme les phrases de mon scénario) : «Au cœur de l'Atlantique tourmentée de mon être, il m'arrive de jubiler dans un calme muet, tandis que les planètes néfastes gravitent sans fin autour de moi sans toucher la place profonde et intime où baigne l'étincelle de ma joie. »

Voilà : je suis quelqu'un qui ne s'oppose pas à l'univers ; l'univers nage en moi.

Ma chance, c'est que je ne payais plus de loyer : l'agence allait vendre l'appartement que j'occupais, je devais quitter les lieux le 1er octobre, et comme j'y vivais depuis vingt ans, on m'avait offert, en dédommagement, deux mois de loyer gratuit, « le temps que je m'organise ». Du coup, je ne m'inquiétais pas : il y aurait toujours un article à écrire pour un quelconque journal ou un carton rempli de vaisselle ancienne dont je pourrais tirer une centaine d'euros, pour peu que j'aille fouiner dans ma cave.

J'avais vaguement compté sur *The Great Melville* pour me renflouer mais, sans pour autant que j'en fasse une question de principe — sans que je ne me monte la tête avec l'idée si séduisante, si gratifiante, du chef-d'œuvre incompris —, je dois bien reconnaître qu'à force de n'en faire qu'à ma tête, je m'étais mis, comme Melville l'énonce cruellement à son propos, à « écrire ce genre de livres dont on dit qu'ils sont des échecs » ; et de fait *The Great Melville* était un échec, un formidable échec : personne, pas même Pointel, ne l'avait vraiment lu, personne jamais ne le lirait, à part moi qui certains soirs, au plus fort de l'ivresse, m'en récitais des pages avec le lyrisme tonitruant d'un Flaubert passant *Madame Bovary* au gueuloir.

Mais au fond, un échec, ça veut dire quoi ? Je ne *croyais* pas en l'échec. Celui de Melville était proportionnel à l'exigence qui l'animait : il indiquait une gloire secrète. La société qualifie d'échec ce qui ne répond pas à sa demande ; elle exclut de la réussite ce qui déborde ses critères. Je n'étais pas tellement impressionné par l'idée que la société se fait de la littérature : qu'est-ce qu'elle y connaît ? Rien. Tout le monde croit savoir ce qu'est la littérature, mais personne n'y connaît rien. Et moi, ce matin-là, avec mes vingt euros, mon vertige, ma gentille cuite et mon envie irrépressible de voir *Apocalypse Now*, ce matin-là et tous les matins de ma bienheureuse et approximative existence, tous les soirs et toutes les nuits, non seulement il me semblait que je savais ce qu'était la littérature, mais qu'en un sens la littérature, c'était moi.

Oui, j'étais ce héros saugrenu qui, doutant de tout, croyait en son étoile. J'étais ce bras d'honneur souriant. J'étais cette lumière qui scintille entre une hirondelle, une rangée de papyrus et un lit célibataire. J'étais cette nuit blanche où viennent s'inscrire, aussi obscures que comiques, ce qu'il faut bien appeler des révélations.

Mes vingt euros en poche, j'ai couru jusqu'à la petite boutique de vidéos de la rue des Pyrénées où officie Guy « le Cobra ». Il était assis sur un banc, face aux tables où sont exposés ses DVD en promotion. Une lumière orange, ocre, bien chaude, miroitait dans les feuillages au-dessus de sa tête ; les jambes croisées, avec cette nonchalance que j'apprécie chez lui, Guy « le Cobra » se roulait un joint.

On l'appelle ainsi à cause du tatouage sur son bras gauche ; c'est un grand type à la dégaine de rocker fatigué, tout en noir, qui connaît l'histoire du cinéma dans ses moindres détails : si vous cherchez tel obscur western français avec Jean-Pierre Léaud, non seulement il vous dira qu'il s'agit d'*Une aventure de Billy le Kid* de Luc Moullet, à coup sûr il l'aura vu et vous gratifiera d'une analyse qui vous fera saliver d'impatience, mais en plus il vous en trouvera un exemplaire, et si vous n'avez pas d'argent sur vous, ce qui m'arrivait souvent, il vous le prêtera.

Guy « le Cobra » vivait lui aussi dans un monde composé de noms ; dès qu'il citait un réalisateur, c'était pour le comparer à un autre, dont les films appelaient à leur tour une série de comparaisons ; de nouveaux noms germaient alors passionnément dans son esprit, le plus souvent à toute allure, si bien qu'en quelques minutes cet univers de références avait pris la place de ce qu'on nomme la réalité (il y avait sans doute bien longtemps que celle-ci n'existait plus à ses yeux).

Guy « le Cobra » avait-il l'intérieur de la tête mystiquement alvéolé ? Pas sûr : derrière la vie des noms, il y a parfois celui de Dieu, mais la plupart du temps il n'y a rien. Les noms parlent aux noms, c'est le début de la joie.

Lorsque je lui parlai ce jour-là d'*Apocalypse Now*, il commença par faire la moue : Guy n'aimait pas Coppola ; de manière générale il ne croyait pas à sa folie, et donc pas non plus à sa poésie : les riches, dit-il, ne peuvent être poètes. Mieux valait, selon lui, la dinguerie illimitée d'un Werner Herzog : avais-je vu les films d'Herzog ? Il fallait absolument que je voie *Fitzcarraldo*, me dit-il en me tendant son joint. C'est ce film où Klaus Kinski veut construire un opéra dans la jungle : il essaie de hisser un bateau jusqu'au sommet d'une montagne au Pérou. Selon Guy « le Cobra », ce film était un chef-d'œuvre « complètement

sous-estimé » et « scandaleusement minoré par la critique » ;
sa dimension métaphysique, comme il disait, l'apparentait
aux plus grandes quêtes : « C'est un Graal fou », m'expliquat-il ; dans *Fitzcarraldo*, plus encore que dans *Aguirre*, Klaus
Kinski — le plus grand acteur du monde, dit-il, bien
meilleur que Marlon Brando — impose un jeu shakespearien et *parvient au sacré* : « Il est à la fois le roi et celui qui
assassine le roi. »

Très bien, dis-je, mais moi je voulais *Apocalypse Now* :
il fallait que Guy « le Cobra » me trouve tout de suite un
DVD d'*Apocalypse Now*, j'en avais rêvé cette nuit, ce film
avait quelque chose à me dire, un « message précis », lui
dis-je — est-ce qu'il avait, oui ou non, *Apocalypse Now* ?

Bien sûr, dit-il, et il se dirigea vers le break stationné face
à la boutique, ouvrit le coffre et sortit d'un carton un exemplaire de la version longue d'*Apocalypse Now* : Coppola,
précisa Guy, avait été obligé de raccourcir son film pour la
commercialisation, et l'avait amputé de scènes cruciales,
mais avec cette édition on voyait enfin le film dans son
intégralité.

La folie n'avait cessé de régner sur ce tournage aux Phi-
lippines — selon Guy, l'un des plus déments de l'histoire
du cinéma : deux cent trente-huit jours de paranoïa, de
drogues, de maladies, d'accidents, avec même un typhon
dévastant le plateau et une guerre qui bloquait les routes
du pays ; et cette avalanche de destructions avait détruit à
son tour l'esprit de Coppola qui chaque nuit réécrivait la
fin de cet interminable film sur des bristols blancs qu'il
transmettait à Brando, lequel, sans même avoir lu le livre

de Conrad dont *Apocalypse Now* est l'adaptation, avec son crâne rasé de bonze et ses cent trente kilos, avait finalement trouvé comment incarner à lui tout seul une montagne, comment donner voix à cette montagne et comment la briser ; oui Brando, le temps d'un monologue inouï, improvisant d'un seul souffle le « testament du monde occidental enlisé dans les sables mouvants du nihilisme », comme le dit Guy, était devenu, selon lui, à la fois le Sinaï et les Tables de la Loi, ou plutôt un « contre-Sinaï » portant une « contre-Table de la Loi ».

Je suis rentré chez moi, triomphal, avec le DVD d'*Apocalypse Now*. En me voyant passer dans le hall, Mme Figo est sortie de sa loge comme une furie : avec des gens comme moi, dit-elle sans même me saluer, il était impossible de faire correctement son travail ; elle m'accusait de ne jamais ouvrir ma boîte aux lettres, les plis s'entassaient si bien que maintenant elle était « bouchée », dit-elle, et qu'elle ne parvenait plus à y glisser le courrier. Il se trouve que je n'étais plus en possession de la clef de ma boîte aux lettres, dis-je à Mme Figo, que cette nouvelle négligence de ma part scandalisa : « Dans ce cas, dit-elle, vous auriez dû me le signaler immédiatement ! On ne peut pas traiter les gens comme ça, je vais me plaindre au syndic ! »

Plaindre de quoi, je me le demandais bien : j'ai le droit, dis-je à Mme Figo, de *ne pas* ouvrir mon courrier.

— Tout le monde ouvre sa boîte aux lettres, répliqua-t-elle. Vous n'êtes pas normal ou quoi ?

— C'est vrai, je n'ai pas *envie* d'être normal, je n'ai pas *envie* d'ouvrir le courrier, j'aimerais qu'on m'oublie.

— Eh bien, eux, ils ne vous oublient pas, dit Mme Figo, avec le sourire perfide de celle qui porte l'estocade : elle me tendit une enveloppe où je reconnus immédiatement le mot : « IMPÔTS ».

— C'est impossible, je ne suis pas imposable.

Mme Figo haussa les épaules, elle savourait ma défaite.

— Tout le monde paie des impôts.

— Pas moi, je n'ai pas d'argent. Vous comprenez : je ne gagne tout simplement pas assez d'argent pour être imposable.

Elle semblait légèrement vexée, mais il y avait maintenant dans son regard une nuance de mépris, celui qu'on a pour les pauvres.

En ouvrant l'enveloppe, j'ai compris qu'ils me réclamaient huit cents euros. C'était la taxe d'habitation. Je ne sais pas ce qui m'a pris, mais alors que Mme Figo attendait que je réagisse, alors qu'elle attendait le chiffre, et qu'elle espérait mon dépit, voire mes lamentations, j'ai brandi le DVD au-dessus de ma tête, en le tenant bien haut, des deux mains, comme une pancarte : « APOCALYPSE ! » ai-je hurlé — « APOCALYPSE NOW ! » — et j'ai filé sans laisser le temps à Mme Figo d'ouvrir la bouche.

10

The End

Lorsque je le regardai ce matin-là (je dis matin même si nous étions déjà l'après-midi, car je m'étais recouché avec un bol de café, j'avais tiré les rideaux pour éviter les reflets sur l'écran, et Sabbat s'était rendormi à mon côté, étendu de tout son long sur la boîte du manuscrit), lorsque je le regardai ce matin d'août, *Apocalypse Now* me brûla les yeux, comme si je me déplaçais à toute allure sur les échelles de la Kabbale. Tandis que j'écris ces lignes, loin, très loin, dans une forêt où la solitude m'ouvre à une attente qui a remplacé la peur, cette brûlure continue : elle donne à ce livre ses battements de cœur.

Voilà, c'est la jungle ; des hélicoptères survolent une forêt de palmiers. Les palmiers prennent feu, la forêt brûle, les enfants brûlent, les buffles, les chèvres, les tigres brûlent : le ciel est mangé par de grandes flammes rouges. Une fumée orange et noir envahit l'écran. La voix de Jim Morrison s'élève, mêlée au bruit des pales d'hélicoptères :

« THIS IS THE END,
MY ONLY FRIEND THE END »

C'est une voix d'outre-tombe qui plane sur le chaos : la voix d'un grand prêtre récitant une messe de fin du monde. La cérémonie commence : on entre dans un monde sacré. *The End*, c'est le titre de la chanson des Doors. *The End*, c'est le message.

Voici qu'on devine, surimprimée au champ de bataille, la tête d'un homme au bout du rouleau qui délire dans une chambre d'hôtel, les yeux exorbités, une bouteille de whisky à la main. Le bruit du ventilateur au plafond de sa chambre se mêle à celui des pales d'hélicoptères au-dessus de la jungle. Un point remplit tout ; la destruction l'environne : le monde agonise à la fois dans une forêt qui brûle et dans une tête en feu.

On est à Saïgon, dans la chambre du capitaine Willard : il exécute au ralenti des mouvements de karaté, en slip, face au miroir ; et vacille, complètement ivre. La fièvre est un masque de la mort. La souffrance du capitaine Willard le rend étranger à toute sensation, comme s'il était prisonnier d'un cauchemar ; il attend une mission, il n'en peut plus de Saïgon, il veut repartir dans la jungle. Jim Morrison continue à scander sa prière noire : « *And all the children are insane* » (« Et tous les enfants sont devenus fous »). Le capitaine Willard donne un coup de poing dans le miroir, et s'écroule en pleurant sur le lit qu'il couvre de sang : le cri qu'il pousse alors en s'aspergeant de whisky n'appelle aucune consolation. Quand on survit au rite qui nous sous-trait aux autres hommes, il arrive qu'on rencontre l'abîme.

Deux militaires américains frappent à la porte. Willard leur ouvre, il pense qu'ils viennent l'arrêter. Les deux militaires découvrent le sang sur les draps, les flaques d'alcool, les éclats de verre, le désordre insensé qui règne dans la chambre ; ils ne paraissent pas étonnés. L'un d'eux donne lecture à Willard d'une convocation émanant de l'état-major : Willard doit se rendre à Nha Trang, au poste de commandement du 2e Bureau ; ils ont reçu ordre de l'escorter. Willard répond qu'il n'est pas très en forme et s'effondre sur le matelas.

Je voulais une mission, dit-il en voix off, tandis que les deux militaires le traînent sous la douche ; et cette mission, pour mes péchés, je l'ai eue : j'ignorais que le pire endroit du monde m'attendait, à des semaines en amont d'une rivière serpentant à travers la guerre comme un câble élec-trique branché directement sur Kurtz.

J'étais abasourdi — je le suis encore : chaque fois que je visionne le début d'*Apocalypse Now*, il me semble assister à la mise à mort d'un agneau ; le ciel se déchire en une flaque de sang ; mes veines sont en feu, comme si l'on y faisait bouillir du poison.

Depuis la première vision, je me suis repassé chaque jour en boucle ces dix premières minutes, où se déchiffre une liturgie qui cherche son adepte. Existe-t-elle, la voie qui traverse le crime ? La voie silencieuse qui mène au-delà du massacre et vous transmet à l'innocence ?

Parfois, la nuit, le diable s'endort sur mes lèvres ; si

j'ouvre la bouche, il se met à grignoter mes dents ; si je ne réagis pas, il avalera ma langue ; il faut le plus vite possible que je trouve un mot, le mot juste, celui qui désarme le mal, celui qui tranche les ténèbres et vous redonne la clarté.

Je continue : il faut que je vous décrive *Apocalypse Now* en détail. De la connaissance de ce film dépend la clarté de l'histoire que j'essaie de vous raconter : certains jours, elle menace de m'absorber.

Le capitaine Willard est introduit dans un bungalow gardé par des soldats en armes. Trois hommes — un jeune colonel, joué par Harrison Ford, un général et un civil au regard éteint — le reçoivent, et lui font savoir qu'il a été choisi pour accomplir une mission délicate. Ses antécédents dans le renseignement ont favorisé ce choix : n'a-t-il pas déjà mené, en solitaire, des opérations obscures ? N'a-t-il pas déjà tué, pour le compte de la CIA, plusieurs personnes ?

On lui explique qu'un officier des Forces spéciales, l'un des meilleurs que le pays ait produit — le colonel Kurtz —, a perdu la tête : ses idées, ses méthodes sont devenues malsaines ; il est passé au Cambodge en prenant la tête d'une armée de mercenaires qui le considèrent comme un dieu et lui vouent un culte.

Un combat, dit le général, se livre dans le cœur de chaque homme entre le rationnel et l'irrationnel, le bien et le mal, et le bien ne triomphe pas toujours, parfois les ténèbres l'emportent ; tout homme, dit le général, a un point de rupture — vous comme moi, dit-il à Willard —, et Kurtz a atteint le sien : il est manifestement devenu fou.

Voici qu'on fait écouter à Willard un enregistrement de la voix du colonel Kurtz. C'est là, tandis que le son capturé dans la jungle grésille et que la voix nasale de Marlon Brando envahit l'espace, qu'*Apocalypse Now* m'envoie un premier signe ; c'est là que chaque fois je comprends à quel point l'initiation de Willard est aussi la mienne : car à l'instant même où la voix de Kurtz-Brando s'élève, apparaît un cerf.

Que fait-il ici ? On est dans un poste de commandement de l'armée américaine, sur la ligne de front d'une guerre effrayante, et un cerf empaillé nous observe : dans son œil humide brille la mémoire des forêts ; le velours de sa ramure déploie jusqu'à nous l'esprit de la chasse, comme si, par-delà les époques et les continents, les nefs de calcaire de Lascaux et les voûtes de la grotte Chauvet nous envoyaient un signal ; comme si le temps lui-même nous rappelait qu'à chaque instant une cavalcade de grands daims ne cesse de secouer les ténèbres, et que des pigments ocre, charbonneux ou sang-de-bœuf dessinent depuis toujours sur nos rétines des figures de saillie et de frayage ; comme si nous étions secrètement conviés à la vision d'une croix blottie au creux d'un entrelacs d'andouillers ; comme si, derrière le spectacle infantile et monstrueux de la guerre, grondait une cérémonie immémoriale, celle d'un sacrifice qui, à travers son rite, conjure la mort et d'un même geste l'accomplit ; comme si cette tête de cerf, pendue au mur d'un QG de fortune, nous dévisageait depuis toujours ; comme si elle allait prendre la

95

parole, interrompre le bla-bla des militaires et inviter ma solitude à entrer dans le mystère.

Oui, une autre histoire se raconte ici, embusquée derrière les fureurs de la guerre, une histoire plus terrible encore que les assauts qui ravagent les forêts du Vietnam, une histoire qui s'adresse à votre âme : qui la veut.

Chaque fois que m'apparaît un cerf, *je vois la chasse* ; et dans la chasse, il ne s'agit pas simplement de poursuivre une proie en vue de la tuer, ni même de faire revenir les gestes originels de la prédation ; il ne s'agit pas de baigner ses sensations dans une humidité perdue, ni même de renouer avec le monde des mâchoires ou de se confronter aux bêtes, au danger, à la mort.

La chasse est spirituelle : en elle se déplie un monde séparé, semblable à cet éclair vers lequel le désir sexuel capte les amants pour les isoler ; à travers leur nudité se rejoue un sacrement, celui par lequel le chasseur et la proie, en se soustrayant au monde restreint, appellent sur eux les signes qui leur accordent de ne plus être ce qu'ils sont, mais d'appartenir au couteau, à l'éclat qui vient frapper la lame, à la gorge qui crie, à l'artère qui se déchire, au sang qui gicle.

Dans la chasse, vous êtes délivré : il n'y a plus personne en vous. Vous êtes le couteau et la proie, la gorge, le halètement, vous êtes la plaie. Vous êtes la lumière furtive qui brille sur la lame, où le sourire de la déesse se reflète avant que vous ne succombiez.

Même s'il traque un pauvre lièvre avec la cruauté d'un plouc éméché, le chasseur, sans même qu'il le sache, poursuit une nudité : là-bas, au loin, dans les broussailles, miroite une lumière vers laquelle il se rue ; le gibier n'est qu'un alibi à son désir, et même s'il lui arrive de rencontrer l'animal convoité — celui qui décuple ses forces et le change en tueur infatigable —, à travers chaque sanglier, chaque biche, à travers la poursuite qui l'accorde à la transe, il ne cherche qu'une chose : tomber sur Diane, dévoiler le corps interdit de la déesse.

Car depuis les yeux brillants du cerf empaillé dans *Apocalypse Now*, c'est Artémis qui vous observe, c'est Diane qui manigance un rendez-vous avec votre mort : le daim blanc effarouché de la vérité qui s'enveloppe dans vos phrases, qui vous protège et que vous protégez, est aussi un prédateur.

La voix du colonel Kurtz est lente : il dit qu'il a observé un escargot ramper sur le fil d'un rasoir. C'est mon rêve, précise-t-il, c'est mon cauchemar : ramper, glisser le long de la lame d'un rasoir et survivre. Après quelques secondes de silence, il reprend : nous devons les tuer, nous devons les incinérer, porc après porc, vache après vache.

Le colonel joué par Harrison Ford arrête la bande, il s'adresse au capitaine Willard : « Vous remonterez la rivière Nung sur un rafiot de la marine. Vous retrouverez la trace de Kurtz à Nu Mung Ba. Suivez-la en récoltant des informations. Quand vous le trouverez, infiltrez son équipe par tous les moyens et liquidez son commandement... LIQUIDEZ-LE !... Cette mission n'existe pas, et n'existera jamais. »

J'aime que l'itinéraire qui mène le capitaine Willard vers le colonel Kurtz relève du *bardo* — de ce couloir initiatique qui fait passer de la vie à la mort, et inversement.

Au fond, il n'existe rien en dehors de ce couloir : on croit vivre, aimer, on s'imagine exulter dans un univers qui se reproduit, mais on ne fait qu'arpenter les terres illuminées d'un *bardo*.

À l'intérieur du *bardo*, on rencontre des morts. Certains nous donnent la direction, d'autres nous égarent ; il est nécessaire que nous continuions à tendre vers la lumière, même lorsqu'elle est complètement éteinte, parce que l'obscurité profite de nos moindres distractions : elle veut vivre à notre place, et lorsqu'elle y est parvenue, elle nous expulse.

Les ténèbres attendent que nous perdions la lumière ; mais il suffit d'une lueur, même la plus infime, la pauvre étincelle d'une tête d'allumette pour que le chemin s'ouvre : alors, le courant s'inverse, vous *remontez la mort*.

C'est la nuit, je retiens mon souffle. Ce qu'on cherche arrive-t-il ? La chose la plus attendue est aussi la plus redoutée. Il n'est pas encore temps de dire ce qu'à l'époque j'affrontais : j'étais seul, et la solitude est peuplée de monstres. Il y a dans l'*Apocalypse* de Jean un silence d'une demi-heure qui succède à l'ouverture du septième sceau. Dans ma folie, je me tenais là, au cœur du silence. Alors, le mal se tourne vers vous, il dit : « Tu m'as mal compris », et c'est peut-être exact.

11

Napalm

Il était donc 15 heures, le 23 septembre, lorsque je reçus le SMS de Pointel. Le téléphone vibra sur mon bureau, réveillant Sabbat ; il avait pris l'habitude de se coucher de tout son long sur la boîte à biscuits qui renferme mon manuscrit, comme s'il en protégeait l'accès. Pour me lire, il faut passer par le chien, me disais-je en riant : comme la guirlande de papyrus, comme le vol invisible de l'hirondelle, comme les films dont chaque jour et chaque nuit m'offrait le stock inépuisable, le chien de Tot appartenait au cercle que la chambre traçait autour de moi, à ce minutieux dispositif que j'avais mis en place durant l'été et qui, aujourd'hui que tout a disparu, continue à éclairer mes gestes.

Une odeur d'herbe coupée entrait par la porte-fenêtre, elle me prodiguait sa fraîcheur comme une faveur marine ; je me croyais dans les mers du Sud, sur le pont d'un baleinier qui vogue parmi les îles aux senteurs de poivre, entouré d'une nuée d'hirondelles entrelaçant leur joie autour du grand mât.

99

Le message disait : « *Jackpot ?* » J'ai cru que Pointel me fêtait mon anniversaire : « *Jackpot ?* » était peut-être une manière subtile de me demander si avoir cinquante ans était une victoire ; et puis j'ai pensé que Pointel ne pouvait pas savoir que j'avais cinquante ans aujourd'hui, ni même que le 23 septembre était mon anniversaire.

J'ai souri en me remémorant sa phrase : « Si vous parvenez à réveiller Michael, *Jackpot !* » Il s'était passé cinq mois depuis mon retour de New York, cinq mois d'un large été, et même si je n'avais fait, comme à mon habitude, que tourner autour des trois grands pôles de mon existence — ordinateur, frigo, vodka —, même si je n'avais fait qu'approfondir les deux activités du solitaire : boire et perdre mon temps, il me semblait que cette période avait été capitale, et qu'à travers les films que je n'avais cessé de regarder, cet immense été s'était ouvert comme les branches des sapins au passage du daim blanc effarouché.

On ne s'était pas revus, Pointel et moi, depuis ce fameux mois de mars où il m'avait communiqué le numéro de téléphone de Michael Cimino. Je ne l'avais tenu au courant de rien. Pourquoi l'aurais-je fait ? J'ai des habitudes de solitude qui peuvent paraître brutales à certains ; je ne réponds jamais au téléphone ; et depuis longtemps plus personne ne m'appelle. J'ai eu des amis, quelques amours aussi ; mais un jour, sans aucune raison, les gestes les plus ordinaires vous apparaissent vides : vous vous rendez compte en vous promenant dans le petit sentier qu'*il n'y a rien derrière la haie*.

Bref, je faisais partie de ces gens pour qui recevoir un SMS relevait de l'événement.

Je répondis aussitôt : « J'ai rencontré Cimino. » Pointel réagit du tac au tac : « Dînons ensemble. » Puis il ajouta : « Ce soir, 20 heures, chez Bofinger ? »

J'acceptai, sortis du lit et rassemblai les dizaines de canettes de bières qui étoilaient la chambre. C'était une belle journée : ciel bleu, soleil calme, vent léger — la journée idéale pour sortir du lit.

Il arrive qu'on oublie ce cœur de tigre qui halète sous la peau de l'océan ; on perçoit la mer comme une terre fleurie et, comme dit Melville, *une douceur triste, un peu mystique, monte dans l'air couleur de rose.* C'est ainsi que ce 23 septembre avait un air de fête : ma solitude, aujourd'hui, me semblait légère, peut-être allais-je carrément me sentir heureux.

Je me suis habillé, j'ai mis ma chemise préférée, la gris perle, celle que je réserve pour les grandes occasions (je la portais quand j'ai rencontré Michael Cimino) ; puis j'ai enfilé mon vieux manteau anthracite, celui qui m'accompagne depuis une vingtaine d'années, dans lequel je m'enveloppe, été comme hiver, lorsque les aventures reviennent.

Voilà, il était environ 15 h 30 et j'étais prêt — l'esprit tendu vers mon rendez-vous. Je souriais : qu'allais-je faire maintenant ? Il me restait plus de quatre heures avant de voir Pointel : l'idée, c'était de sortir Sabbat dans une heure ou deux, de lui donner sa ration pour la nuit, puis d'aller tranquillement chez Bofinger à pied : il faisait beau, marcher me ferait du bien, et d'ici à Bastille, en passant par le Père-Lachaise, il fallait moins d'une heure.

Je n'étais pas sorti depuis des semaines : en général, l'idée de parler avec quelqu'un me semble insurmontable ; et puis j'aime que les journées soient complètement vides. Même si je ne fais rien, il faut qu'elles restent à disposition ; il faut que le matin, l'après-midi, le soir restent ouverts. Lorsque j'ai un rendez-vous, le désir d'annuler devient d'heure en heure irrésistible ; car alors la journée entière tend vers ce point qui la comprime, les angles se resserrent ; il n'est plus possible de penser à autre chose, on n'a plus de solitude, on étouffe.

Mais ce jour-là, j'avais envie de voir Pointel, envie de reprendre le cours de cette histoire : s'il voulait soudain avoir de mes nouvelles, s'il souhaitait me revoir six mois après m'avoir quasiment ri au nez dans son bureau, ce n'était pas pour me parler de mon scénario.

Non, ce qu'attendait Pointel, c'était que je lui parle de Cimino : il était curieux de savoir ce qui avait bien pu se passer entre lui et moi. Était-il même possible que Michael Cimino rencontrât qui que ce soit ? Car s'il continuait à obtenir partout dans le monde des récompenses pour sa carrière de cinéaste sans avoir rien tourné depuis plus de vingt ans, si les rumeurs les plus extravagantes circulaient sur Internet concernant sa santé — certains sites américains n'hésitant pas à affirmer que les multiples opérations de chirurgie esthétique qui avaient refaçonné son visage mas-quaient un changement de sexe —, plus personne, pas même Pointel, ne savait s'il était en vie.

Au lieu de continuer à regarder *Apocalypse Now* sur mon lit, j'ai pris place dans le fauteuil, comme un invité ; je me suis servi une petite bière, ai allumé une cigarette, et au lieu de continuer la séance, j'ai appuyé sur le bouton «AVANCE RAPIDE» de la télécommande : impossible, avec la perspective du rendez-vous de ce soir, de me concentrer sur un nouveau visionnage du film, mais je pouvais me détendre en regardant une séquence pour le plaisir.

J'ai retrouvé la scène dont Tot m'a tout de suite parlé lorsque je lui ai confié ma passion pour ce film : comme tout le monde, il avait vu *Apocalypse Now*, mais c'était avant tout cette scène qui l'avait marqué, et en particulier une phrase prononcée par un officier complètement dingue. Il avait raison : cette phrase était merveilleuse, c'était la phrase la plus folle du film, et aussi la plus drôle — la plus drôle parce que la plus folle. Il fallait que je me détende ; et revoir cette séquence, réécouter cette phrase allait me faire du bien.

Il arrive que l'obscurité ne contienne rien ; c'est ce vide qui nous apparaît lorsqu'on regarde quelqu'un dans les yeux : on plonge alors son regard dans une nuit qui absorbe les corps et les esprits, qui enveloppe le visible. C'est la nuit du monde qui se présente à nous. Et parfois, je pense comme Tot que cette nuit est à mourir de rire.

Tout content, j'ai montré du doigt le téléviseur à Sabbat : « Tu vas voir ! »

Alors, il a levé la tête vers le grand écran où des hélicoptères tournaient à travers des flammes.

Est-ce que c'est un trou qu'on a fait dans le ciel ? D'abord, on ne voit rien, un écran de fumée noire a pris la place du monde ; derrière, on entend les morts. Lorsque le monde fait l'expérience de sa fin, il n'y a plus de bleu, il n'y a plus de vert, l'eau et le ciel ont perdu leurs couleurs : seule existe la boue. Une boue tramée de cris, sur la terre, dans le ciel, partout.

Un hélicoptère se pose sur une plage où des obus explosent en tous sens. Le village est en feu, c'est un chaos effrayant ; les *Marines* déboulent de l'hélico en tirant des rafales de fusils-mitrailleurs ; et tandis que les balles sifflent de tous côtés et que chacun se couche dans la boue, voici que vous apparaît, le torse bombé, indifférent et triomphal comme un empereur romain, le colonel Kilgore, joué par Robert Duvall : Ray-Ban, cigare, chewing-gum.

Il ajuste son Stetson piqué de l'écusson doré de la cavalerie où les deux sabres se croisent, et avance sur le champ de bataille, foulard jaune noué autour du cou. On lui apprend que parmi ses hommes il y a Lance Johnson, le célèbre champion de surf ; il oublie immédiatement le champ de bataille et entame une conversation technique avec le jeune surfeur : « J'admire ton style, lui dit-il. On nettoie ce village de bridés et on va à Vung Dao pour la mer lisse du soir. Il y a des rouleaux qui déferlent en tube, avec des crêtes de deux mètres. »

Aussitôt les hélicos s'envolent en direction de Vung Dao, au son de la *Walkyrie* de Wagner, dont les envolées, selon Kilgore, terrifient les Viets.

Pour sécuriser le rivage et ouvrir les vagues au grand surfeur, le colonel Kilgore commande à l'aviation de bombarder l'intégralité de la zone : « Renvoyez-les à l'âge de pierre ! »

Un rideau de flammes embrase alors la forêt, la secousse est immense, comme si la Terre entière prenait feu. Et voici le moment que Tot apprécie par-dessus tout : tandis que la colline de palmiers se consume dans un ciel noir, et que les eaux du fleuve sont écrasées par les impacts du bombardement, le colonel Kilgore s'agenouille, tranquille au milieu du chaos, il arrache un brin d'herbe qu'il lâche dans le vent, comme s'il était dans une prairie de l'Oklahoma, et sur le ton de la confidence, précis comme un mélomane, il prononce cette phrase qui fait hurler de rire Tot : « *I love the smell of napalm in the morning* » (« J'aime l'odeur du napalm au petit matin »).

12

Les deux visiteurs

Le téléphone s'est mis à vibrer sur la table basse. C'était un nouveau SMS de Pointel. J'ai compris que maintenant, il ne me lâcherait plus : ma solitude était foutue. Avant même que je n'aie eu le temps de lire son SMS, on a sonné à la porte. C'était trop pour moi : il ne se passe absolument rien dans ma vie depuis cinq mois, et en quelques heures non seulement on m'envoyait une rafale de SMS mais en plus on frappait à ma porte : j'étais complètement débordé.

Qu'est-ce qui était le plus important : répondre au SMS ou ouvrir ma porte ? Je ne savais plus où j'en étais. La perspective d'aller dîner avec quelqu'un implique des efforts (si je m'écoutais, j'irais plutôt me jeter dans une fontaine ou courir derrière les voitures sur le périphérique) ; j'avais déjà du mal à me concentrer sur cette soirée, alors m'occuper des gens qui frappent à la porte, c'était carrément au-dessus de mes forces.

Et si c'était Pointel ? Il ne connaissait pas mon adresse. À moins que je ne l'aie notée sur son exemplaire du scénario. Mais non : impossible qu'il se déplace jusqu'ici. Et puis pourquoi m'inviterait-il au restaurant si c'était pour venir finalement sonner à ma porte ?

Une phrase m'est revenue, une phrase qui provenait de ce cahier dont je vous ai parlé, une phrase à laquelle j'ai recours quand ça va mal : *Longer à pas de loup la mince cloison qui me sépare de moi-même.* Cette phrase, je l'aimais bien, et en dépit de son caractère terrible, il y a quelque chose de réconfortant dans sa maigreur : on a l'impression qu'il suffit de la prononcer pour qu'elle se réalise. Oui, en la répétant à voix haute, je longeais vraiment à pas de loup la mince cloison qui me sépare de moi-même ; je découvrais une énigme et en même temps je continuais à m'en approcher ; j'entrais dans ce domaine obscur où le calme ne cesse de revenir.

C'est grâce à cette phrase, en la chuchotant, que je me suis approché de la porte. J'ai regardé par l'œil-de-bœuf : il y avait deux types, avec une grosse chevelure noire et des moustaches.

J'ai retenu mon souffle. Était-ce une illusion d'optique : ils étaient l'un et l'autre semblables, même chevelure, même costume, même moustache. J'étais le capitaine Willard, qu'on vient chercher dans sa chambre d'hôtel pour l'envoyer en enfer ; mais ces deux-là étaient plus bizarres qu'un couple de militaires chargés de vous arrêter : ils avaient à la fois ce petit visage des Témoins de Jéhovah dont le zèle insensible aux rebuffades m'exaspérait d'avance, la rigueur inoxydable des huissiers, et un autre type de folie, plus tortueuse, plus malsaine encore, qui tenait à leur symétrie, à leur sourire figé, à la blancheur incongrue de leur costume.

Ils ont de nouveau sonné. Rivé à l'œil-de-bœuf, je pestais : qu'est-ce qu'ils me voulaient, ces deux cons ? Et comment avaient-ils pu échapper à la vigilance de Mme Figo ? J'ai pensé, de manière absurde : ils sentent la toile d'araignée, méfie-toi des araignées, surtout celles qui s'accrochent à ta porte. Je n'avais aucune intention d'ouvrir. Le mieux, c'était de faire le mort.

À la troisième sonnerie, qui n'en finissait plus, l'un des deux moustachus ayant enfoncé son doigt sur la sonnette sans la relâcher, Sabbat s'est mis à aboyer. En quelques secondes, ses aboiements se sont changés en cris de rage. Je ne le reconnaissais plus : il était déchaîné, la bave aux lèvres, il bondissait contre la porte comme s'il voulait la défoncer, ses hurlements étaient ceux d'un loup. Les deux types n'ont pas eu peur : au contraire, encouragés par la présence d'un chien, ils se sont mis à frapper à la porte d'une manière si brutale, si *dérangeante*, qu'affolé par le boucan, et pour le faire cesser, j'ai ouvert brusquement. Alors, Sabbat s'est faufilé entre les deux types et a foncé vers l'escalier.

Je m'étais trompé : les deux types ne se ressemblaient pas. Ils avaient effectivement tous les deux une moustache, mais elle était différente : l'une, ourlée vers le haut, finissait en pointe et conférait à son porteur une distinction à la limite de la fantaisie ; l'autre semblait plus grasse, et venait mordre sur la lèvre supérieure ; les deux étaient très noires, comme les chevelures, et leurs costumes semblaient faux : sans doute s'en étaient-ils affublés spécialement pour venir sonner chez moi, mais dans quel but? En quoi étaient-ils déguisés? J'étais sur le point de le leur demander quand je remarquai que l'un des vêtements différait de l'autre : la veste du type de gauche était pourvue de toutes sortes de plis, de poches, de boucles et de boutons qui lui donnaient une apparence particulièrement pratique sans qu'on pût cependant comprendre à quoi tout cela pouvait servir. Et il y avait un dernier détail qui les différenciait : le type de droite, celui qui parla en premier, portait l'un de ces répugnants petits sacs en cuir qu'on nomme un baise-en-ville.

Oui, ils avaient l'air déguisés, ou disons endimanchés, et peut-être leurs moustaches mêmes étaient-elles postiches, mais à coup sûr, si j'avais essayé de les leur arracher, elles se seraient avérées naturelles et ils auraient poussé de grands cris.

— Êtes-vous Tot? dit celui à la moustache élégante.

— Non, je suis moi.

— Vous êtes pas Tot? reprit le second moustachu, avec un peu d'hostilité.

— Non, je vous assure.

— Alors Tot, c'est qui?

— C'est l'autre.

— Quoi l'autre?

— L'autre porte, dis-je en indiquant l'appartement derrière eux.

— Il n'y a personne là-dedans. Tot, c'est vous.

— Je vous dis que je ne suis pas Tot : il est en voyage, qu'est-ce que vous lui voulez?

— Où ça, en voyage ?

— Je ne sais pas. Écoutez, il faut que j'aille chercher le chien, dis-je en faisant un pas vers la porte de l'escalier.

— C'est pas son clebs ? me dit le premier moustachu en se dirigeant lui aussi vers l'escalier.

— Oui, dis-je, exaspéré : c'est moi qui le garde. Je garde le chien de Tot.

Je me retournai : tandis que je parlais avec Moustachu 1, Moustachu 2 s'était introduit chez moi, et déjà il appelait de l'intérieur :

— Carl, viens voir ça !

J'étais furieux et me précipitai dans l'appartement, suivi de Carl-Moustachu 1. Moustachu 2 était planté devant le grand écran, où l'on voyait, en gros plan, les seins d'une femme. L'image était arrêtée, et tandis que je hurlais pour que ces deux tarés fichent le camp de chez moi, Moustachu 2 brandit la télécommande en direction de l'écran, et le film s'anima : une jolie fille aux cheveux blonds divaguait tandis qu'un type la déshabillait, il avait presque entièrement déboutonné son chemisier à fleurs, elle se laissait faire, ses seins étaient blancs, lourds, superbes.

— Il se tapait un porno ! ricana Moustachu 2, comme si je n'étais pas là.

— Pas du tout, c'est *Apocalypse Now*, dis-je.

C'était la scène des *Bunnies*. Pour maintenir le moral des troupes, le commandement américain a invité des strip-teaseuses. Elles arrivent dans un hélicoptère noir frappé du lapin de *Playboy* et se trémoussent sur une piste de fortune, à moitié nues, au son d'un tube rock'n'roll. La performance dégénère : sur les gradins, les GI's surexcités envahissent la scène, les filles sautent dans l'hélicoptère qui décolle en catastrophe avant de s'échouer, faute de carburant, dans un coin perdu du Cambodge, au bord du fleuve où le capitaine Willard et ses hommes font escale.

Sans même y penser, je m'étais assis sur mon divan pour apprécier pleinement ce moment crucial d'*Apocalypse Now*. Aussi fou que cela puisse paraître, j'avais oublié instantanément les deux types et replongé dans le film.

Cette scène d'*Apocalypse Now* peut paraître mineure, tant le face-à-face halluciné entre le capitaine Willard et le colonel Kurtz capture à lui seul l'intensité de l'intrigue, mais chaque vision en approfondit la cruauté, et en la revoyant une fois de plus je comprenais que derrière la mascarade d'un strip-tease pour soldats, tandis que Miss Octobre et Miss Mai se dandinent sur leurs hauts talons, l'une attifée en Indienne, l'autre en cow-boy, c'est l'immémoriale pâture à quoi sont réduites les femmes qui s'exhibe en plein cœur du massacre guerrier.

Selon moi, il était évident que cette scène d'*Apocalypse Now* — qui est avant tout un film masculin — avait une importance fondamentale : elle disait que la mise à mort ne s'arrête jamais parce que la concupiscence des hommes mène les femmes à la pierre du sacrifice.

J'avais complètement oublié la présence des deux clowns. Est-ce qu'ils étaient, comme moi, requis par le film, ou avaient-ils profité de ma distraction pour inspecter mon appartement ? Sérieusement, je ne me souviens plus.

Car chaque fois que m'apparaît l'hélicoptère des *Bunnies* entravé dans le déluge de la jungle, ma pensée s'envole : je pense à *Moby Dick*, je pense à l'Arche de Noé. Et tandis que j'écris ces phrases, des colombes volettent dans la forêt autour de moi. Au milieu d'une guerre, l'arche attend d'être remise à flot ; et par les fenêtres, on voit des femmes nues. Est-ce là qu'ont lieu les métamorphoses ? Je crois que quelque chose de plus obscur encore s'y déroule, depuis toujours, qui relève du trafic entre les hommes et les dieux, c'est-à-dire de la folie des récits.

Pour bien comprendre cet extrait d'*Apocalypse Now*, il faut savoir qu'en échange de deux bidons de gasoil, Willard a négocié deux heures avec les *Bunnies* : les soldats pénètrent dans l'hélicoptère, surexcités, et voici qu'à travers une lumière blonde qui semble découper un îlot de chaleur où volent des perroquets vert, jaune, rouge, elles se laissent déshabiller ; au milieu de cette boue, leurs corps semblent un paysage de douceur.

Voilà, c'est là où j'en étais lorsque les deux types avaient sonné, et c'est là que nous avions repris. La jeune blonde aux seins lourds est en larmes : « Être *playmate* de l'année, dit-elle, c'est une solitude inimaginable. On est séparé par une paroi de verre, une paroi invisible… Il y a tous ces trucs qu'ils m'ont fait faire… » Une autre fille, brune et pulpeuse, fait un numéro où elle dresse des oiseaux, et tandis qu'un des soldats l'enlace, les perroquets s'agitent autour de ses épaules : « Tu embrasses comme un oiseau », dit-elle ; voici qu'ils roulent tous les deux dans la boue en poussant des petits cris ; une valise s'ouvre ; il y a le cadavre d'un homme à l'intérieur.

J'aime bien cette scène parce que l'orgie espérée par les soldats sombre dans la mélancolie du sacrifice ; le cri d'oiseau que pousse la *playmate* ne remplace aucune jouissance, il substitue à l'existence même de la jouissance celle d'une pauvre agonie : dans ce monde en perdition, il n'y a que des victimes.

En fait, les deux moustachus s'étaient assis et ne perdaient pas une miette du strip-tease. Pendant quelques minutes, je n'avais pas réagi : peut-être l'apaisement existait-il. Je me sentais bien ; c'est ce même bien-être qu'on ressent lorsque, ayant arraché la croûte, la plaie se rouvre : alors le sang est libre.

Pour un peu, j'allais discuter du film avec eux, leur proposer à boire. Une telle passivité m'étonne ; il m'est souvent arrivé de m'exposer aux désagréments ; il fallait que je me reprenne.

Je me suis levé avec brusquerie, comme si je sortais d'un rêve :

— Qu'est-ce que vous foutez chez moi ?

Ils étaient étrangement penauds, ils souriaient. On aurait dit des enfants pris en faute.

— On fait rien de mal.

— Qu'est-ce que vous voulez ?

— On vous l'a dit, monsieur : nous cherchons Tot.

Ils regardaient maintenant autour d'eux, mais négligemment. Peut-être étaient-ils armés, mais j'étais sensible avant tout à leur fatigue : je sentais qu'ils seraient bien restés chez moi pour se reposer.

— Vous êtes qui ? Des flics ?

— Pourquoi vous pensez qu'on est des flics ? Vous faites des choses répréhensibles ?

— Ça suffit maintenant. Sortez de chez moi.

Qui étaient ces deux types ? Pourquoi semblaient-ils faux ? La perspective de la soirée avec Pointel m'avait rendu si nerveux que la réalité elle-même s'angoissait : je sens parfois le couteau qui avance vers ma gorge ; je sais alors qu'il ne faut plus bouger : le moindre geste dissipe la vision ; je dois fermer les yeux, et alors mes pensées suscitent la main qui retiendra le couteau.

C'est une scène qui a lieu aujourd'hui, sur un palier de quatrième étage, dans un immeuble du 20e arrondissement de Paris, et pourtant, dans ma folie, il me semble qu'elle arrive depuis des millénaires. Je gravis une montagne, avec un fagot de bois sur le dos. Le soleil est une pierre. Le sable sous mes pas absorbe mon silence. Je me dirige vers l'endroit où la lumière déchire les roches, où son immense clarté tremble avec des étincelles. On ne voit plus rien : c'est là que je vais.

Y a-t-il un voile ? Tandis que le couteau s'approche de ma gorge, je m'approche du voile. Jusqu'au dernier instant — jusqu'à l'avant-dernier —, je fixe la lueur qui vient sur la lame : faut-il que le couteau entre dans la gorge pour que le voile se déchire ?

Brusquement, dans cette comédie qu'était devenue ma

vie, il se passait quelque chose : je ne pouvais pas retourner en arrière. En un sens, être au pied du mur est une chance. À l'instant où les deux moustachus ouvrirent la porte de l'escalier pour déguerpir, il y eut un courant d'air et celle de l'appartement claqua derrière moi. J'étais sur le palier, je n'avais pas les clefs. Je maudis les deux imbéciles qui m'avaient mis dans ce pétrin et descendis l'escalier à toute allure pour retrouver Sabbat qui reniflait sa pisse dans les buissons du petit jardin.

DEUXIÈME PARTIE

DES HISTOIRES

13

Devant la porte

À 20 heures, j'arrivai chez Bofinger. C'était un samedi, il y avait foule, je précisai qu'une table était réservée au nom de Pointel. Le maître d'hôtel, un jeune homme nerveux à la calvitie précoce, une sorte de sosie d'Emmanuel Macron, répondit qu'en effet M. Pointel dînerait ici ce soir, sous la verrière, à sa table habituelle, mais pas avec un chien.

— Quel chien ? dis-je.

Le maître d'hôtel, flairant l'embrouille, se contenta de montrer du doigt Sabbat qui, sagement, nous écoutait, langue pendante.

— Ce n'est pas un chien, dis-je, il s'appelle Sabbat, c'est mon ami.

Le maître d'hôtel avait du sang-froid.

— Dites à votre ami que nous sommes désolés, mais qu'il ne pourra entrer qu'en laisse.

J'étais sur le point de lui raconter toute la scène : les deux moustachus, la porte qui claque, la clef à l'intérieur et Sabbat qui file dans l'escalier, mais je me ravisai ; si vous désirez vous introduire dans un endroit dont l'entrée vous est refusée, il n'est jamais raisonnable de jouer la sympathie. Et si, en plus, vous avouez qu'une porte vient justement de se refermer sur vous, il devient absurde, voire louche, d'espérer qu'on vous en ouvre une autre.

— Nous n'avons pas eu le temps de nous munir d'une laisse, dis-je.

— Réfléchissez, monsieur, votre ami porte un collier, je suis certain que vous allez trouver une solution.

J'allai fumer une cigarette sur le trottoir en face. Sabbat observait les pigeons ; il était assis, calme, et sa tête dodelinait contre ma jambe gauche. Pourquoi s'inquiéter ? Pointel arriverait bientôt, il arrangerait tout. Et puis je me sentais bien sur ce trottoir : il y avait une lumière douce dans les arbres, du vert partout, du bleu, et ce vent léger où flottent les désirs. Depuis quand n'étais-je pas sorti ? Il semblait facile d'être délivré : la délivrance n'est jamais que le nom de cette facilité qui le plus souvent nous semble lointaine. Les rues s'élargissaient, une émotion légère se transportait de visage en visage ; des passantes caressaient la tête de Sabbat et me souriaient : c'était une joie claire qui se propageait comme une ivresse jusqu'à la place de la Bastille, où l'ange porteur de lumière brandissait ses chaînes brisées dans un tumulte de reflets d'or qui éblouissaient ce début de soirée.

À l'entrée du restaurant, étalées sur un lit de glace, les huîtres me faisaient envie. Leurs coquilles étincelaient, comme de petites lumières accrochées sur une falaise. La nacre appelle les miroitements. On dit qu'une huître sécrète une perle de ce qui la blesse : alors la blessure est désirable, elle accueille le zeste de citron qui, tandis que j'écris ces phrases, me met l'eau à la bouche. Je vais boire à ces bords dentelés, me disais-je, je vais suçoter la perle. Oui : l'eau à la bouche, tout vient de là, le monde n'existe que pour donner du désir.

Je m'étais appuyé contre le mur, à côté d'une boutique de chaussures de luxe, où un tapis de lierre mêlé à de belles grappes violacées formait comme une toison fraîche ; c'était bon de sentir contre soi la douceur du feuillage et le parfum sucré de la glycine. Et tout en convoitant les huîtres qui là-bas, de l'autre côté de la rue, prodiguaient leurs éclats, je pensais à un passage de *La Tempête* de Shakespeare qui parle de la naissance des perles, je l'avais abondamment cité dans *The Great Melville*, car j'y voyais l'un des secrets que Melville avait découverts, et voici que je me le récitais pour le plaisir :

> *Full fathom five thy father lies,*
> *Of his bones are coral made :*
> *Those are pearls that were his eyes.*
> *Nothing of him that doth fade,*
> *But doth suffer a sea-change*
> *Into something rich and strange.*

> (Par cinq brasses sous les eaux,
> Ton père englouti sommeille :
> De ses os naît le corail,
> De ses yeux naissent les perles,
> Rien chez lui de corruptible

Dont la mer ne vienne à faire
Quelque trésor insolite.)

Tandis que je les répétais, ces vers s'entrelaçaient à la glycine, et je sentais grandir en moi tout un lierre de phrases, vert et frais comme l'océan où gisent les pères engloutis : « De ses os naît le corail », me disais-je, « De ses yeux naissent les perles » — et je voyais l'immensité sous-marine parcourue de squelettes où germaient de longues tiges minérales rouges, semblables à des algues dures qui à travers l'obscurité me faisaient signe : elles me disaient qu'il est bon de ne pas se détourner des abîmes car c'est là que les corps se changent en perles ; c'est là que la mort se transforme en une vie rouge et dure ; c'est là que le temps se cristallise.

Le fond des mers est peuplé par une mémoire qui attend son réveil ; et voici qu'en récitant ces phrases, le corps tressé de glycine, entièrement parcouru de lierre, je plongeais à mon tour au plus profond des eaux pour y cueillir la chose unique et rare qui m'est destinée. Rien n'est caché, me disais-je. *Tout est encore là.* Il n'y a pas de voile : le mystère contenu dans les vers de Shakespeare indique une métamorphose de toutes les vies passées et le secret de leur résurrection à travers notre désir ; car rien ni personne ne meurt jamais tout à fait, chaque étincelle de vie attend d'être reconnue par ceux qui parmi nous fréquentent les abîmes. On croit toujours que les pères sont morts, mais chaque fois des perles, des coraux, et tous les autres trésors possibles naissent à leur place et attendent que nous les trouvions.

Ce « quelque chose de riche et d'étrange » dont parle Shakespeare — cette idée du trésor qui n'attend que nous —, je n'y ai jamais renoncé : quelque part, à l'autre bout du monde, sur une île peuplée de cerfs, au cœur des montagnes Rocheuses ou d'une prairie illuminée d'étreintes, dans un désert de neige, un ghetto en Pologne, une émeute de sans-papiers, une chambre tapissée de livres messianiques ou même ici, au coin d'une rue ensoleillée, à travers les reflets orange et verts du pare-brise d'une Mercedes couleur saumon stationnée devant moi, dans la fraîcheur parfumée de miel d'un mur de glycine, dans l'excitation d'un dalmatien qui s'amuse à chasser les pigeons, rue de la Bastille, je sais qu'une chose m'attend, une chose étrange et riche — un trésor.

Et ce trésor, je ne pense qu'à lui : tous mes gestes, mes désirs, mes pensées, même les plus frivoles, même ceux qui semblent m'éloigner de l'essentiel, lui sont consacrés. Lorsqu'on voue sa vie à déchiffrer un message qui est invisible, il faut s'attendre à rencontrer des obstacles, à se perdre dans l'inutile, à être la proie de multiples dérapages ; mais même la plus aberrante sortie de route fait encore partie de la voie. Oui, lorsque, en avril dernier, j'avais trouvé cette phrase de Melville sur la vérité forcée de fuir dans les bois comme un daim blanc effarouché, il m'était apparu qu'à l'horizon de mes aventures, ou plutôt de mes mésaventures — car mes journées, vous l'avez remarqué, ont cette couleur un peu foireuse qui leur donne un air de comédie —, s'ouvrait bel et bien, en dépit des zigzags, et parfois grâce à eux, une direction, un sentier, une route.

Je voudrais le dire, le temps d'un paragraphe, en des termes mystiques (car décidément mon séjour dans la glycine en compagnie de Sabbat, le soir de mon anniversaire, m'avait enveloppé dans ce qu'il faut bien nommer une extase) : il existe un point où Dieu ne cesse de disparaître, où c'est moins son absence qui nous saute au visage que le moment exact de son effacement ; il suffirait qu'on fixe son esprit sans s'arrêter sur ce point pour que la mort n'existe plus. La flamme qui s'allume ici annonce des clartés qui suffiront à nourrir ma solitude jusqu'à la fin de ce livre : un dieu mort est plus lourd à porter qu'un dieu vivant ; son inexistence occupe nos vies entières, elle ne cesse de noyer nos âmes dans l'oubli d'un deuil impossible à nommer ; et ses yeux, ses os, son invisible carcasse ne gisent au fond des eaux qu'afin de susciter la perle qui nous est destinée : les dieux sont la parole de tous les morts qu'ils font vivre et dont ils se nourrissent. Celui qui saurait plonger assez profond pour *manger le corail du Père*, plus aucune limite ne le retiendrait : il arrive qu'on parle avec le feu, mais plus rares sont les instants où le feu lui-même vous irradie, où la lumière vous soulève, où votre vie ruisselle. Car *en avalant les os, vous devenez la perle.*

Il était 20 h 15. Toujours pas de Pointel. J'observais Macron qui accueillait chaque client avec une majesté obséquieuse et ironique ; de temps en temps, il nous jetait un coup d'œil, à Sabbat et à moi, comme à des pouilleux qu'il faut tenir éloignés. Je l'avais d'abord pris pour l'un de ces employés psychorigides qui appliquent le règlement à la lettre car la plus minime transgression détraquerait leur

124

esprit ; mais non : ce type était payé pour faire le tri, il refoulait les parias comme ces flics infiltrés parmi les douaniers à Ellis Island qui repéraient au premier coup d'œil, parmi les immigrés venus chercher fortune en Amérique, la présence d'un éventuel hors-la-loi, et qui, faute d'en avoir trouvé, en désignaient un d'office. Ce soir, le paria, c'était moi.

N'était-il pas temps que je fasse signe à Pointel ? Mais j'avais peur qu'il ne voie dans mon SMS un signe d'impatience : je décidai donc d'attendre encore cinq minutes.

Avec tout ça, j'avais complètement oublié mon problème de clés. Cet après-midi, après avoir récupéré Sabbat dans le petit jardin, j'étais allé voir Mme Figo ; je savais qu'elle en conservait un double, mais comme d'habitude il n'y avait personne dans la loge ; j'avais attendu une demi-heure dans le hall, Sabbat tournait en rond, j'avais peur qu'il ne se mette à pisser, là, parmi les fleurs artificielles, si bien que j'avais glissé sous la porte de Mme Figo un mot dans lequel je lui expliquais ma situation : pouvait-elle m'appeler afin que nous convenions de la meilleure manière de régler ce problème ; encore mieux : pouvait-elle — et ce serait alors merveilleusement gentil de sa part — glisser dans ma boîte aux lettres le double de mes clefs (et surtout laisser la boîte ouverte) afin que ce soir, après mon rendez-vous de travail, je puisse rentrer chez moi ?

J'espérais, sans trop y croire, qu'elle prendrait connaissance de ce mot avant la fermeture de la loge, et surtout qu'elle me tiendrait au courant ; mais tandis que j'attendais sur le trottoir l'arrivée de Pointel, je n'avais toujours reçu aucun coup de fil de Mme Figo, et sans doute ne m'appellerait-elle pas, et me laisserait-elle dormir dehors cette nuit : en un sens, ma démarche lui donnait l'occasion de se venger, et le plus étrange, c'est que je trouvais ça drôle.

J'étais dans une humeur de prince : traverser Paris avec un dalmatien m'avait plu, désormais ma place était ici, sur ce trottoir illuminé par les derniers rayons du soleil, enroulé avec la glycine et le lierre dans une solitude glorieuse ; et même si le rendez-vous avec Pointel ne m'apportait que de nouveaux désagréments, ça n'avait aucune importance : j'avais la glycine, j'avais le lierre, j'avais ma solitude. Aujourd'hui, c'était mon anniversaire, et à cinquante ans je m'offrais ce cadeau : vivre dans un roman d'aventures.

J'ai eu soudain un doute : avais-je bien compris ce que m'avait dit Macron ? Car à y bien réfléchir, en me confirmant l'information selon laquelle Pointel dînerait ici ce soir (information que je lui avais moi-même apportée, et qu'il s'était contenté de valider avec la neutralité d'un professionnel), il ne m'avait donné pour autant aucune précision concernant la présence ou non de Pointel : du coup, rien ne garantissait que Pointel n'était pas *déjà* là. En effet, Macron avait dit : « M. Pointel dînera là ce soir, sous la verrière, à sa place habituelle », et je ne m'étais pas méfié de cette phrase, elle semblait parfaitement claire, mais voici qu'en y repensant elle prenait une tournure équivoque ; sous l'affirmation énoncée au futur (« M. Pointel dînera ») se cachait peut-être un non-dit, il y avait indéniablement une ambiguïté dans cette phrase, et je dirais même un flottement, qu'il était possible, vu le caractère ironique du personnage, de quali-

126

fier de sournois ; oui, un flottement sournois visant à masquer si oui ou non Pointel était effectivement à l'intérieur. Car j'en étais maintenant certain, Pointel m'attendait bel et bien à sa place habituelle, sous la verrière, et par délicatesse il ne me l'avait pas fait savoir : il me laissait élégamment la possibilité d'être en retard. Oui, c'était ça : je croyais être en avance et voilà que j'étais en retard. Il fallait que j'envoie, toutes affaires cessantes, un SMS à Pointel : s'il était à l'intérieur, il m'inviterait à le rejoindre et alors je lui ferais part du problème qui nous immobilisait, Sabbat et moi, sur le trottoir d'en face ; et si, au contraire, il n'était pas encore arrivé, je continuerais tout simplement à patienter.

Pointel répondit aussitôt à mon SMS : il était désolé, une réunion l'avait retardé, il était en chemin mais il y avait des embouteillages, je pouvais entrer et l'attendre, une table était réservée à son nom.

Je n'osai lui dire que justement je ne pouvais pas entrer. Le mieux était de continuer à l'attendre dehors, en guettant l'entrée du restaurant, pour ne surtout pas rater son arrivée. Mon plan était simple : à l'instant où Pointel surgirait, au moment précis où le maître d'hôtel ferait quelques pas à l'entrée du restaurant pour s'approcher de lui et lui serrer chaleureusement la main, comme on le fait avec les bons clients, Sabbat et moi traverserions la rue, j'appellerais Pointel avec un grand sourire, et il se retournerait, lui aussi en souriant, et ce grand sourire gagnerait le maître d'hôtel, qui nous ouvrirait les bras, à Pointel, Sabbat et moi, dans un même élan de convivialité, et ainsi entrerions-nous enfin chez Bofinger.

Il y eut une rafale de SMS. Pointel me disait qu'il aurait décidément beaucoup de retard. Je pouvais déjà commander quelque chose en l'attendant, des huîtres, ce que je voulais : c'est lui qui m'invitait. Il avait prévenu le restaurant, les serveurs étaient au courant, on allait me servir une bouteille de son vin préféré — un pinot noir bien glacé —, la commande était passée, il me demandait de boire à sa santé et de lui dire comment je trouvais le vin.

Je fonçai vers l'entrée du restaurant avec Sabbat qui jappait d'excitation. En me voyant surgir, le maître d'hôtel prit un air dédaigneux.

— M. Pointel veut que je l'attende à l'intérieur, dis-je, il a téléphoné, ils sont au courant, ils servent déjà le vin, il faut absolument que j'entre.

Il regarda le chien froidement, me fit signe de ne pas bouger, entra dans le restaurant et en ressortit avec une cravate qu'il me tendit sans un mot. C'était une cravate en soie mauve, couleur lilas, disons. Je la trouvais vulgaire, mais je n'allais pas commencer à faire le malin ; je tentai de la nouer autour de mon cou, mais il fallut se rendre à l'évidence : je ne savais pas faire un nœud de cravate.

Le maître d'hôtel ne cachait plus son exaspération :

— Ce n'est pas pour vous, mais pour le chien. Vous n'avez pas de laisse, tenez-le avec cette cravate, je n'ai rien de mieux à vous proposer.

Je glissai rapidement une extrémité de la cravate dans le collier de Sabbat, qui se laissa faire avec une patience de saint. Tot l'avait merveilleusement dressé : j'avais traversé

128

avec lui le cimetière du Père-Lachaise, remonté la rue de la Roquette et traversé le boulevard de la Bastille sans jamais qu'il ne s'éloigne ; lorsqu'il lui arrivait de me distancer légèrement, il ne cessait de se retourner pour s'assurer de ma présence ; et avant chaque passage piéton, il s'asseyait même pour attendre mon signal.

— Je vous accompagne, dit le maître d'hôtel, et nous entrâmes enfin, Sabbat et moi.

14

Rixe

Nous fîmes une entrée solennelle. Sabbat levait haut sa noble tête, et moi, en le conduisant avec sa laisse en soie mauve, je m'efforçais d'avoir l'air élégant et décontracté, comme un aristocrate. Avec mes espadrilles poussiéreuses, mon vieux manteau sans boutons et mes cheveux que je n'avais pas coupés depuis six mois, ce n'était pas gagné. Mais après tout, Louis II de Bavière lui-même, menant son lévrier blanc à la chasse, avait parfois l'allure d'un fou.

Lorsque, précédés de la serveuse, une jeune femme blonde à l'allure d'écolière à laquelle le maître d'hôtel avait passé le relais, nous fûmes introduits, Sabbat et moi, dans la grande salle où les bruits de couverts se mêlaient aux conversations, et que tous les regards se tournèrent vers ce clochard qui promenait en laisse une créature de Walt Disney, j'eus un accès de panique : lorsqu'on entre tout seul dans un lieu public, on devient une proie.

La timidité conduit à des excès : je toisai les importuns avec l'insolence d'un maharadjah. La noblesse de Sabbat m'encourageait, et puis n'avais-je pas pris soin de porter ma chemise gris perle ? Avec elle, je me sentais invulnérable.

Au moment d'entrer, j'avais senti que j'étais repris par les noms, que j'étais en train de passer d'un nom à un autre, et de plus en plus vite : cela m'arrivait chaque fois que je franchissais un seuil, et si je parvenais le plus souvent à contrôler cette frénésie, ce soir, avec la pression que m'avait mise le maître d'hôtel, puis la gêne que provoquaient en moi toutes ces présences, cela risquait d'être plus difficile. Le moment était franchement mal choisi pour décompenser : il fallait que je me contienne devant Pointel, d'autant que je n'avais toujours pas payé la taxe d'habitation, et qu'avec un peu de chance, comme il me l'avait promis en mars lors de notre précédent rendez-vous, il aurait peut-être du travail à me proposer, des relectures de scénario, ce genre de choses.

La serveuse m'indiqua la banquette qui se trouvait juste en dessous de la verrière, au milieu du restaurant : « La place de M. Pointel », dit-elle. Elle décala la table afin que je puisse aller m'asseoir, mais Sabbat, habitué au divan moelleux de Tot, fit un bond majestueux et s'allongea de tout son long sur le beau cuir bordeaux où venait briller, par petits éclats, la lumière élégante de ce dernier jour d'été.

Mes voisins de table nous observaient d'un air réprobateur ; la serveuse s'empressa de faire descendre Sabbat : je devais veiller à ce qu'il reste sous la table, à mes pieds, peut-être même serais-je obligé de l'attacher.

La verrière était formée de petits vitraux jaunes, rouges et bleus, qui dessinaient une scène folklorique d'Alsace où des villageoises en coiffes noires à grand nœud et en jupes rouges dansaient avec des gaillards endimanchés ; elle diffusait une lumière laiteuse, un peu nauséeuse, qui flottait dans l'air avec la lourdeur flasque des méduses.

En quelques minutes, j'avais complètement perdu mon insouciance : le simple fait d'être coincé derrière cette table que la serveuse avait méthodiquement resserrée sur moi suffisait à nourrir mon angoisse ; je transpirais à grosses gouttes, mais pas question d'enlever mon manteau : je le porte depuis des années et toujours, dans les situations difficiles, il m'est venu en aide ; les chevaliers ont leur armure, j'ai mon manteau ; grâce à lui, je suis protégé : à l'intérieur, il y a mon cahier, il y a un ou deux livres et de quoi écrire, il y a le téléphone, quelques grigris et une flasque de vodka, tout ce qu'il faut pour survivre ; j'aime savoir que j'ai l'essentiel sur moi, que je peux tenir longtemps, n'importe où, sans rien demander à personne ; et puis, au cas où les choses tournent mal, il est bon de pouvoir filer directement, sans passer par le vestiaire.

Plus encore que le regard des autres, plus encore que cette sale pesanteur qui au restaurant vous rive à votre assiette et à vos couverts sans que vous sachiez quoi faire de vos mains, c'était cette lumière qui me gênait : une lumière poisseuse que venait alourdir l'odeur de mangeaille. Du coup, j'ai mis mes lunettes noires : si l'on pouvait s'effacer dans les plis de son manteau, disparaître dans l'air comme les cendres d'un volcan, la vie serait facile.

La serveuse est revenue avec un type bizarre, très grand et courbé, qui portait une perruque noire où brillaient des reflets bleus, comme sur les ailes d'un corbeau. J'ai pensé qu'il était là pour m'expulser, mais il a ouvert une bouteille de pinot noir millésimé, a reniflé le bouchon et m'en a servi un verre en précisant qu'il s'agissait de « la réserve personnelle de M. Pointel ».

J'ai goûté le vin et opiné du chef, comme il se doit, en pensant qu'il devait valoir des millions. La serveuse a disposé la bouteille dans un seau argenté rempli de glaçons et j'ai attendu qu'elle s'éloigne pour siffler le verre cul sec. Ça m'a fait du bien. J'ai voulu en boire aussitôt un autre, mais le seau était placé trop loin, et même en me penchant pardessus la table, ce que j'ai vaguement commencé à faire, je ne parvenais pas à l'atteindre : impossible de pousser la table sans gêner les voisins des deux côtés, et sans renverser le seau.

Bref, j'ai attendu que la serveuse revienne et je lui ai demandé s'il était possible que le seau fût posé à même la table, car j'avais très soif, ai-je dit, ce vin était excellent, je sentais que j'allais en boire beaucoup, et comme M. Pointel n'arrivait toujours pas, au moins aurais-je la possibilité de déguster ce si bon vin pour passer le temps.

Elle a esquissé un sourire, minuscule mais suffisant pour que, dans ma solitude, je voie en elle une alliée. Je suis de ceux qui voudraient participer à l'ivresse du ciel ; et la pesanteur m'écrase. Que se passerait-il si l'on sentait vraiment que la terre tourne ? Attablé dans ce restaurant bourgeois, je comprenais enfin que j'étais affreusement seul : avec toutes ces journées à ne faire que voir et revoir les mêmes films, je m'étais isolé jusqu'à l'absurdité ; ce soir, il fallait que je fasse un effort : en un sens, ce dîner avec Pointel était l'occasion de m'ouvrir.

J'ai continué à boire en regardant passer des plateaux de fruits de mer. Par les vitres du restaurant, on voyait briller la silhouette de l'ange de la Bastille qui n'en finit plus de prendre son envol, comme s'il nous enjoignait de quitter ce pauvre monde et d'entrer dans un vide où la lumière réécrit la terre et les cieux ; je pensais à tous les anges qui trament dans le ciel de Paris une féerie d'annonces : ceux de Notre-Dame de Paris, aux longues ailes blanches, qui, pour rassembler les élus aux quatre vents, sonnent de la trompette depuis une extrémité des cieux jusqu'à l'autre, celui qui se dresse à la pointe de la Sainte-Chapelle, cet ange colossal, tout en plomb, dont l'œil sévère tranche les mensonges et qui brandit une croix de procession ; et puis toutes les Victoires aux ailes dorées qui lancent une couronne de laurier, celle, à moitié nue, des toits du Petit Palais, celle qui médite, assise, épuisée, au sommet de l'arc du Carrousel : il m'arrive d'imaginer leur dialogue, et l'inconcevable récit qui chaque nuit, d'une bouche à l'autre, s'élabore à partir de leur joie ; il m'arrive, perdu entre deux films, vers 3 ou 4 heures du matin, fumant une cigarette à la fenêtre de ma chambre, de penser que si le monde ne tombe pas tout entier à l'abîme, s'il semble encore tourner vaguement sur son axe, c'est parce que ce récit, chaque nuit tricoté sur les toits, compose une étoffe aussi solide qu'insaisissable et qui soutient le temps.

Tandis que je sirotais le pinot noir, dont je sentais déjà que j'allais très certainement en abuser, une phrase m'est revenue, une merveilleuse phrase de Kafka dont j'aime depuis toujours la simplicité : «J'avais une amie parmi les anges.» Est-ce dans *L'Amérique* que je l'avais soulignée ? J'ai sorti mon cahier pour vérifier : oui, c'était dans *L'Amérique*, c'était dans ce livre complètement fou de Kafka où la statue de la Liberté vous accueille, dès la première page, en brandissant une épée plutôt qu'un flambeau, où l'idée de la Terre promise prend la forme d'un chapiteau illimité, un cirque ambulant où chacun voit ses espoirs se dissoudre, où l'espérance et la disparition ne font plus qu'un, avalées dans cette comédie qui semble avoir remplacé le monde, comme si une indéchiffrable prophétie avait ouvert l'horizon américain, et la planète entière, au devenir universel de la clownerie.

Kafka, les anges, l'Amérique, les clowns : voilà que ça me reprenait. Je passais d'une idée à l'autre, d'un nom à l'autre, d'une phrase à l'autre ; je savais que ça n'allait plus s'arrêter, je savais que j'allais inonder Pointel de mon bavardage, et complètement noyer notre rencontre dans un flot de noms, d'anecdotes, de citations, et perdre une fois de plus l'occasion d'avoir un véritable échange (mais peut-être un véritable échange implique-t-il au contraire que chacun laisse libre cours aux noms qui lui viennent).

Comment faire ? J'ai sifflé un nouveau verre de pinot noir : peut-être qu'une fois ivre, les noms allaient me lâcher. Les noms s'éteignent-ils dans l'alcool ? Franchement, je n'y croyais pas.

Il y avait, au milieu du restaurant, un gros aquarium surmonté de plantes vertes, où les lueurs de la verrière se reflétaient à travers des éclats de nacre qui étincelaient sur mon verre de vin. J'y distinguais de petits arcs-en-ciel dont le camaïeu dansait sous mes doigts lorsque je portais le verre à mes lèvres ; si je parvenais à me glisser sous cette arche de couleurs, à me faufiler entre les anneaux du prisme, si je quittais ma place sur la banquette pour plonger dans cet océan miniature, à coup sûr je serais délivré. Délivré de quoi, je l'ignore — mais au fond la délivrance n'a pas d'objet : ce qu'elle promet, c'est elle-même.

L'aquarium était rempli d'énormes poissons verts et bleus qui côtoyaient des homards aux pinces attachées par des élastiques, toutes sortes d'écrevisses et de crabes qui se déplaçaient parmi les algues et les mousses ; cette meute s'était rapprochée contre la vitre et me fixait.

C'est lorsqu'on est au plus bas qu'arrive la délivrance, tout le monde sait ça, mais personnellement je sentais que je n'étais *pas encore* au plus bas : certes, une trappe s'était ouverte et j'étais en train de tomber, mais il était évident que mon supplice ne faisait que commencer, j'allais tomber toujours plus bas, car il y avait non seulement tous ces petits vitraux dont la fadeur m'écœurait depuis le début, mais voici que j'étais attaqué par cet aquarium que je n'avais pas vu d'emblée et qui, alors que ma situation était sur le point de se stabiliser (Sabbat s'étant endormi sous la banquette et le vin rouge commençant de faire effet), me sautait à la gueule ; le restaurant flottait déjà dans une lueur trouble, avec des méduses qui barbotaient dans les potages et des arcs-en-ciel qui se déployaient dans les verres, et voici que d'horribles crustacés rampaient dans la vase *pour me faire souffrir.*

Je vidai coup sur coup deux verres de vin, sous l'œil de la serveuse qui, semble-t-il, avait eu des consignes particulières me concernant. La bouteille était maintenant aux trois quarts vide. Je transpirais de plus en plus, mais pas question d'enlever le manteau. Ne pas regarder non plus les homards. Ne pas penser que j'étais coincé derrière la table. Oublier la promiscuité, oublier Macron qui, là-bas, dans l'entrée, me surveillait. Se répéter cette phrase : « Quand vous serez tombés au plus bas je viendrai vous racheter. » Cette phrase, je crois bien que c'est Dieu qui la prononce. C'est dans un midrash. Il répond à Israël qui lui demande : « quand viendras-tu nous racheter ? » Cette phrase, qui faisait partie des mille et une phrases consignées dans mon Cahier spécial, celui que j'avais sur moi, plié dans la poche extérieure gauche de mon manteau, parle avant tout du Messie, et ce soir, en me la répétant pour oublier l'offensive des crustacés, je me rendais compte que la figure du daim blanc de la vérité, celle qui m'avait conduit à Michael Cimino et m'avait guidé durant tout l'été, avait à voir avec la rédemption. Croirez-vous sérieusement qu'on puisse attendre la rédemption, un peu pété, tout seul, le soir de ses cinquante ans, entre un aquarium à crustacés et un sosie d'Emmanuel Macron ? Ces choses-là relèvent du mystère.

J'avais pourtant décidé ce soir que tout irait bien : je voulais avoir une conversation normale avec quelqu'un de normal (même si Pointel n'était pas non plus un modèle d'équilibre) ; et puis il était encore temps de fuir : après

137

tout, j'étais libre de me soustraire à ce dîner, libre de ne parler à personne, de continuer à regarder des films toute la journée, toute la nuit. D'ailleurs, cela faisait plus de cinq heures que j'étais dehors, et déjà j'étais nostalgique de ma chambre ; j'ai eu soudain une envie folle de revoir *Apocalypse Now*, ou un Cimino, ou même *Twin Peaks* : je m'étais lancé depuis peu dans le visionnage de la série de David Lynch, je l'avais déjà vue entièrement trois fois, c'était une merveille ; j'aurais bien revu en particulier, là, tout de suite, la séquence du One Eyed Jack, un bordel aux murs tendus de rideaux rouges, où l'intrépide Audrey Horne, jouée par Sherilyn Fenn, fait un nœud avec une queue de cerise dans sa bouche ; mais je me suis souvenu que j'avais laissé les clefs à l'intérieur de mon appartement, et cette pensée a suffi à m'accabler.

Sabbat est sorti de sous la banquette, il a commencé à gémir et à me donner de petits coups de patte sur les cuisses. Il ne manquait plus que ça : il avait faim, je ne lui avais rien donné à manger depuis ce matin, et d'ici quelques minutes il allait devenir incontrôlable.

Je réussis à capter l'attention de la serveuse et lui demandai s'il était possible que mon chien — qui d'ailleurs n'était pas mon chien, mais que je gardais en l'absence de son maître, et qui m'accompagnait ce soir uniquement parce que celui-ci tardait à rentrer d'un voyage à l'étranger —, bref, je lui demandai s'il était possible de lui servir quelque chose à manger.

La jeune serveuse parut interloquée, et bientôt je vis réapparaître Emmanuel Macron :

— On ne sert pas de nourriture aux animaux, dit-il, sur un ton exaspéré. Vous n'avez pas compris : *les animaux sont interdits.* Je n'ai fait une exception que parce que M. Pointel vous a recommandé.

Le vin rouge me faisait perdre les pédales ; j'insistai effrontément. Macron trouva que j'exagérais ; il menaça d'appeler le directeur.

L'alcool me tournait la tête : ça tanguait comme si nous avions embarqué sur un baleinier ; Sabbat, à cause des éclats de voix du maître d'hôtel, avait carrément bondi hors de sa cachette et lui grimpait dessus, la langue pendante, sans qu'on sache s'il voulait jouer ou attaquer. C'est alors que, regardant autour de moi avec honte, car tout le monde s'était tourné vers le chien qui sautait de plus en plus haut, j'aperçus, attablés devant un plateau de fruits de mer, les deux moustachus.

Je me levai d'un bond et criai : « Vous là ! » suivi par Sabbat qui, tout content, se mit à aboyer. Je me jetai sur le premier moustachu, et le fis tomber de sa chaise, sous l'air consterné du serveur qui était en train de lui servir du vin.

— Qu'est-ce que vous foutez là ? hurlai-je. Vous me suivez, c'est ça ?

Tandis que le moustachu que j'avais renversé s'empêtrait dans sa chaise, l'autre s'était levé de la banquette, la serviette nouée autour du cou ; le poing brandi dans ma direction, il m'injuriait.

Une fois relevé, le moustachu que j'avais agressé (et que j'identifiai comme étant Moustachu n° 1, celui aux moustaches en pointe) me sauta dessus et commença à me rouer de coups ; au moment où je tentai de répliquer, le serveur, d'une manière fâcheuse, le retint, de sorte que Moustachu n° 1 ne put se protéger du coup de poing que je lui écrasai sur le nez : ils tombèrent tous les deux à la renverse, et s'écroulèrent sur la table d'à côté, sous les hurlements des clients.

Je criai à l'attention de tous :

— Ce sont des flics ! Ils me suivent partout, ils sont même entrés chez moi !

Bien sûr, personne ne réagit, et j'avais conscience du caractère absurde de mes paroles : s'ils étaient des flics, qui étais-je donc ?

Macron avait accouru pour me maîtriser, aidé par deux serveurs, et ils avaient commencé de nous conduire jusqu'à la porte, moi et mon satané clebs, déjà ils nous poussaient vers la porte d'entrée, celle que nous avions si difficilement franchie à peine une demi-heure plus tôt, lorsque Pointel, appuyé sur une béquille, fit son apparition.

15

L'œil du cerf

Pointel arrangea la situation, le maître d'hôtel accepta mes excuses, je jurai de rester calme ; Sabbat obtint une gamelle de viande, qu'on disposa sur le trottoir et qu'il dévora sous ma surveillance, tandis que Pointel, qui n'avait pas bien compris ce qui s'était passé — ou qui s'en foutait —, continuait à répondre à des coups de fil, tout en s'appuyant lourdement sur sa béquille : il avait un énorme plâtre, couvert d'inscriptions au feutre rouge, qui lui prenait la jambe droite jusqu'à la cuisse. Et puis ses gestes étaient véhéments, il parlait fort : avec ses cheveux longs un peu filasse qui lui couraient sur les épaules, un visage couturé de cicatrices, une barbe de quatre jours et un cigare éteint collé à sa lèvre inférieure, il était méconnaissable ; certes, lorsque je l'avais rencontré six mois plus tôt dans son bureau de la rue Notre-Dame-de-Nazareth, il m'avait donné l'impression d'apprécier une certaine fantaisie, et même d'être un peu givré, mais tout dans sa personne, et jusqu'au soin apporté à son bronzage, désignait l'homme d'affaires ; ce soir, on aurait dit plutôt un clochard qui venait d'être passé à tabac, d'autant qu'il avait découpé le pantalon de son costume afin de pouvoir l'enfiler sur le plâtre, et les deux pans de tissu flottaient autour de sa jambe d'une manière absurde, comme des haillons.

— Vous ressemblez au capitaine Achab, lui dis-je.

— Quoi?

— Votre jambe, c'est une baleine qui vous l'a prise?

Tout en boitant vers notre table, accompagné de Sabbat qui, le ventre plein, était redevenu calme, Pointel me raconta qu'il venait d'avoir un accident de voiture : c'était une nuit, en Pologne, il revenait de la célèbre école de cinéma de Łódź, où un vieil ami à lui, Jerzy Skolimowski, le réalisateur de *Deep End* et de *Travail au noir*, qui avait adapté récemment *Ferdydurke* de Gombrowicz, venait de faire une master class ; la route traversait une forêt, il roulait comme un damné, et un cerf aux bois immenses avait surgi des ténèbres. La bête s'était jetée sur sa voiture, comme si elle avait voulu se suicider ; elle avait percuté très violemment le pare-chocs avant de retomber sur le capot dans un fracas de tonnerre. À ce moment-là, tandis que la voiture basculait dans les sous-bois et s'écrasait contre un sapin, il avait vu le cerf soulevé dans les airs, et c'était une vision presque mystique, me dit Pointel : une si énorme bête projetée dans le ciel noir de Pologne, entourée d'un dais de sapins, on aurait dit une apparition.

Pointel n'en revenait toujours pas, et pourtant, me dit-il, stationné au beau milieu de la grande salle de Bofinger — alors que Macron s'impatientait car nous gênions le passage et que j'essayais d'éviter le regard des dîneurs qui avaient assisté à mon esclandre —, ce n'était pas son genre de prendre au sérieux ces histoires d'annonciations animales et autres foutaises de catéchisme ; mais là, il s'était vraiment passé quelque chose, une sorte de miracle, précisa-t-il : car après s'être déployé dans les airs, le cerf, en retombant, avait pulvérisé le pare-brise et ses bois s'étaient dirigés droit vers lui, comme des banderilles de torero, et déjà il se voyait transpercé de toutes parts, il se voyait les yeux crevés, disait-il, il se voyait *mourir par les yeux* ; mais les banderilles s'étaient enfoncées dans le siège tout autour de sa tête, à quelques millimètres de son visage, et lorsqu'il avait recouvré ses esprits, il ne pouvait plus bouger : non seulement les fourches de la ramure formaient une grille autour de lui, mais le cerf, en s'écrasant contre sa poitrine, l'avait complètement immobilisé ; Pointel était prisonnier de sa voiture, en pleine nuit, dans une forêt du fin fond de la Pologne, et le pire c'est qu'il ignorait si l'animal qui se vidait sur lui de son sang était encore vivant ou non.

Macron interrompit brutalement le récit de Pointel, en lui prenant le bras afin qu'il gagne au plus vite sa place : il fallait que nous circulions, ce n'était plus possible que nous restions ainsi debout au beau milieu du restaurant, d'autant que Sabbat avait commencé sa toilette, et qu'un dalmatien en train de se lécher les parties génitales constituait pour la clientèle un spectacle inapproprié.

Je jetai en passant un coup d'œil vers la table des deux moustachus, qui avaient disparu. Sabbat se glissa sous la banquette. La serveuse s'affaira pour ajuster le fauteuil de

Pointel. Je lui servis un verre, je m'en servis un autre, la bouteille était maintenant vide. À cause de son plâtre, il n'arrivait pas à s'asseoir, si bien que nous trinquâmes debout, sous les regards agacés de nos voisins qui n'en pouvaient plus d'être dérangés.

— À l'œil du cerf! dit Pointel.

Le sommelier à la perruque noire apporta une nouvelle bouteille de pinot noir, qu'il fit goûter à Pointel, et tandis que la serveuse aménageait un tabouret à l'extrémité de la table pour que Pointel pût reposer sa jambe, voici que nous sifflions déjà un nouveau verre.

On dit qu'au moment de mourir, on voit défiler le film de sa vie. Pointel, durant la première nuit qu'il avait passée coincé dans sa voiture, n'avait quant à lui cessé de fixer avec angoisse l'œil du cerf qui brillait dans les ténèbres ; cet œil lui semblait vivant, ainsi craignait-il son réveil : il avait peur qu'en se dégageant, le cerf ne lui arrachât la tête avec ses bois. Alors il s'était mis à guetter le moindre frémissement de la bête, sans comprendre qu'elle était morte ; car dans cet œil qui n'était qu'à quelques centimètres de son visage et qui s'obstinait à demeurer ouvert, on n'aurait pu trouver que le vide de la nuit, le vide de la forêt, le vide de la Pologne où il s'en voulait maintenant d'être venu se perdre : dans sa colère il s'était maudit mille fois, et avait maudit le cinéma, les réalisateurs, la course à l'argent, la folie de faire des films ; car dans l'œil vide du cerf, c'était finalement le vide de sa propre vie qui se reflétait, un vide abyssal et aberrant, me dit-il, le néant d'une vie qui n'avait jamais été qu'une longue obéissance à des passions secondaires, inutiles, absurdes, dont chacune n'était asservie qu'au seul *vice de ne jamais s'arrêter.*

Finir enfermé à l'intérieur de sa propre voiture lui semblait une plaisanterie macabre, mais aussi l'image logique de son destin, car il ne sortait plus de cette voiture dont il avait fait son bureau, passant l'essentiel de son temps à téléphoner en fonçant la nuit sur les autoroutes d'Europe, menant ses affaires de Paris à Rome, de Rome à Genève, de Genève à Berlin, et toujours de rendez-vous en rendez-vous, dans cette voiture qui était devenue, il s'en rendait compte à présent, une cage : « Finalement, me dit Pointel, j'ai toujours vécu dans une cage, et peut-être vivons-nous tous enfermés dans notre cage ; personne n'a réellement envie d'en sortir, vivre dans une cage nous satisfait car nous n'avons ni courage ni imagination, dit-il, nous voulons que rien ne nous arrive et il ne nous arrive rien, en vérité nous ne vivons pas vraiment, nous passons notre temps à observer un œil et nous nous faisons croire que nous surveillons cet œil, alors que non seulement c'est cet œil qui nous surveille, mais qu'en plus cet œil est celui d'un mort. Voilà, me dit Pointel, nous vivons sous le joug halluciné de l'œil d'un mort », c'est ce qu'il avait compris en restant bloqué dans sa voiture, tandis que le cerf se vidait sur lui de son sang.

Les premières lueurs du jour étaient arrivées, et personne n'était venu à son aide, personne n'avait remarqué cette voiture écrasée contre un sapin dans la forêt ; non seulement il ne passait presque aucune voiture sur ces petites routes du centre de la Pologne, mais lorsqu'il en passait une, on ne faisait qu'en entendre la rumeur au loin : Pointel se rendit compte qu'il était impossible qu'on le repère parce que sa voiture s'était enfoncée très loin dans la forêt ; recouverte par les branches d'un sapin, elle n'était tout simplement plus visible.

Il avait eu beau crier, c'était le silence : il était enseveli dans son tombeau, enterré au cœur d'une forêt, avec pour linceul une peau de cerf couverte de sang.

Il se mit à hurler, il hurla pendant des heures, jamais il n'avait hurlé ainsi, me dit-il : il hurlait avec le désespoir du condamné à mort. Et puis il craignait d'être dévoré par les bêtes sauvages que l'odeur du cadavre commençait à attirer. La journée s'acheva, il avait soif, il claquait des dents, et dans la nuit, l'œil du cerf continuait à le fixer. Pourquoi donc était-il venu s'écraser contre sa voiture ? Il se souvenait vaguement de cette légende où un grand cerf, le front surmonté d'une croix, vient maudire le chasseur qui a massacré sa famille, mais lui, Pointel, qu'avait-il donc fait de mal ?

Cela faisait vingt-quatre heures qu'il n'avait plus bougé les jambes ni les bras, et il avait beau essayer de se débattre, il ne sentait maintenant plus rien que le froid, la faim et la soif : à force de le guetter, il avait cru trouver dans l'œil du cerf un passage ; il était entré à l'intérieur de cet œil, s'y était faufilé comme dans un couloir, mais rien ne s'ouvrait, le couloir n'en finissait jamais : il n'y avait ni porte ni fenêtre, aucune lumière, aucune vie.

Les mouches tournaient autour du cadavre puant du cerf ; et Pointel dit que durant la deuxième nuit, il avait tourné hagard comme une mouche dans son propre gosier : il se voyait déjà mort. « Figurez-vous que j'ai repensé à Montaigne, me dit-il. Je crois que je ne l'avais pas lu depuis l'école, et pourtant les phrases me sont revenues : c'est quand il tombe de cheval et pense qu'il assiste à sa propre mort. Bien entendu, il est impossible de vivre sa propre mort, personne n'est jamais revenu pour nous dire qu'il était mort et qu'il avait vécu l'instant de sa mort, mais Montaigne dit quelque chose comme ça : *Je pensais à me tenir prêt pour voir si, en cet instant de la mort, si court et si bref, je pourrais apercevoir quelque délogement de l'âme.* Je ne me souviens plus très bien de la phrase, dit Pointel, mais l'expression "délogement de l'âme", j'en suis sûr : c'était exactement ce que j'attendais en contemplant dans l'œil du cerf le reflet de mon propre visage en train de se vider. J'ai pu vérifier que l'instant de la mort n'était ni court ni bref, au contraire ça dure, ça n'en finit plus, on crève lentement, et une espèce de torpeur hallucinée m'avait gagné, je délirais à force d'avoir faim et soif et froid, et puis je sentais que mes forces me quittaient : des choses s'en allaient de moi, minuscules, et mon âme elle-même allait se détacher de mon corps que je ne sentais déjà plus. Montaigne avait raison de parler de "délogement de l'âme", l'expression était exacte. Coincé dans la voiture, avec les mouches qui me tourmentaient les yeux, la bouche, le nez, j'ai regretté de ne pas avoir lu Montaigne de plus près ; on ne se prépare jamais assez à la mort, mais surtout la lecture de Montaigne m'aurait apporté de quoi penser, j'aurais pu mobiliser mes souvenirs de lecture, et comme j'avais passé ma vie à lire des

147

scénarios, c'est-à-dire des phrases qui s'effacent, je n'avais rien à mobiliser : à part la petite phrase de Montaigne, dont je ne savais même pas si elle était exacte, j'étais bel et bien vide.

« Alors j'ai passé beaucoup de temps avec cette petite phrase, je l'ai roulée sur ma langue comme un noyau, je me la suis infusée, au point que plusieurs fois durant cette deuxième nuit, alors que le moindre bruit dans les ténèbres autour de la voiture me terrorisait, j'ai cru que j'entrais dans cette espèce de tressaillement ultime que Montaigne indique — j'ai cru que *mon âme se délogeait* ; et j'ai éprouvé une joie folle. C'est la chose la plus étrange qui me soit arrivée dans ma vie : je me suis abandonné.

« Combien de temps cet abandon a-t-il eu lieu ? Je l'ignore, mais il a ouvert une faille dans ma tête ; un vide. Et croyez-moi, rien ne peut s'y loger : c'est la place de l'abandon. Est-ce que ça vous est déjà arrivé de vous abandonner — de vous abandonner vraiment ? Ça m'est arrivé ; et c'est ainsi que je suis mort, c'est ainsi que mon âme s'est délogée.

« Le reste est anecdotique, me dit Pointel en se servant un verre de vin qu'il avala cul sec : le deuxième jour, alors que le soleil était déjà haut dans le ciel, et que je n'arrivais plus à saliver, un vieux bonhomme a surgi, une tête de hibou, les pieds nus, un tricot en peau de mouton et une grosse barbe sale ; il avait des yeux de fou et s'est avancé en pointant son fusil vers moi. J'ai cru qu'il allait me tuer. Du bout du fusil, il a touché le cerf, puis il s'est mis à me parler, ses phrases étaient brutales, comme s'il aboyait ; et moi aussi je *voulais* parler, mais aucun son ne sortait de ma bouche. Le type a sorti un couteau et il a commencé à dépecer le cerf. J'ai pensé : quand il en aura fini avec le cerf, il va prendre ma viande. Il s'est approché, la lame du couteau a brillé devant mes yeux, et je crois que je me suis évanoui. Puis d'un coup, ma poitrine s'est libérée, j'ai respiré un grand coup, il me semble que je sentais pour la première fois l'odeur de la forêt, le parfum âcre des fougères, la terre humide, l'immense fraîcheur tapie sous la brûlure du soleil, et cette espèce d'ivresse qui vient de la sève des sapins. À ce moment-là, je me suis rendu compte que je ne pouvais plus bouger. J'ai hurlé. Ou plutôt un hurlement est sorti de moi — un hurlement froid. Le vieux m'a dégagé, je ne sentais plus mes jambes, il m'a porté dans ses bras jusqu'au bord de la route où il m'a déposé. Je ne me souviens pas bien : est-ce qu'il est resté avec moi en attendant une voiture ? Je me revois couché dans une camionnette ; puis c'est l'hôpital. Le plâtre — juste une jambe cassée : un miracle. Et plus tard avec un dépanneur dans la forêt pour tracter la voiture. Et l'œil, pour toujours, dans ma tête. C'est ainsi, dit-il, que je suis vivant. »

16

Plateau Prestige

Pointel arrêta net son histoire, son téléphone sonnait, il leva son verre :

— À Michael Cimino ! dit-il.

Nous trinquâmes, et il me posa la question qu'il m'avait posée par SMS, question à laquelle je n'avais pu répondre à cause de l'apparition sur mon palier des deux moustachus :

— Alors comme ça, Cimino est devenu une femme ?

— C'est beaucoup plus fort, dis-je : ni homme ni femme.

Ça n'en finissait plus de sonner, il fallait qu'il réponde, il me demanda de l'excuser et se leva lourdement en prenant appui sur sa béquille.

J'étais de nouveau seul avec l'aquarium, la verrière et les regards des dîneurs. Après avoir écouté ce long récit, je me sentais nu. J'avais faim : si je continuais à boire ainsi sans manger, j'allais rouler sous la table. Déjà il me semblait impossible de revenir au port : j'étais embarqué, et si, pour le moment, la mer était calme, les vagues annonçaient une tempête à décrocher les étoiles. De nouveaux clients arrivaient, Macron ne cessait d'aller et venir, et chaque fois qu'il passait devant ma table, il me jetait un regard mauvais. Et Sabbat ? Je me penchai sous la table : il s'était endormi.

J'ai ouvert la carte. Il fallait absolument que Pointel et moi commandions. Ils proposaient des « choucroutes de la mer », l'expression m'a fait rire. Ça avait l'air assez consistant : lotte, saumon, haddock, quenelles à l'encre de seiche, gambas et pommes à l'anglaise. Mais j'avais surtout envie d'huîtres : après tout, j'avais peu d'occasions d'en manger, alors qu'une choucroute, même une « choucroute de la mer », j'imaginais, à tort ou à raison, que c'était plus couru, et même un peu vulgaire. Des huîtres, voilà ce qu'il me fallait : d'après la carte, Bofinger les garantissait « croquantes, vigoureuses, fondantes ou charnues ». Ces quatre qualificatifs me plaisaient, ils étaient prometteurs, d'autant qu'étaient proposées, sans trop que je sache à quoi elles correspondaient, toutes sortes de variétés : les spéciales « Grands Crus » de Normandie n° 2, les spéciales Sélection Bofinger n° 3, les fines de claire n° 2 et n° 3 (celles-ci me disaient quelque chose), puis les spéciales Gillardeau n° 3, ainsi qu'un énigmatique et alléchant Casting d'huîtres, dont je supposai qu'il consistait en un mélange des précédentes. Le Casting, voilà, c'est ça qu'il me fallait.

J'ai souri tout seul, heureux comme on l'est après une bonne décision, je me suis servi un verre de pinot noir et l'ai avalé cul sec.

L'histoire de Pointel était sidérante ; en même temps, elle me paraissait familière, comme une allégorie à déchiffrer.

Pourquoi donc me l'avait-il racontée ? Nous nous connaissions à peine. Au fur et à mesure qu'il approfondissait son récit, j'avais senti chez lui une gêne : parle-t-on de sa propre mort avec le premier venu ? Mais précisément, chez lui, cette gêne rendait irrésistible la plongée dans l'inavouable : c'est parce que cette expérience lui semblait gênante qu'il me l'avait racontée. Sans doute ne savait-il pas lui-même ce qu'il me transmettait ; et par son récit cherchait-il, en un sens, à en rejoindre l'intensité : des constellations qui pour nous sont éteintes brillent dans le dernier bond d'un animal. « Ouvre les yeux », dit celui-ci.

Pointel avait lu — ou disons survolé — mon scénario, qui lui-même ne parlait que de la mort ; peut-être avait-il pensé que du coup je pouvais entendre son histoire. Il avait raison : à travers celle-ci, je reconnaissais l'animal épiphanique des films que je passais mes journées à visionner, je retrouvais le cerf que Robert De Niro tient en joue dans *Voyage au bout de l'enfer* de Michael Cimino, et surtout je voyais revenir l'éternelle silhouette du daim blanc de la vérité.

N'était-ce pas vers lui que toutes mes aventures tendaient ? Si je flottais depuis si longtemps dans une absence qui m'avait progressivement coupé de la société, c'était pour être prêt lorsqu'il surgirait — c'était pour l'accueillir.

Je pouvais considérer, sans trop d'exagération, que l'histoire de Pointel m'était destinée. Il est vrai que j'avais déjà trop bu pour réfléchir au caractère véritablement destinal de ce récit (et donc à la nature de messager de Pointel), mais voilà : le cerf s'approchait — à travers ce récit, il me faisait signe, et je savais qu'un cerf ne vient jamais seul : avec lui, c'est toute l'histoire du monde qui s'affole.

Les bois du cerf qui avaient failli transpercer la tête de Pointel se recomposaient dans la mienne, avec des noms. Une ramure s'écrit dans l'esprit ; voici que je tends la main vers elle.

Et puis quelque chose circulait dans mes veines, une chose que le récit de Pointel avait allumée, une chose qui elle aussi m'était familière : une colère. Dans mes grands soirs, lorsque le désespoir s'égale à l'amour de vivre, lorsqu'il m'arrive de penser en même temps au suicide et à l'avenir, je pourrais mordre. Le fauve rôde dans les bois comme l'irascible circule dans nos veines : c'est à ça que je pensais, en attendant Pointel. Exactement à cette phrase : « Le fauve rôde dans les bois comme l'irascible circule dans nos veines. » Qui étais-je, au juste ? Parfois le rite s'éclaire ; on sait qu'on est en route. On sent sa main brûler. Il est possible que le royaume appartienne aux violents ; mais si la violence précède la révélation, le dernier geste la récuse : il suffira, au tout dernier moment, de se baisser et de cueillir une fleur.

En revenant, Pointel m'expliqua qu'il cherchait à financer le prochain film de Leos Carax : c'était un casse-tête épouvantable, Carax avait une idée géniale, une histoire où se croisaient la finance internationale et le clonage ; l'idée de Carax, c'était qu'il y avait un rapport entre les manipulations génétiques et la spéculation financière : selon lui, ce qui arrivait à la biologie et ce qui arrivait à l'économie relevaient du même projet de destruction de l'espèce humaine.

« Au fond, ce qui intéresse Carax, disait Pointel, c'est le capitalisme comme perversion : il veut mettre en scène la spéculation boursière comme un jeu imaginé par Satan ; et comme il est impossible de représenter le diable sous une forme humaine, il cherche à filmer des virus.

« Le cinéma lui-même est un virus, dit-il : l'idée de virus est représentée par le cinéma, avec ses images planétaires, ses *trailers* qui tournent sur les écrans des ordinateurs à la vitesse de la lumière ; à la limite, plus besoin de tourner les films, dit-il, seules les bandes-annonces suffisent, c'est elles qui sont virales : elles ne cessent de fabriquer du désir, déjà nos désirs ne sont plus les nôtres, mais ceux que l'industrie du cinéma nous a dictés, et à cause de ces images qu'ils prennent pour leurs désirs, des gens se précipitent dans une salle ou sont rivés sur Internet. »

En tout cas, dit Pointel, ce film-là coûterait des milliards, et comme il fallait éviter de répéter la catastrophe financière des *Amants du Pont-Neuf*, qui avait complètement grillé Carax, Pointel, pour se prémunir, était en pourparlers avec le Qatar, et voulais-je bien l'excuser si le téléphone sonnait durant notre dîner, au Qatar il était encore 17 heures et lorsqu'il était question d'argent les bureaux de toute façon ne fermaient jamais.

« Bien sûr », dis-je, complètement pété. Et son téléphone sonna, n'arrêta pas de sonner, il s'éloignait en boitant dans l'entrée du restaurant, revenait, le téléphone sonnait de nouveau, il repartait.

Nous réussîmes néanmoins à commander : Macron lui-même, avec un zèle obséquieux, avait tenu à prendre notre commande. Pointel choisit le Plateau Prestige, qui était composé d'un demi-homard américain, d'un demi-tourteau, de trois crevettes roses, de deux langoustines, de crevettes grises, de six bulots et d'une douzaine d'huîtres sélectionnées parmi les variétés de la carte (une sorte de Casting, en somme).

C'est pour deux, dit Pointel, mais il m'invita à en commander un autre de mon côté, car il n'avait pas envie de partager : en général, à lui seul il engloutissait le plateau.

Mon choix se portait plutôt sur le Casting d'huîtres. Pointel se récria aussitôt : le Plateau Prestige était un meilleur choix, car non seulement il y avait autant d'huîtres que dans le Casting (ce que Macron confirma), mais en plus il y avait toutes sortes de crustacés, qu'il se ferait un plaisir de manger si je ne les voulais pas. C'était vraiment plus avantageux, dit-il ; et comme c'était lui qui payait, je commandai moi aussi un Plateau Prestige.

En croquant dans la chair d'une huître, je me sentis défaillir. J'avais bu abondamment, mais ce n'était pas le vin qui me retournait le cerveau. Trouver la vie qui mène à l'espace absolu, je m'enivre pour ça ; mais toujours je reste au bord du mystère. Non, ce soir je défaillais de plaisir parce que la chair de l'huître est un délice qui procure des frissons : on dirait que des trésors de nacre vous scintillent sur la langue ; et cette huître-là, que la serveuse m'avait désignée comme un « Grand Cru » de Normandie, fondait dans la bouche comme un bijou marin. Manger des huîtres est un acte sacramentel, dis-je à Pointel, qui ronchonna : lui ne jurait que par le homard.

17

The Great Cimino

Voici que Pointel coupa son téléphone ; tout en cassant
son demi-tourteau avec une pince, il me demanda des nouvelles de Cimino : lui avais-je fait lire mon scénario ?
« Cimino lit tout ce qu'on lui transmet, me dit-il, il passe
son temps à lire, il cherche la perle, le scénario absolu, celui
qui "saura attirer Dieu dans ses pages" » (cette expression
me surprit parce que c'était une phrase de mon propre
scénario, une phrase que j'avais employée à propos de *Moby
Dick* dans *The Great Melville*, et j'étais heureux que Pointel
la cite, heureux qu'elle sorte du texte et passe ainsi dans la
conversation) ; « Cimino, insista Pointel, a lui-même écrit
des dizaines de scénarios, c'est d'abord un très grand scéna-
riste avant d'être un très grand réalisateur, avez-vous lu
ses romans ? » Depuis qu'il ne tournait plus, c'est-à-dire
depuis une vingtaine d'années, Cimino était devenu écrivain, et s'il écrivait bien entendu ses romans en américain,
il ne les publiait qu'en traduction. « Vous avez lu *Big Jane*,
j'imagine, me demanda Pointel, eh bien ce roman n'existe
pas en Amérique ; il a été écrit en américain mais Cimino a

156

refusé qu'il soit publié dans cette langue : on ne trouve pas *Big Jane* aux États-Unis, ce qui en dit long sur le rapport de Cimino avec son pays. »

En sortant pour aller fumer une cigarette, Pointel et moi, accompagnés par Sabbat, qui avait instantanément bondi de sous la banquette dès qu'il avait senti que je me levais, nous croisâmes les deux moustachus qui, dans l'entrée du restaurant, conversaient avec Macron ; à mon passage, ils détournèrent le regard. Sans doute se plaignaient-ils de mon comportement, ou alors ils essayaient d'avoir des informations ; mais je m'en fichais : les huîtres, la présence de Pointel, notre conversation qui promettait d'être infinie, tout m'apaisait. J'avais eu raison de sortir de chez moi : il s'était passé bien plus de choses depuis mon arrivée avec Sabbat chez Bofinger que durant les cinq derniers mois. Et l'essentiel était encore à venir : de grandes choses, à coup sûr, auraient lieu ce soir, et ma vie en serait changée ; après tout, n'avais-je pas désormais cinquante ans, n'allais-je pas entrer, à partir de cette nuit, dans la seconde partie de mon existence ? Dans mon enthousiasme, je dis à Pointel que c'était mon anniversaire. « Quel âge ? demanda-t-il. — Cinquante ans », dis-je. Il hurla : « Champagne ! » Et Macron, qui était posté juste derrière nous, dans l'encadrement de la porte à tambour grande ouverte à cause de la chaleur, appela un serveur : « Deux coupes pour M. Pointel », dit-il.

Nous fumions sur le trottoir, Pointel regardait ses textos, et moi je contemplais la montagne de glace sur laquelle s'entassaient des cageots d'huîtres que les écaillers, en les ouvrant, faisaient briller comme des diamants. La nacre est l'autre nom de la douceur ; elle sauve l'instant où elle apparaît : une vie pleine de nacre, voilà ce que je désirais.

« J'ai d'abord pris Cimino pour une femme, dis-je à Pointel en vidant la coupe de champagne. C'était à la sortie de la Frick Collection, au printemps dernier, en avril, le 17 ; il faisait un temps splendide et la ville de New York baignait dans une lumière rose. Cimino avait avec lui un sac Strand rempli de livres, son visage était lisse, absolument dépourvu de rides ; il semblait imberbe, comme un adolescent. Sous une casquette de base-ball surmontée du mot "FUCK", sa longue chevelure corbeau et ses lunettes teintées aux reflets mauves lui donnaient un air de diva ; ses manières étaient à la fois graciles comme celles de Gatsby et dures, ou plutôt lointaines, comme celles d'un cow-boy. Il était absolument charmant, son insolence elle-même était drôle : un aristocrate — un personnage de Proust attifé en gaucho ; ou plutôt Proust lui-même avec une chemise en jean, un pantalon de cuir et des boots. »

La première chose que Michael Cimino m'ait demandée, dis-je à Pointel, tandis que nous revenions avec Sabbat vers notre table et que nous commandâmes une nouvelle bouteille de pinot noir pour finir nos Plateaux Prestige (j'avais mangé toutes les huîtres, et laissé comme convenu les crustacés à Pointel, qui tenait absolument à me faire goûter le tourteau), c'était si je dormais. Pas tellement, avais-je répondu. Nous traversions Central Park, une petite brise soufflait depuis l'Hudson, la lumière scintillait à travers les feuillages des grands ormes. Cimino m'avait serré la main : « Fraternité », m'avait-il dit solennellement.

Selon lui, il était impensable de dormir : depuis toujours il ne dormait que d'un œil car « on se sent entouré de choses qui peuvent nous tuer », m'avait-il dit. C'est à l'armée, lorsqu'il s'était engagé vers vingt ans, qu'il avait commencé à ne plus dormir : « Je pensais que le sommeil allait m'éloigner de la vérité, me dit-il, alors la nuit, dans le dortoir du camp d'entraînement de Ford Dix, pour ne pas m'endormir, je visualisais le drapeau des États-Unis ; je le faisais flotter au-dessus de mon lit, et méthodiquement, par désir de n'appartenir à rien ni à personne, et encore moins à une nation qui avait consciencieusement massacré les tribus apaches, les Cheyennes, les Sioux, les Comanches ou les Mojaves, je crevais chaque étoile, jusqu'à ce que la bannière fût vide.

« Vous comprenez, me dit Michael Cimino en sortant de sa poche une flasque de vodka qu'il avait précautionneusement enveloppée dans un sac en papier, comme on fait aux États-Unis, il y a eu tellement de morts au nom de l'Amérique, et je ne parle pas seulement des soldats envoyés en Irak ou au Vietnam, je parle de tous ceux que l'Amérique a tués et qu'elle continue à tuer : il faudrait, pour chaque mort, pour chaque centaine, pour chaque millier de morts, crever une étoile de la bannière des États-Unis d'Amérique. »

Oui, au beau milieu de Central Park, alors que le crépuscule se préparait doucement, et que j'étais heureux de boire de la vodka après toutes ces heures à attendre Cimino devant un tableau de Rembrandt, il m'expliquait, détendu, souriant, l'importance de cet acte qui relevait selon lui de la désobéissance civile.

« De toute façon, la mort d'une galaxie est la condition de son éclat, précisa Cimino. Et ce tourbillon de cinquante étoiles n'accroche plus rien d'autre au ciel de l'Amérique que le bilan éternellement censuré de ses morts. Et d'ailleurs, continuait Cimino, à quoi d'autre pourraient bien correspondre les bandes rouges du drapeau sinon au sang versé ? »

Selon lui, la bonne vieille bannière étoilée n'avait cessé à travers l'Histoire de boire le sang des parias, elle était le buvard sacrificiel de l'Amérique, la serpillière dont les gouvernements successifs s'étaient servis pour éponger les massacres. « On dit que les étoiles représentent les États d'Amérique, mais en vérité, dit Cimino, elles décomptent chaque tribu indienne décimée. »

Tandis que je m'efforçais de rapporter avec précision à Pointel les paroles qu'avait prononcées Michael Cimino, les deux moustachus reprirent place à une table, juste à côté de l'entrée ; non seulement ils me lançaient des regards furibonds, mais ils tentaient d'écouter notre conversation.

J'étais sur le point de raconter à Pointel ce qui m'arrivait avec ces deux types, mais je n'étais déjà pas tellement sûr que les propos de Cimino sur l'Amérique pussent l'intéresser, si bien que je lui épargnai le détail labyrinthique et pour le moins absurde de mes problèmes.

Bref, Cimino et moi avons traversé le parc en direction de la rivière ; une fois installé face à l'Hudson, sur un banc qu'un saule pleureur ombrageait, il se déclara tout à fait

160

prêt à lire mon scénario. Dans l'air doux et léger de cette fin d'après-midi, tandis que les mouettes planaient au-dessus de la promenade, et que des voiliers glissaient entre les gratte-ciel, j'ai sorti de mon sac le manuscrit relié de *The Great Melville*, que j'avais pris soin d'imprimer en rouge, en hommage aux publications de l'Internationale communiste.

Cimino reconnut immédiatement l'hommage : « Comme Marx ! » s'exclama-t-il. À peine avait-il commencé sa lecture, se munissant d'un crayon de papier qu'il avait sorti instinctivement de sa poche, je compris qu'il avait l'intention de lire entièrement mon scénario : de le lire ici, sur ce banc, à mon côté.

Cimino tournait les pages, il soulignait des phrases, et bien entendu je ne disais rien, j'osais à peine le regarder. Je me contentais de boire des gorgées de vodka et de lui passer de temps en temps la flasque. Lorsque j'allumais une cigarette, je lui en proposais une, qu'il acceptait sans un mot ; et il m'arrivait, en jetant un œil furtif sur le manuscrit, de voir où il en était : alors, j'essayais d'imaginer ce que telle scène, telle phrase pouvait provoquer dans son esprit.

Au fond, je n'attendais rien. Je savais très bien, dis-je à Pointel, que ce scénario était une folie, et que jamais ni Cimino ni aucun cinéaste ne le tournerait. Je crois même qu'il n'était pas écrit pour ça. *The Great Melville* était avant tout un poème mystique sur le mal : qu'il soit lu par le réalisateur de *La Porte du paradis*, et précisément par lui, me semblait déjà une chance. Plus qu'une chance : une victoire. Et mieux qu'une victoire : une consécration. Le simple fait que Cimino lût mon scénario lui transmettait cette gloire secrète dont parlent les Écritures, qui suffit à changer un petit message en une parole ardente, un livre de rien en un souffle ; car ce n'est pas seulement dans le visible qu'on écrit, ajoutai-je : l'écriture appartient au secret, selon l'esprit et non la lettre, et elle s'accomplit de silence à silence.

J'ai pensé qu'après une telle déclaration, Pointel n'allait plus du tout m'écouter : sans doute était-il clair pour lui depuis longtemps qu'il n'y avait rien à tirer ni de moi ni de mon scénario, je n'étais pas et ne serais jamais *bankable* ; et même en admettant qu'il fût curieux du jugement de Cimino (et qu'il se soit vaguement demandé si ce « foutu cinéaste génial », comme il disait, n'allait pas trouver mon scénario intéressant), pourquoi continuerait-il à accorder de son temps et de sa confiance à un type qui se contentait de vivre l'écriture plutôt que d'en faire commerce ? Un type qui n'avait aucune ambition — ou qui la plaçait dans un lieu que la société ne répertorie pas.

Mais je m'étais trompé : Pointel m'écoutait. Il avait rangé son téléphone. Ce que je lui disais l'intéressait vraiment. Je crois qu'il lui importait peu de continuer à faire de bonnes opérations avec le cinéma : il cherchait à *voir autre chose*, une chose qu'on voit rarement sur les écrans, une chose qui, peut-être, n'existe pas et dont certains d'entre nous sont les porteurs involontaires. Comme il me l'expliqua lorsque je m'excusai pour mes digressions : le cerf l'avait changé.

J'en étais à ce moment de l'ivresse où quelqu'un parle en vous : ce ne sont pas seulement les noms qui fusent dans votre tête, mais une euphorie qui vous ouvre à cette région limpide où les mots discernent un trésor ; et ce soir, il me semblait qu'en parlant je rejoignais ce flot qui compose *The Great Melville*.

Macron s'approcha de notre table : voulions-nous un dessert ? Pointel souhaitait surtout continuer à boire ; moi aussi. Nous commandâmes deux verres d'armagnac.

J'avais envie d'aller aux toilettes, mais si je me levais, Sabbat bondirait une nouvelle fois hors de la banquette pour me suivre à travers le restaurant en sautant de joie, et cela, je ne pouvais plus me le permettre. J'avais beau être protégé par Pointel, Macron ne laisserait pas passer cette nouvelle incartade. Comment faire ? Je n'allais quand même pas demander à la serveuse de surveiller mon chien pendant que je pissais. Quant à Pointel, avec sa béquille, il tenait à peine debout : il lui serait impossible de neutraliser Sabbat. Je l'imaginais déjà se casser la figure au milieu du restaurant, la cravate mauve à la main, hurlant de douleur à cause de sa jambe, pendant que le beau, le grand, le fougueux Sabbat se jetait de table en table à ma recherche en bousculant tout sur son passage.

Il fallait absolument éviter une telle catastrophe : alors, avec le plus de précautions possible, je me décollai de la banquette au ralenti afin que Sabbat ne perçût aucune variation de poids. Puis je contournai la table sur la pointe des pieds, le doigt sur les lèvres à l'attention de Pointel. J'évitai même de me retourner : un simple regard à Sabbat, et il serait bien capable de se réveiller.

Je me dirigeai vers les toilettes. Les deux moustachus

163

n'étaient plus là. En passant devant l'entrée du restaurant, où Macron continuait d'accueillir de nouveaux clients, je croisai le regard d'une femme qui, sur le trottoir, fumait une cigarette et téléphonait en pleurant ; son visage très blanc contrastait violemment avec sa chevelure noire et ses lèvres rouges ; elle était d'une élégance qui tranchait avec les autres dîneurs, avec la soirée, avec les lieux. Elle portait un blouson en hermine, une jupe rouge bordeaux et des sandales à talons vert pomme. J'ai noté le détail de ses vêtements parce que leurs couleurs m'éblouirent : je restai planté là, à la contempler, comme un imbécile ; elle se retourna vers moi, et nos regards se croisèrent pour la deuxième fois, plus serrés qu'une étreinte. Ses yeux étaient vert cuivré ; son visage baigné de larmes avait la souveraineté d'un royaume.

D'un coup, je perdis l'équilibre et m'étalai de tout mon long à l'entrée du restaurant : c'était Sabbat, il avait bondi sur moi, et voici qu'il me léchait les joues. Maintenant, la belle pleureuse souriait : elle se payait ma tête.

Par miracle, personne ne vint nous rabrouer lorsque je revins des toilettes avec Sabbat ; il fila immédiatement sous la banquette, sans que personne ne le remarque — et Pointel, qui avait l'air bien pompette, attendait patiemment la suite de mon récit en buvant son armagnac.

18

Charles Reznikoff

Le soir tombait doucement sur New York, dis-je à Pointel ; et le ciel était rose, orange, rouge. J'étais en train de rater mon avion, mais j'étais content : après tout, ce n'est pas tous les jours qu'on a rendez-vous avec le plus grand cinéaste du monde.

Cimino lut la moitié de mon scénario, jusqu'à la page trois cent douze, qu'il corna, et, en fermant le manuscrit, me sourit. C'était un sourire aussi large qu'énigmatique : comme Cimino portait ses immuables lunettes noires, je ne voyais pas ses yeux ; et sans doute pour comprendre le sens d'un tel sourire faut-il que les yeux nous aident ; mais ce sourire me rappelait quelque chose, il m'en rappelait un autre, celui de l'Ange de Reims, cette sculpture du portail de la cathédrale de Reims qu'on appelle aussi l'« Ange au sourire ». Je n'eus pas le temps, ce soir-là, alors que Cimino se levait pour aller jeter la flasque vide, d'approfondir cette ressemblance, mais de même que l'Ange de Reims s'ouvre par son sourire à la beauté infinie du temps, que non seulement il accepte comme un enfant mais qu'il élargit par sa tendresse, il me semblait qu'en souriant Michael Cimino accomplissait aussi le plus simple des actes, celui qui se passe de parole : il disait oui.

Il continuerait sa lecture plus tard : pouvais-je lui laisser cet exemplaire ? La nuit était tombée sur le fleuve, un lampadaire éclairait la promenade déserte. Nous avons fumé une cigarette en silence, et Cimino m'a proposé d'aller dîner : il y avait un restaurant sur Mulberry Street — le Paesano —, selon lui la dernière *trattoria* qui avait résisté à la standardisation de Little Italy, où l'on mangeait des *spaghetti allo scoglio* aussi fermes qu'à Naples. Mais avant, il fallait : 1 — qu'on trouve de la vodka ; 2 — qu'on prenne un ferry pour Ellis Island, car c'est là-bas que tout commence et que tout finit, déclara Cimino, et ce soir une telle visite s'imposait tout particulièrement, en hommage à mon scénario, dit-il, car effectivement les scènes principales de *The Great Melville* se situaient là-bas : Cimino se proposait de me servir de guide — nous descendrions dans la nuit le fleuve jusqu'à la porte du Nouveau Monde, et dans cette navigation il serait mon Virgile.

Un bateau glissait dans les couleurs du crépuscule vers Ellis Island ; les eaux miroitaient en cadence, comme si elles envoyaient des signaux à ceux qui espèrent embarquer vers des pays heureux. Est-ce qu'elles en donnaient le nom, ou disaient-elles que ce pays n'existe pas ?

J'ai pensé au dernier plan de *La Porte du paradis*, d'une tristesse désespérée, où après le massacre des immigrants par les propriétaires terriens, le shérif James Averill se tient sur le pont d'un yacht, dans la rade de Newport. La lumière est orange et bleu, il est engoncé dans un veston bourgeois. Les illusions perdues ouvrent à une mélancolie sans fin.

J'ai sorti de mon sac Strand un cadeau pour lui : je lui ai offert le livre de Jean-François Lyotard sur Malraux acheté spécialement pour lui à Paris, un livre qui l'aiderait peut-être dans ses recherches pour l'adaptation, depuis si longtemps annoncée, de *La Condition humaine* de Malraux.

Et voici qu'il se mit à chercher lui aussi dans son sac Strand : lui aussi il avait un cadeau pour moi, le livre d'un écrivain auquel il avait pensé instantanément lorsque je l'avais appelé au téléphone et que nous avions parlé du suicide et de la révolution ; la lecture de cette première partie de mon scénario n'avait fait, me dit-il, que lui confirmer combien cet écrivain, forcément, me plairait : « Charles Reznikoff, vous connaissez ? » Je ne connaissais pas. « C'est une sorte de Faulkner sec, me dit-il en cherchant le livre dans son sac — un Melville juif sans baleine, vous voyez ? »

« Melville juif sans baleine », ça me parlait : Cimino avait vraiment le sens de la formule, et c'est ainsi précisément que je faisais parler le grand Melville dans mon scénario ; car après avoir écrit des romans aussi fondamentaux que *Moby Dick*, *Pierre ou les Ambiguïtés* ou *Le Grand Escroc* sans que personne ne prenne soin de les lire, Melville, complètement sans le sou — et vidé de toute espérance —, avait dû s'astreindre à prendre un emploi auprès du bureau des douanes du port de New York où, pendant dix-neuf ans, il avait mené l'existence d'un célibataire spirituel, un de ces hommes privés de leur dieu, comme nous le sommes tous plus ou moins devenus aujourd'hui à travers notre solitude,

167

nous qui n'apercevons plus que de loin, de très loin, comme dans un rêve ancien, comme dans un mirage inventé par la frustration et la nostalgie, l'écume d'un énorme mammifère qui, dit-on, glisserait parmi les vagues de l'océan avec la grâce effrayante, la solennité mauve et dorée d'une basilique vivante, et que des récits entendus depuis notre enfance nous invitent à considérer comme un trésor qui contiendrait l'univers aussi bien que l'abîme, comme le nom immaculé d'un dieu qui s'absente, comme le témoin étincelant de l'exil de la Chekhina, en quoi le peuple d'Israël voit la présence divine.

Voilà : en relatant à Pointel ma rencontre avec Cimino, je m'exaltais. Car il s'était passé ce soir-là, à New York, des choses qui n'en finissent pas de me nourrir, des choses qui ne venaient pas seulement de Cimino lui-même, qui ne lui appartenaient pas, mais que j'avais projetées sur lui, et qui en quelque sorte s'étaient allumées à la faveur de cette rencontre.

Ma bonne vieille folie des noms me joue souvent des tours ; parfois elle me fait déraper, et depuis mon arrivée chez Bofinger, c'est vrai : j'étais au bord d'exploser ; mais parfois aussi cette folie est propice et les noms agissent comme des clefs : alors les murs tombent, le labyrinthe devient une contrée qui éclaire, et je vois derrière les visages, derrière les gestes, derrière chaque parole, le filigrane d'une vérité qui passe.

À force d'y exercer mon esprit, ce filigrane, j'en discerne de mieux en mieux les contours : il ondule comme la ligne de crête d'une montagne, et forme un paysage de triangles qui, en s'ajoutant les uns aux autres, vous délivrent un message.

Ça m'était arrivé une nuit aux Petits Oignons, et depuis ça grandissait. En parlant à Pointel, je voyais apparaître distinctement un nouveau triangle :

ANGE DE REIMS   ELLIS ISLAND

CIMINO

Puis un deuxième, où venait s'accrocher une lumière mystique :

MELVILLE   REZNIKOFF

CHEKHINA

À travers l'ajustement de ces deux triangles dans ma tête, s'écrivait une histoire qui coulait de source — et même, qui me lançait vers la source. Est-ce que je délirais ? Mon esprit tournait sur lui-même à l'intérieur des noms, voilà tout. C'est là que je suis heureux. C'est là qu'ont lieu ces expériences qui vous inondent l'esprit ; on dirait alors qu'on se baigne dans un lac : il n'y a pas d'univers plus étendu.

J'ai dit à Pointel que Cimino avait fini par sortir quelques livres de son sac, des volumes sur les Indiens, m'a-t-il semblé, et qu'il m'avait tendu enfin *Testimony* (« Témoignage ») de Charles Reznikoff, une compilation de phrases glanées à travers des milliers d'actes judiciaires, de minutes de procès, de déclarations qui détaillent les délits survenus en Amérique entre 1885 et 1915. Ces phrases, agencées en vers par Reznikoff, formaient de petites scènes de poésie blanche, où se formulait la violence de l'Amérique : il y avait des saloons, des plantations de coton, des voies ferrées, des gibets ; aucun héroïsme.

« Les chercheurs d'or », « L'ère de la machine », « Blancs et Noirs », « Vols — et voleurs », « Incidents de travail » : c'étaient les titres des chapitres — des conflits, encore des conflits, des milliers, des millions de conflits, et autant de morts. On était dans la platitude criminelle de l'origine, me dit-il, dans l'Amérique du massacre ordinaire : c'était le contraire de la Terre promise, et ce contraire annonçait déjà notre époque d'extermination.

Depuis que Cimino m'avait fait découvrir Charles Reznikoff, dis-je à Pointel, j'avais lu absolument tout ce que j'avais pu trouver de lui en traduction française, et en particulier *Holocauste*, un petit livre entièrement tramé de phrases prononcées par des responsables nazis lors du procès de Nuremberg et par Eichmann lors de son procès à Jérusalem : Reznikoff n'avait pas ajouté un mot, il s'était contenté de donner à entendre la parole des bourreaux telle quelle ; et cette parole, parce qu'elle était exclusivement technique, neutre — une parole d'ingénieurs de la mise à mort —, composait le plus effroyable des kaddishs à la mémoire des Juifs d'Europe exterminés.

Entre deux visionnages de films, cet été, je n'avais cessé de lire *Holocauste* et *Témoignage*, les deux grands livres de Reznikoff ; je passais constamment de l'un à l'autre en m'efforçant de lire avec les yeux de Cimino afin de deviner les scènes qui lui avaient plu ; et lorsque j'avais lu trente pages de *Témoignage*, où les Indiens, les immigrés, les Noirs et plus généralement les pauvres ne cessent de s'entretuer, je passais à *Holocauste*, où la disparition des Juifs se mesure à chaque page, précise, incompréhensible, effarante.

Un étrange livre s'écrivait dans ma tête, venu de cette double lecture : un livre où le crime prenait une figure autonome et se mettait à fonctionner tout seul, sans qu'aucun humain, même le plus infâme, n'y prenne part ; une hécatombe signait l'espèce humaine, comme si l'Histoire n'était mue qu'à partir du crime et *pour lui* — afin que se rétribuât dans le sang une avidité que rien n'assouvissait, sinon l'accomplissement permanent d'un sacrifice qui n'était destiné à aucun dieu et qui s'exécutait sans rite ; tous ceux que le monde avait exclus — les Juifs, les Indiens et les parias de la société occidentale — étaient voués à alimenter cet immense bûcher ; et au fond d'un tel cauchemar, le secours ferait toujours défaut, car il était impossible de sauver les humains d'un interminable crime sans cause.

Et de fait, dis-je à Pointel, l'œuvre de Charles Reznikoff, comme celle de Michael Cimino — et d'une manière encore plus radicale (sans cette mélancolie qui affecte les films de Cimino d'un amour de l'échec) —, touche un point fondamental qui relève du tabou ; et peut-être d'un impensé.

J'affirmai devant Pointel qu'il s'agissait même du *refoulé occidental absolu*, ce qui le fit tiquer : l'œuvre de Reznikoff ne l'intéressait que moyennement.

171

« Car il y a une chose dont personne ne veut entendre parler parce qu'elle semble excessive, dis-je en avalant une dernière gorgée d'armagnac, c'est le lien entre les penchants criminels de l'Europe et les massacres sur lesquels l'Amérique s'est fondée. Bien entendu, on parle de l'extermination des Juifs d'Europe et l'on parle du génocide des Indiens des Plaines, dis-je à Pointel — mais qui ouvre les yeux sur *les deux* ? Qui ose les mettre en rapport ? Qui est capable d'entendre, à travers ces deux événements, ce qu'il en est de la criminalité du monde occidental ? »

Pointel me coupa : il voulait surtout savoir ce que Cimino et moi avions fait — étions-nous allés à Ellis Island ? Ça l'intéressait, me dit-il : personne n'avait vraiment filmé ce lieu, on le voyait un peu dans *America, America* d'Elia Kazan, un peu aussi dans *Le Parrain II* de Coppola, mais le film qui s'y consacre sérieusement n'existait pas. Ellis Island, c'était quand même un lieu où l'on avait *sélectionné* des êtres humains, dit-il : il n'existait pas de sujet plus politique ni plus contemporain. Tout le délire sécuritaire où nous sommes enfermés aujourd'hui, cette obsession planétaire du contrôle, et ces quotas qui empêchent les migrants d'échapper à leur exil, tout cela n'avait-il pas pris naissance là, à Ellis Island, dans les premières décennies du XXe siècle ? Ce qu'on appelle « Ellis Island », n'était-ce pas un programme dont nous appliquions aujourd'hui les principes les plus scélérats en Europe ? C'était dommage que Cimino ne fît plus de films, me dit Pointel, car lui seul serait capable de donner à voir la folie de ce parc à bestiaux.

19

Blood from the beginning

En fait, Cimino continue à faire des films, dis-je. Je
m'en étais aperçu ce soir-là lorsqu'il s'était mis à parler des
détails : à la fin, lorsque les récits s'achèvent, avait-il dit,
lorsqu'il n'y a plus de récit, toujours il reste les détails — eux
seuls survivent ; « les détails, m'avait-il dit en regardant au
loin vers l'Hudson, sont des étincelles de vérité ».

Puis il s'était levé : « Écoute les détails ! » m'avait-il dit.
Et voici qu'avec sa silhouette frêle et une rapidité de mime,
en quelques secondes, il avait métamorphosé l'espace : la
promenade était devenue une scène de théâtre — un lieu
de tournage —, et il s'était mis à raconter une histoire
d'ouvriers qui travaillent dans un champ de coton.

« Appelons ça : *Blood from the beginning* » (« Du sang
depuis l'origine »), avait-il dit en souriant.

Il racontait — ou plutôt il *jouait* cette histoire : dès qu'il
nommait un personnage, ses mains lui sculptaient une silhouette ; chacun d'eux parlait à travers sa voix qui faisait
apparaître le grand ciel fixe du Missouri, la poussière des

vérandas, la main calleuse d'une vieille femme, des gouttes de sang sur un tablier de cuir.

En pivotant sur lui-même, avec un léger mouvement des doigts ou un simple rictus, Cimino trouvait un personnage et le lançait dans le récit ; ses bras n'arrêtaient plus de former des cercles, des spirales ; ses mains taillaient l'espace, elles découpaient dans la matière du monde ; et voici qu'en se rejoignant à angle droit elles faisaient un cadre.

Voilà, Cimino *dirigeait*.

Soleil écrasant, dit-il. Fin de matinée en juin, lumière dure. Une dizaine de femmes noires sont penchées sur un champ de coton. Quelques hommes sont penchés eux aussi : ce sont des Blancs, revêtus d'un uniforme gris délavé.

Un grand type maigre, le front barré par une mèche blonde graisseuse, avec une chemise en toile brute boutonnée jusqu'au col, passe sur la route. Cimino dit ça doucement, et l'on voit le type blond, on voit la route : l'un et l'autre semblent venir de très loin, depuis une sécheresse qui les précède.

Cimino dit que ce type s'appelle Coleman et qu'il pousse une carriole avec son chargement de meubles. Cimino est précis, il énumère : un lit, un buffet, une table, quatre chaises et un ballot de linge — tout ça en pyramide, précise-t-il. On voit la pyramide. Il dit qu'un âne tire la carriole — on voit l'âne : aussi gris et poussiéreux que les hommes penchés sur le champ de coton.

L'un de ces hommes (Banks, un jeune péquenot tout maigre) observe Coleman qui monte au sommet du chariot, debout sur les meubles, pour essayer de dégager le fil téléphonique qui passe au-dessus de la route. Le fil s'est pris dans les meubles, il va casser. Avec trois gestes, Cimino coupe un morceau d'espace : il fait exister le fil, la route, la carriole.

Banks s'avance, il veut aider le type aux meubles. Woods, son contremaître, lui hurle de ne pas bouger. Il empoigne la carabine qui était lovée entre ses bras : en fait, les petits péquenots blancs sont des prisonniers, ils font la récolte pour le vieux Craig, un éleveur qui possède tout le canton et que le shérif bichonne. Banks obtempère, il courbe l'échine vers le coton.

Les femmes noires, elles, ne sont pas prisonnières, Woods les laisse faire, ce sont des esclaves du vieux Craig (et parce qu'elles sont esclaves, on ne les surveille pas) ; l'une d'elles — Gussy — regarde Coleman perdre l'équilibre et tomber à la renverse.

L'âne suçote un bout de carton, il ne bouge pas quand la tête de Coleman heurte une pierre à environ trois mètres devant le chariot. Gussy s'essuie les mains à son tablier et s'élance en direction du corps qui gît.

Le fil du téléphone qui barre la route continue à onduler.

Gussy hurle : « Il est mort ! »

Woods, le contremaître, se tourne un instant vers la route ; dans son dos, Banks se rue sur lui, lui fracasse le crâne avec une pierre, et s'empare du fusil. Il court vers la carriole, détache l'âne et le chevauche en hurlant. L'âne, effrayé, démarre, tandis que les autres Blancs se précipitent sur le chargement, jettent les meubles à terre, fracassent les tiroirs et s'arrachent une montre, la photo encadrée de deux enfants.

On entend un coup de feu. C'est Banks, plus loin derrière le champ, qui liquide l'âne en le traitant de fils de pute.

Le soleil a tourné. Voici qu'à bout de souffle, Banks fait irruption dans une maison ; une femme épaisse, jupe longue et tablier, est attablée devant un bol, le fusil ne lui fait pas peur. Il dit qu'il a faim, elle répond qu'on ne fait pas restaurant. Banks arme son fusil : « Fais-moi des œufs, vite ! » Un gros type en caleçon, pieds nus, avec une moustache et le torse immensément velu, entre dans la pièce et fracasse la tête de Banks avec un marteau. C'est Charlie Dade.

Un groupe de jeunes femmes en petite tenue approche, elles ont des seins lourds, indolents, certaines sont complètement nues sous leur robe de chambre ; elles sont terrifiées par la mare de sang qui grandit sur le sol de la cuisine. « Retournez au travail », leur dit Charlie.

La femme au tablier (elle n'a pas de nom) tire sur la chemise de Banks pour éponger le sang, puis fait des œufs pour Charlie qui les mange au plat en regardant le cadavre. Du jaune d'œuf lui coule le long des lèvres, il rit tout seul : « Trou du cul, celui-là ! » il dit — et voici qu'il lui enlève les bottes tout en continuant à mâchouiller.

Charlie Dade enfile les bottes de Banks et déambule dans la cuisine avec fierté. Deux gamins contournent le cadavre et s'attablent pour les œufs ; ils sont blonds et poussiéreux, comme l'âne, précise Cimino, et comme la chemise des prisonniers.

« Faut aller chercher vot' père à la gare, dit la femme, il doit déjà vous attendre. »

Ils ont attrapé dans le fleuve un bébé crocodile, qu'ils tiennent au bout d'une corde et asticotent avec un bâton. Le bout de leurs doigts est en sang parce que le croco les a mordillés.

« Débarrasse-moi de cette saloperie », dit la femme à Charlie en désignant le bébé crocodile qui patauge dans la mare de sang et commence à lécher le crâne déchiqueté de Banks.

« Seigneur ! c'est répugnant ! » crie la femme.

Charlie écrase le croco avec son marteau. Les enfants s'enfuient en pleurant avec leur petit cadavre.

« Merde, le fusil, demande la femme, où qu'il est passé ? »

Sur la route, les deux enfants croisent l'âne crevé, puis des meubles renversés, du linge éparpillé. Le soleil tape, ils ont leurs casquettes de base-ball et un fusil en bandoulière, comme des chasseurs. Le crocodile est écrabouillé dans leurs mains, mais ils vont lui faire un bel enterrement. Les femmes noires, là-bas, travaillent dans le champ de coton, et parmi elles une petite fille s'approche et caresse le bébé tout desséché déjà. Des flics encadrent un corps caché sous une couverture ; l'un d'eux, le fils de Craig, fait signe aux gamins de venir : « Ce serait pas vot' père ? » Il soulève la couverture, les deux enfants s'agenouillent devant le corps, le crocodile tombe dans le sable. Le flic examine le fusil : « Merde, mais c'est celui de Woods ! »

Cimino s'arrêta net, et salua, comme au théâtre. J'applaudis. Il éclata de rire :

« Voilà, c'est ça, Reznikoff. Ça ferait un bon film, non ? »

Je dis à Cimino qu'il n'avait pas besoin de le tourner : il venait d'avoir lieu ; je venais de voir, ce soir-là, assis sur mon banc, un film inédit de Michael Cimino ; j'avais assisté à la projection vivante de ce film qui n'avait besoin ni d'écran, ni de salle, ni d'aucune image : les images, c'était la voix qui les donnait. J'ai compris ce soir-là, grâce au dernier grand cinéaste vivant, que le cinéma n'avait besoin de rien d'autre que de la parole ; et qu'au fond, les images qui continuaient à être produites venaient en plus, venaient en trop, venaient pour nous détourner de ce qui parle lorsqu'une parole parle vraiment, lorsqu'elle a vraiment lieu, comme ce soir-là, sur les bords de l'Hudson. J'ai compris que Cimino n'avait jamais arrêté de faire des films : en vérité, il en faisait tout le temps, il venait d'en faire un devant moi, il avait trouvé le moyen de *ne plus s'arrêter de faire du cinéma*.

Au lieu de filmer, un cinéaste passe son temps à chercher des producteurs — à attendre un budget. Et Cimino, plus qu'aucun autre, n'avait cessé d'attendre et de chercher ; mais ce soir-là, je compris qu'il faisait semblant d'attendre et de chercher, il faisait mine de préparer son adaptation de *La Condition humaine* de Malraux : car en vérité il n'attendait et ne cherchait plus rien, non pas qu'il eût renoncé au cinéma, comme certains le prétendaient en se réjouissant secrètement qu'il soit *fini* ; au contraire, il s'était mis à réaliser dans sa tête tous les films dont il rêvait et il les racontait en détail du matin au soir (à lui-même et aux autres) ; et ces films que Cimino faisait naître avec de simples gestes et de simples mots, comme un forain, comme un magicien, s'accordaient à ce point originaire — bien avant l'invention de la lanterne — où l'image n'existe pas. Il n'y avait jamais eu besoin d'écran, et à l'avenir il n'y en aurait plus besoin : les mots suffisent ; c'est eux qui font voir.

De toute façon, l'époque du cinéma projeté sur un écran serait bientôt révolue, déjà de moins en moins de monde allait dans les salles, et bientôt plus personne ne sortirait de chez soi : Cimino avait anticipé cette déroute du cinéma, il savait qu'avec Internet les images naissaient de toutes parts sans appartenir à qui que ce soit, il savait que ces images qui jaillissaient en permanence sur la planète avaient non seulement vieilli le cinéma, mais que bientôt celui-ci serait mort.

Je comprenais maintenant le sourire de Cimino : il témoignait de sa confiance dans les noms et les détails ; il semblait dire qu'il suffit d'un âne poussiéreux, d'un bébé crocodile et d'œufs sur le plat pour que s'invente une histoire ; et que faire un film, comme écrire un livre, consiste à trouver le récit capable de dire les noms et de tramer les détails : c'est-à-dire de faire entrer dans son cœur toute chair qui est au monde pour la conserver en vie ou lui accorder la vie qu'elle n'a plus — pour sauver par exemple, comme l'a fait Reznikoff, la population des morts de l'Amérique entre 1885 et 1915, ou comme David et Salomon ont sauvé les Hébreux de l'époque de l'Alliance en leur offrant d'exister sur une terre à travers un langage qui les consacre. Le sourire de Cimino disait : « quelle joie de vivre dans un récit » — il disait : « viens ».

20

La statue de la Liberté

Et puis nous sommes allés faire un tour en bateau.
Cimino a glissé mon scénario dans son sac Strand, on a pris
un taxi jusqu'à Battery Park, tout en bas de Manhattan, et
là nous avons embarqué sur le ferry.

C'était le dernier de la journée : nous avons hésité à le
prendre parce qu'il ne s'arrêtait ni à Ellis Island ni sur l'île
de la Liberté : il se contentait de faire le tour de la baie. Mais
Cimino ne voulait plus reculer, il lui semblait, au point où
nous en étions, que voir Ellis Island, même de loin, était
nécessaire : c'était le lieu, dit-il, c'était là qu'à présent nous
devions aller.

Nous avions acheté une flasque de vodka et des cigarettes. Le vent marin me grisait. J'étais euphorique.
Cimino inspectait l'embarcadère avec gravité : est-ce que
je savais qu'il y avait eu plus de trois mille suicides à Ellis
Island ? Lorsqu'on entrait dans le hall principal, celui avec
les barres métalliques, dit-il, on était surveillé depuis une
passerelle par des médecins de l'immigration qui détec-
taient le trachome : vous montiez l'escalier, plein d'espoir,

en traînant vos pauvres bagages, vous n'aviez pas encore franchi les premières barrières, et déjà l'un de ces médecins avait décidé que vous ne passeriez pas la porte.

Il était impossible d'échapper à l'œil, me dit Cimino : « Ma famille est passée par là. Tous ceux qui un jour ont été regardés par cet œil continuent à être poursuivis par lui : il ne vous lâche jamais. Et moi-même, je n'ai jamais cessé d'en sentir le poids : l'œil de l'Amérique, braqué sur vous, jugeant vos moindres actions, évaluant chacune de vos pensées — et proclamant, avec la tranquille impunité de ceux qui ont une place en haut de l'escalier : *il n'est pas des nôtres.* »

Avant d'embarquer, il y avait un portique de sécurité, comme dans un aéroport ; le dispositif de fouille était pénible ; j'avais pensé que Cimino, avec son caractère indomptable, y ferait obstruction, et que nous aurions des problèmes, mais non : il se pliait sagement, et même avec décontraction, aux consignes de sécurité.

Lorsqu'il vida le contenu de son sac, un coffret en ébène attira l'attention : on lui demanda de l'ouvrir, et dans un écrin de velours bordeaux apparut une médaille en argent à l'effigie de John Wayne, dont Cimino était un admirateur (c'était d'ailleurs John Wayne qui lui avait remis l'oscar du meilleur réalisateur en 1979 lors d'une cérémonie qui, précisa Cimino, s'avéra la dernière apparition publique de l'acteur fétiche du « grand John Ford », dont il estimait, dit-il aux agents de la douane, qu'il était le meilleur cinéaste américain de tous les temps).

La médaille fit rire les douaniers, et ce fut l'occasion pour chacun d'évoquer son western préféré avec le grand acteur : Cimino loua *La Prisonnière du désert*, où selon lui John Wayne avait délaissé ce cabotinage de héros fatigué que Clint Eastwood, bientôt, continuerait à sa place, pour simplement transporter avec lui l'émotion du deuil, et avec ce deuil la fin d'une certaine Amérique.

Le vent tournait sur la rivière ; cette fraîcheur me comblait. Lorsque nous approchâmes d'Ellis Island et que les vieux bâtiments de brique rouge apparurent, j'eus un frisson d'horreur : cet impeccable abandon, ce calme parfait dans la désaffection ressemblaient à ceux des camps nazis que j'avais visités en Pologne.

À quoi pensait Cimino ? Il se tenait à l'arrière du ferry, le coude appuyé contre le bastingage, le menton reposant au creux de sa main ; avec les lumières de la nuit, son visage semblait étonnamment jeune, féminin, mélancolique ; de temps à autre, il portait à sa bouche la petite bouteille de vodka soigneusement enveloppée dans un sac en papier. Et ses lunettes noires, la casquette qui lui recouvrait une partie du visage, les gants qu'il avait enfilés depuis que nous étions montés sur le bateau lui fabriquaient une sorte de carapace, comme s'il essayait, encore et toujours, d'échapper à l'œil.

Et c'est vrai que par moments, comme ce soir-là, il parvenait à se soustraire à l'humanité : il semblait alors plus proche du jaguar que de n'importe quel autre humain.

Je l'ai dit, mon scénario *The Great Melville* se passait en grande partie à la pointe de Manhattan et sur Ellis Island. Je n'y étais jamais venu ; mais j'avais imaginé que ce territoire où Melville avait travaillé vers la fin de sa vie quand il était devenu inspecteur des douanes était maudit : dans mon scénario, son fantôme revenait hanter les lieux, il apparaissait dans les escaliers du centre d'accueil, dans les couloirs du Bureau fédéral de l'Immigration, comme un vieux roi shakespearien qu'on n'a cessé de bafouer, et qui persiste, après sa mort, à manifester une souveraineté que personne ne lui a jamais reconnue.

Dans une scène que Cimino avait lue sur le banc, le spectre de Melville reformait l'équipage du navire baleinier de *Moby Dick* — le *Pequod* —, qui est entièrement composé de parias ; et tous les damnés de la terre fédéraient alors leurs énergies à travers une traversée insurrectionnelle de tous les océans : d'étape en étape, à mesure qu'embarquaient les réfugiés, et principalement ceux des pays en guerre de l'Afrique et du Proche-Orient, le navire prenait la dimension d'une nouvelle Arche.

Cimino contemplait la statue de la Liberté qui se découpait dans la nuit avec la solennité d'un monument aux morts. Kafka avait raison : elle ne brandissait pas un flambeau, mais bel et bien une épée. Celle de la Justice ? Le regard inquiétant de la statue disait plutôt que cette épée tranchait des vies.

J'avais rejoint Cimino à l'arrière du ferry et lui dis que la mort des étoiles qu'il voyait accrochées au drapeau américain était déjà inscrite ici dans le regard aveugle de cette grosse femme. « *I hate this big false Lady Liberty !* » (« Je déteste cette fausse grosse Dame Liberté »), me dit-il.

Il me confia la flasque de vodka et sortit de son sac le coffret en ébène. Il le manipula avec soin, et lorsque la

183

boîte s'ouvrit, apparut à l'envers du médaillon, moulé dans le même écrin de velours bordeaux, un revolver.

Il brillait dans la nuit, comme un bijou en argent. Cimino s'en empara et le pointa vers la statue de la Liberté. J'ignore s'il avait eu l'intention de tirer, ni même si le revolver était chargé, mais dans le ciel de New York le geste de Michael Cimino formait une ligne parfaite, comme celle d'une flèche qui déchire l'espace ; son bras tendu vers le ciel évoquait le mouvement que Lucifer provoque en brisant ses chaînes au-dessus de la place de la Bastille. C'était un geste limpide, chargé de sens, et dont la portée me sembla immémoriale : et même si Cimino riait, même si à ses yeux ce coup d'éclat relevait avant tout de la farce — et aussi, il me le confia lorsque nous fûmes attablés au Paesano, d'un hommage à mon scénario —, il accomplissait un très ancien geste rituel, celui de l'adepte qui proteste contre un faux dieu, car d'une certaine manière il en éteignait la flamme, comme ce marin qui avait annoncé au large du Pirée : « Le dieu Pan est mort ! »

Il y a en tout geste l'espérance d'une issue : le signe que l'on est entré dans le monde où quelque chose va être offert. À travers le geste de Cimino — sous l'allure d'une blague d'enfant terrible — se retissait le très vieux lien qui unit le ciel et la terre, lien qui ne cesse de se défaire et que nous restaurons le temps d'un éclair, lorsque nous traçons, sans même l'avoir voulu, une ligne invisible entre deux feux. Ainsi fait le sacrificateur : entre les éclats d'argent du revolver et le flambeau de la Liberté s'allumait une piste ; et sans doute celui qui passe entre les deux feux reçoit-il ce qui n'est donné qu'à de très rares : il devient un être auquel les dieux ont affaire.

C'est ce que j'avais toujours aimé chez Cimino : il avait le feu. En lui tout était doublé de sacré : ses paroles, ses choix de vie étaient tramés dans l'esprit ; même quand il conduisait sa vieille Ford sur les routes du Montana jusqu'à son ranch, même quand il prenait l'ascenseur d'un palace européen où il était invité pour présenter une rétrospective de ses films, même quand il s'enfilait des shots de vodka sur un banc de l'East River avec un écrivain français de passage, cet homme était *embrasé jusqu'à la pointe des ongles*. Il vivait selon ses dieux ; et en toute circonstance, les saluait.

Pour les hommes comme lui, chaque instant possède une double face : celle qui se tourne vers le monde profane, où les dollars échantillonnent nos possibilités de vivre ; et celle qui se tourne vers un monde plus étrange, sans doute invisible, où le mystère, plutôt que les calculs, dicte sa vérité.

Et lorsqu'un flic était accouru depuis le bout du ferry en hurlant à Cimino de lâcher son arme, celui-ci l'avait escamotée : sans que personne ne s'en rende compte, elle avait rejoint l'eau avec de petits éclats vif-argent, et voici qu'à sa place, par un tour de prestidigitation dont lui seul avait le secret, il brandissait le médaillon de John Wayne. Le flic ne comprenait pas, il avait commencé à plaquer Cimino contre la rambarde pour lui passer les menottes, mais on ne coffre pas quelqu'un parce qu'il brandit une médaille de John Wayne, encore moins parce qu'elle fait des éclairs argentés dans la nuit.

Cimino riait. « *What the fuck you do ?* » dit le flic (« Qu'est-ce que vous foutez ? ») — « Je conjure le mauvais œil », répondit-il, en désignant la statue qui, dans la nuit éclairée par les projecteurs, avait la tête d'un monstre.

En s'éloignant, le douanier haussait les épaules. Cimino ne pouvait plus s'arrêter de rire. Les reflets sur l'eau faisaient des étoiles. Elles étaient bel et bien là, les étoiles — pas sur le drapeau, pas dans la flamme de la Liberté, mais sur l'eau.

21

Artémis

Il était 23 heures. Le restaurant se vidait. Pointel et moi allions partir, lorsqu'une femme s'approcha, vêtue d'une cape noire, avec une ample chevelure rousse et des lunettes fumées à monture bordeaux ; elle était accompagnée de la jeune femme que j'avais admirée tout à l'heure, celle qui pleurait au téléphone.

C'était étonnant comme le blouson en hermine de cette femme ressemblait au pelage d'un dalmatien : j'ai eu l'impression qu'on avait tondu Sabbat ; je me suis même penché sous la table pour vérifier s'il était bien là. Et de fait, il dormait, roulé sur lui-même, avec tous ses poils.

Pointel et la femme rousse s'embrassèrent chaleureusement, ils avaient l'air très amis ; Pointel l'invita à s'asseoir à notre table avec son amie. La femme rousse dit qu'elles allaient dîner à une table réservée au premier étage, mais elle acceptait bien volontiers de s'asseoir deux minutes avec nous, le temps de boire une coupe. Pointel commanda immédiatement une bouteille de champagne, que Macron s'empressa de nous servir avec moult servilités.

La jeune femme à l'hermine ne prononça pas un mot, elle s'assit sur la banquette à mon côté, et se mit à écrire des SMS à toute vitesse.

La femme rousse, quant à elle, prit place à côté de Pointel, et c'est alors que je reconnus Isabelle Huppert.

— Il vient de rencontrer Michael, lui dit Pointel.

— Michael ?

— Cimino.

Isabelle Huppert m'examina avec précision. Pointel lui dit que j'étais écrivain.

— Vous avez publié des livres ?

— Et vous, vous avez joué dans des films ?

En sifflant ma coupe de champagne, je sentis que c'était le verre de trop : j'étais en train de basculer dans une seconde ivresse, lourde et sans plaisir, celle qui endort les émotions et vous embarque vers l'obscur.

Je regardais Isabelle Huppert, et plusieurs scènes de *La Porte du paradis* me revinrent — des scènes où sa jeunesse éclairait ce film d'une douceur tragique. Elle y était tout simplement extraordinaire : enfantine comme une amazone, professionnelle comme une patronne de bordel, à la fois sage et intrépide ; à elle seule elle prodiguait au film la couleur de l'amour perdu.

Il y avait la scène où Kris Kristofferson et elle viennent de faire l'amour : Isabelle Huppert a enroulé autour de sa poitrine une serviette qu'elle tient serrée, et voici que sortant de l'écurie, Kristofferson tient par la bride un magnifique cheval noir qu'il va lui offrir, et derrière le cheval, soigneusement dissimulée dans l'ombre, arrive une superbe calèche auréolée d'un vernis noir où se reflètent les larmes de joie d'Isabelle Huppert.

Une autre scène, enveloppée d'une lumière chaude et dorée, comme dans un tableau de Renoir : elle se baigne nue dans la rivière et vient poser sa nuque sur l'épaule de son amant qui fait la sieste, la tête appuyée contre la roue de la calèche. Quand on a vu cette scène, on sait à quoi ressemble la paix : c'est un visage parsemé de taches de rousseur où perlent des gouttes d'eau fraîche.

Par moments, chez Bofinger, je perdais un peu conscience : je ne distinguais plus les contours des visages autour de moi ; l'oubli commençait d'engloutir le moindre détail. À la place, flottaient des bribes du film de Cimino. Une partie de ce que je raconte dans ce chapitre, et dans les prochains, vient du récit que m'en a fait la jeune femme au visage blanc, qui s'appelait Léna : Léna Schneider.

J'avais envie de lui parler, mais je sentais que j'allais dire n'importe quoi. Son visage avait quelque chose de sévère et d'attirant comme une page blanche : il me donnait envie de m'y plonger. Sur la banquette, nos corps se touchaient presque, et mon bras effleurait le sien ; c'était bon d'être un peu troublé, j'en éprouvais même de la joie ; décidément, malgré sa tournure inévitable de beuverie, cette soirée d'anniversaire était réussie : je faisais des rencontres, on pouvait même aller jusqu'à dire que j'étais vivant.

Isabelle Huppert échangeait avec Pointel des nouvelles du métier. Je n'ai pas bien compris : elle revenait d'un tournage à Tokyo où elle avait participé à un film un peu spécial qui ne serait pas distribué dans les salles, mais visible uniquement sur la plate-forme d'un club privé spécialisé dans les turpitudes ; elle s'était follement amusée, et maintenant elle se préparait pour quelques dates d'une version étrange de *Phèdre*, qu'elle avait jouée sur la scène du théâtre de l'Odéon et que le metteur en scène souhaitait montrer à Berlin.

Il était aussi question du film de Carax — apparemment, elle faisait partie du casting ; elle demanda à Pointel si le film allait se faire ; il expliqua combien il était encore aujourd'hui difficile de prononcer le nom de Carax dans le milieu du cinéma français : un peu comme Cimino, Carax s'était grillé lors du tournage des *Amants du Pont-Neuf*, le dépassement de budget avait été si colossal que plus personne ne voulait travailler avec lui, et encore moins investir de l'argent dans ses projets. Carax comme Cimino, dit Pointel, étaient les derniers poètes d'une époque où l'industrie du cinéma ne s'intéressait plus du tout au cinéma, mais seulement à elle-même. On aurait pu penser que leurs noms serviraient de caution intellectuelle ou d'alibi au système, comme la Gaumont avait financé à une époque les films de Godard ; mais non : le système n'avait plus besoin de se faire croire qu'il s'intéressait à quoi que ce soit, et surtout pas à l'art.

Ainsi Pointel cherchait-il ailleurs, loin des réseaux européens ; il y avait des possibilités énormes à Hong Kong et à Shanghai où Leos Carax était considéré comme un héros ; il prospectait également au Qatar, où beaucoup d'argent circulait désormais en rapport avec l'art, la culture, le cinéma.

190

Isabelle Huppert dit que Carax lui envoyait par coursier des kilos de livres sur la finance, et des fichiers audio où, de sa voix traînante, il enregistrait pour elle ses réflexions sur la crise mondiale et la façon dont il la voyait jouer le rôle de la présidente du Fonds monétaire international. Ces enregistrements, dit-elle, étaient extraordinaires : il y décrivait la vie de celle qu'il appelait « la Présidente du Monde de la Finance » dans ses moindres détails ; ses régimes alimentaires, ses habitudes sexuelles, les journaux qu'elle lisait : tout y était précisé, avec une minutie folle, comme dans un roman.

Il se dégageait d'Isabelle Huppert un charme qui pouvait sembler dur ; mais lorsqu'elle souriait, on voyait paraître sur son visage cette tendresse inquiète qui appartient aux solitaires et qu'ils sont habitués à garder pour eux. Ceux qui vivent dans un désert ont des acuités qui les guident brutalement ; le reste du temps, ils méditent. Parce qu'elle n'attendait rien des autres, elle pouvait s'intéresser à eux librement. Ainsi vivait-elle, en dehors des tournages, dans une apesanteur qui rendait possible l'improvisation, et les rencontres.

Pointel semblait rire avec elle de toutes ces folies dans lesquelles ils étaient embarqués. Visiblement, ils avaient déjà fait des films ensemble, des productions internationales, dont ils gardaient un souvenir mitigé, mais la perspective du film de Carax les comblait comme deux adolescents qui ont trouvé un jeu parfait.

Léna Schneider ne participait pas à la conversation. Comme moi, elle se contentait d'écouter. Je l'observais à la dérobée : son beau visage blanc était concentré ; malgré l'ivresse, j'étais plein de désir.

Sabbat fit soudain irruption : sa tête sortit de sous la banquette, puis il posa ses pattes sur les cuisses de Léna, qui avait l'air ravie.

— Il est à vous ce chien ? dit-elle en lui caressant la tête.

— Non, il n'est pas à moi, c'est une histoire compliquée. Et vous, dis-je en désignant sa fourrure, c'est du dalmatien ?

— C'est du toc, répondit-elle en souriant. Je n'ai pas massacré de chien pour me faire un blouson. Vous savez que les dalmatiens sont des animaux sacrés ? Ce sont les chiens que Pan offre à Artémis : un dalmatien n'appartient jamais vraiment à son maître, mais toujours à la déesse de la Chasse.

— C'est vous la déesse ?

Le rire de Léna était cristallin, comme celui des enfants. Je pensais à ses larmes au téléphone, à l'évidence passionnelle qui animait cette femme.

— Artémis, dit-elle, est la fille à qui son père donne tout : il dit oui à tous ses désirs, il la comble. Elle veut disposer de toutes les montagnes, elle veut l'arc et les flèches, elle veut plusieurs noms, une torche pour chasser les bêtes sauvages et une escorte de nymphes.

— Pourquoi plusieurs noms ?

— Pour défier son frère.

Je ne comprenais pas.

— Apollon. Vous imaginez avoir Apollon comme frère ? Lorsque Artémis, encore sur les genoux de Zeus, lui demande plusieurs noms, c'est parce qu'elle sait que le véritable privilège réside moins dans la connaissance — réservée à Apollon — que dans la multiplicité : chaque nom est un morceau de cette étincelle qui allume la souveraineté du dieu.

Je demandai à Léna quels étaient les noms d'Artémis.

Elle fit alors, en souriant, le geste de pointer l'index sur ses lèvres pour intimer silence. C'est un geste ancien : le geste — précisément — d'une déesse. J'étais allé trop vite. On ne pose pas une telle question : soit on connaît les noms, soit on les découvre seul.

Ceux qui ont assisté aux mystères rient et pleurent, comme tout le monde (en quelques minutes j'avais vu Léna faire les deux) ; mais eux seuls peuvent dire la nature de leur rire et celle de leurs pleurs, car ceux-ci vivent une vie autonome, une vie qui se déploie à travers des signes échangés derrière le voile, une vie parfaite.

Cette femme avait la tête mystiquement alvéolée, j'en étais sûr. Elle savait que la vérité ne s'échange pas comme un bien culturel à quoi l'on met une étiquette et un prix. Et puis, j'aimais bien cette manière abrupte — sérieuse — qu'elle avait de parler : à travers sa voix, je pressentais un paysage de braises et de bois lunaire ; je la voyais circuler la nuit entre des feuillages jusqu'à des eaux lentes ombragées de saules et de peupliers. De très vieilles phrases me venaient à son propos, des phrases antiques où se blottissent des théophanies : *elle a les dieux dans le sang*, me disais-je ; elle abrite une solitude qui la rend présente aux mystères.

Bref, Léna Schneider me faisait divaguer. Même si j'étais ivre, c'était un bon début.

Elle m'expliqua qu'elle dirigeait le musée de la Chasse et de la Nature ; et dans le cadre d'une exposition consacrée à un photographe américain — un certain George Shiras qui, il y a presque un siècle, avait trouvé une technique pour photographier les animaux de nuit —, elle offrait à Isabelle Huppert une carte blanche.

Ce photographe, dit-elle, était un chasseur du Wisconsin. C'était assez incroyable, et en même temps logique : il avait remplacé le fusil par l'appareil photographique. Au moment de photographier, il était encore et toujours un chasseur, comme nous le sommes tous lorsque nous cherchons la bonne image. «Vous savez, me dit-elle, qu'au moment de chasser, le chasseur donne un nom à sa proie, le nom d'une personne aimée, qui rendra propice la chasse et fera d'elle un sacrifice réussi. Eh bien, je crois que c'est la même chose avec l'art.»

22

Le feu existe

Elles décidèrent finalement de manger à notre table. Isabelle Huppert commanda de la viande crue, une sorte de tartare, sans aucune préparation, qu'on lui servit comme elle l'avait demandé — dans une assiette creuse — et qu'elle avala avec une brutalité stupéfiante.

Quant à Léna Schneider, elle prit le Casting d'huîtres que j'avais convoité plus tôt dans la soirée. On nous apporta une nouvelle bouteille de champagne ; et nous trinquâmes tous les quatre à la chasse, aux déesses et aux étranges metteurs en scène.

Pointel s'était un peu affaissé au fur et à mesure de mes récits, mais l'arrivée d'Isabelle Huppert lui avait redonné de la vivacité, et même une forme de jeunesse. Lorsque nos deux amies eurent fini de manger, il proposa que nous allions prendre un verre ailleurs, mais Isabelle Huppert trouvait qu'on était bien ici.

— Comment va Michael ? me demanda-t-elle.

Je racontai à Isabelle Huppert que Cimino était devenu un sorcier, un chaman — quelqu'un qui fait exister le cinéma dans l'invisible ; je décrivis sa dégaine, et le bon tour qu'il avait joué aux douaniers de New York, mais je ne saurais dire si cette histoire avec la statue de la Liberté, que je racontai en détail, l'amusa ou l'angoissa.

Elle l'avait revu il y a quelques années à l'occasion de la sortie de *La Porte du paradis* en version longue : elle s'était retrouvée à l'accompagner dans différentes villes d'Europe et se souvenait qu'il se levait à l'aurore pour lire Tolstoï. « Deux heures par jour de *Guerre et Paix* valent mieux que tous les coachs », disait-il.

Elle raconta aussi qu'il avait un régime alimentaire des plus absurdes, qui compliquait considérablement son emploi du temps : par exemple, comme il buvait des mojitos le matin, et que dans les hôtels le barman n'arrivait pas avant midi, il avait fallu acheter chacun des ingrédients pour que Michael Cimino fît lui-même sa boisson et pût en ingurgiter autant qu'il voulait dès 8 heures du matin.

J'aimais bien la manière affectueuse dont Isabelle Huppert parlait de lui ; et même lorsqu'elle évoquait ses « bizarreries vestimentaires » — le pantalon de cuir brun, le Stetson couleur crème, et les gants beurre frais —, c'était toujours avec tendresse : « Il a cette élégance fabuleuse, dit-elle, cette chose en plus, difficile à définir, qu'ont certains grands artistes, et qui est une forme de noblesse. C'est dommage qu'il ne tourne plus », ajouta-t-elle.

Je dis qu'au contraire seul Cimino faisait encore du cinéma. Pensait au cinéma. Vivait le cinéma. Lui et Godard, disons. Cimino n'avait plus besoin d'un écran pour accomplir son œuvre, et même, en un sens, l'écran était devenu un obstacle à ses visions. Car c'était avant tout quelqu'un qui avait compris que le feu a disparu, dis-je. Le feu qui animait les humains n'existe plus, Cimino le sait ; il est même l'un des rares à le savoir.

Il y a eu du feu, et ce feu a traversé Robert De Niro, Christopher Walken ou Meryl Streep dans *The Deer Hunter* ; il a enveloppé dans son immense flamme le monde des immigrés d'Europe de l'Est dans *La Porte du paradis*, et les a portés jusqu'au massacre final ; « il a donné sa volonté de vivre, son intensité, son innocence à Ella Watson, votre personnage, dis-je à Isabelle Huppert, mais aujourd'hui, le feu a tari, comme une vieille source : tandis que toutes les civilisations étaient fondées sur l'idée de garder le feu, notre civilisation est celle de l'extinction ; elle a horreur que ça brûle et s'est arrangée pour que le feu meure — pour que nous vivions au milieu de cendres ».

Isabelle Huppert n'était pas d'accord : « Il y aura toujours des êtres qui sauront allumer pour nous ce feu, dit-elle. Le monde, je ne sais pas, peut-être avez-vous raison, peut-être est-il mort ; mais il y a des gens incroyables, des êtres singuliers qui existent, et ce ne sont pas forcément les plus spectaculaires ; certains d'entre eux sont discrets, ils s'expriment peu, et parfois même ils sont imperceptibles : avec eux, croyez-moi, votre feu, même s'il est invisible, il ne s'éteindra pas. »

Il n'y avait plus personne dans le restaurant ; les serveurs avaient débarrassé les tables et dressaient celles du lendemain. Les serviettes blanches parfaitement repassées scellaient dans chaque assiette une absence qui s'étendait à la salle entière, tout à l'heure si criarde et à présent

197

mélancolique, comme si l'ombre qui était descendue sur nous et enveloppait nos visages encore éclairés de petites lueurs vacillantes était venue se réfugier ici, au creux de chaque assiette, pour la nuit. La verrière, l'aquarium, les lampes aux abat-jour jaunâtres avaient pris eux aussi des teintes plus sombres, comme si leurs couleurs *tombaient* : elles avaient abandonné peu à peu leur éclat pour entrer l'une après l'autre dans le sommeil.

Je savais déjà que je ne rentrerais pas chez moi : la nuit m'appelait, il me semblait qu'elle m'avait accueilli depuis des heures et qu'elle ne me lâcherait pas. J'allais traverser cette nuit, et tant pis si à un moment ou à un autre je m'écroulais : parfois, faiblesse et euphorie coïncident.

Macron s'approcha de notre table : nous pouvions rester tant que nous le voulions, la maison était honorée d'accueillir une si grande actrice, dit-il — et il nous offrait personnellement des digestifs.

Isabelle Huppert accepta l'honneur avec gentillesse. Elle demanda une poire ; Léna Schneider, une vodka ; Pointel et moi reprîmes de l'armagnac.

C'est au moment de trinquer, en levant son verre où venaient briller les derniers éclats de cette soirée, qu'Isabelle Huppert a soudain tendu l'index vers la fenêtre :

— Regardez !

Nous avons tous tourné la tête, même Sabbat, dont le museau s'était aligné impeccablement sur la ligne formée par le bras tendu d'Isabelle Huppert : elle désignait la silhouette, là-bas, sur le trottoir, d'un type avec une dégaine de cow-boy et un Stetson sur la tête ; nous avons éclaté de rire, et l'index d'Isabelle Huppert continua à flotter long-temps dans l'air après que la silhouette eut disparu, comme si l'ombre qui avait envahi la grande salle du restaurant commençait également à engourdir nos gestes qui déjà s'endormaient.

Sabbat avait senti que nous allions partir, il ne tenait plus en place ; je me suis levé et suis sorti avec lui quelques instants, il était fou de joie et s'est mis à courir sur le trottoir entre les coquilles d'huîtres.

J'ai allumé une cigarette. La glycine, de l'autre côté de la rue, semblait fraîche, accueillante, gorgée de cette humidité sombre où il fait bon glisser. Au fond, il était possible de vivre : avec les récits, avec toutes les histoires contenues à l'intérieur des récits, on avançait mine de rien d'une île à une autre, on faisait se rejoindre le commencement et la fin, on *allait mieux*. Dans le pire des cas, je pourrais toujours entrer dans ce feuillage là-bas et reprendre mes esprits sous cette cascade de fleurs. Il n'y avait pas que ma chambre, il y avait d'autres lieux où l'on pouvait respirer : le mouvement de cette soirée me prodiguait un peu d'espoir.

Car en vérité, j'étais surtout sorti du restaurant pour regarder Léna Schneider : assis à côté d'elle, je n'arrivais pas bien à voir son visage, et voici qu'à travers la vitre de chez Bofinger, malgré la pénombre qui entourait son corps ainsi que celui de Pointel et celui d'Isabelle Huppert, le cercle qu'ils formaient tous les trois m'apparut comme un foyer incandescent, comme si c'étaient eux qui éclairaient la nuit : la lumière qui continuait malgré tout à briller dans Paris venait de ces trois personnes penchées l'une vers l'autre. Isabelle Huppert avait raison : le feu existe, il était là, cette nuit, de l'autre côté de la vitre.

Léna se redressa sur la banquette en souriant, se mit à rire, et au moment où elle releva ses cheveux qu'elle fixa en chignon, je vis apparaître sa nuque : son visage, soudain libéré, s'offrit à moi, vertical et nerveux comme celui d'un cheval blanc.

Son visage était immense, aussi large qu'un glacier ; je sentais bien qu'il me faudrait des années pour explorer un territoire dont la blancheur me semblait plus éblouissante encore que lorsque je l'avais découvert : une blancheur laiteuse, comme la neige balayée par le vent sur les prairies des Indiens de l'Ouest, et qui, comme la nacre, prenait des teintes bleues où étincelaient des émotions violentes.

Je me suis approché de la vitre pour mieux voir, j'étais comme aspiré par ce visage, je pensais à la robe immaculée que revêtent ceux qui sont sauvés dans l'*Apocalypse* de Jean, ce vêtement illuminé de flammes blanches qui lance les élus jusqu'au trône sur lequel est assis le Très-Saint et qui les enveloppe dans une écume de gloire. Et puis, en contemplant le visage de Léna Schneider, je bandais comme un dingo.

Elle s'est tournée vers moi, nous nous sommes regardés longuement : c'était comme si elle voyait mon érection. J'allais être changé en cerf, sans doute l'étais-je déjà, et des bois poussaient autour de ma tête, comme une forêt de phallus au bord de gicler, qui bientôt seraient tranchés par ses chiens.

Elle me sourit, les autres se retournèrent vers moi, Isabelle Huppert me fit un petit salut de la main, et je rentrai auprès d'eux avec Sabbat.

23

Le cheval Visconti

Isabelle Huppert était en train de raconter le tournage de *La Porte du paradis*. En avril 1979, à peine était-elle descendue de l'avion que Cimino l'avait conduite en 4 × 4 dans un authentique bordel du Wyoming ou de l'Idaho, elle ne savait plus. Il y avait avec elle Anna Thomson, l'actrice qui a joué plus tard dans *Sue perdue dans Manhattan*, et qui est devenue sa grande amie ; ils avaient roulé des heures, les montagnes se déployaient dans le ciel avec leurs cimes enneigées et, tout en conduisant, Cimino expliquait à Isabelle Huppert, assise à son côté, qu'il ne voulait rien laisser au hasard : comme elle devait jouer la patronne d'une maison close, il fallait qu'elle apprenne à se comporter comme une vraie patronne.

« Faudra-t-il que je couche avec ces messieurs ? » avait-elle demandé, par provocation. À l'arrière, Anna contenait un fou rire, et l'assistant de Cimino était gêné ; quant à Cimino lui-même, il ne broncha pas, il était toujours sérieux — doux et sérieux : il répondit à Isabelle Huppert que ce ne serait pas nécessaire, il lui suffirait d'observer.

« Anna avait alors explosé de rire et, tandis que le 4 × 4 traversait les paysages étincelants des Rocheuses, je me demandais, dit Isabelle Huppert, si je n'avais pas fait une erreur colossale en me laissant emporter dans le délire de cet homme qui n'avait cessé pendant des semaines de m'appeler la nuit au téléphone sans penser un seul instant au décalage horaire. J'avais accepté le rôle tout de suite, mais il continuait à m'appeler ; son idée, c'était qu'un film ne commence pas seulement au premier jour de tournage : c'est une expérience, *"The Heaven's Gate Expérience"*, comme il l'appelait ; et lorsque à 3 heures du matin le téléphone sonnait, je savais que c'était lui, et qu'avec un enthousiasme qui rendait impossible qu'on le rabrouât, il allait me raconter un épisode de l'histoire de l'Amérique qui éclairait son projet, ou m'expliquer en détail une scène fondamentale dont je pouvais d'ores et déjà, si je le désirais, méditer les enjeux psychologiques ; sauf qu'après ce coup de fil, il m'était impossible de me rendormir : Cimino avait vraiment réussi à m'enthousiasmer, j'étais surexcitée, et quand j'arrivais quelques heures plus tard sur le tournage de *Loulou* de Pialat sans avoir dormi, et que Depardieu débarquait avec une tête effrayante parce qu'il avait fait la tournée des bars, Pialat nous engueulait en hurlant qu'avec des acteurs pareils il ne fallait pas s'étonner si le cinéma français était foutu, et Depardieu et moi nous courions cacher notre fou rire dans la caravane de maquillage.

« À l'époque, dit Isabelle Huppert, Michael n'était pas du tout l'homme d'aujourd'hui ; bien sûr, c'était déjà un génie, *The Deer Hunter* avait changé l'histoire du cinéma, et puis il était déjà obsessionnel, complètement fanatique, avec une vision de son film aussi précise qu'un poème et une exigence que les producteurs prenaient pour de l'arrogance, mais physiquement c'était un autre homme : rondouillard, avec des pulls informes et une épaisse tignasse noire ; et puis il passait son temps à manger. On a raconté des choses aberrantes à propos du tournage : on a dit par exemple qu'il se faisait livrer des kilos de cocaïne par hélicoptère ; mais Michael, ce n'était pas la drogue qui l'intéressait, c'était la bouffe. Toutes ces histoires ont été inventées par les producteurs à cause de la ruine du studio : ils ont fait porter le chapeau à Michael, ils avaient intérêt à ce qu'on le prenne pour un tyran mégalomane, pour un junkie incontrôlable.

« Depuis la fenêtre de ma chambre, au premier étage de la petite maison close, nous dit Isabelle Huppert, je voyais les montagnes Rocheuses et l'immensité du ciel qui était toujours bleu. Il y avait un grand jardin derrière la maison, tout vert, avec des arbres fruitiers, des cerisiers je crois, et un grand pommier isolé en plein milieu du terrain. Et puis, dans la prairie voisine, un cheval à la robe alezane approchait sa belle tête rousse par-dessus la clôture.

« Les filles étaient toutes jeunes, elles avaient une vingtaine d'années, comme moi ; il y en avait cinq : Abby, Kirsten, Jamie, Kay et la cinquième je ne me souviens plus. Elles étaient très dures, à la fois ultra-violentes et vulnérables, complètement paumées ; l'une d'entre elles, Jamie, était déjà détruite à cause de la drogue : elle était sublimement belle, et ses dents étaient rongées.

« Celle qui s'occupait de faire tourner la maison, et dont je devais m'inspirer pour le film, s'appelait Emma, elle était un peu plus âgée, une trentaine d'années, vaguement originaire de France : sans doute est-ce la raison pour laquelle Cimino l'avait choisie.

« Chaque fille avait une histoire effrayante, et avec elles j'avais honte de ma vie si facile. Elles passaient leur temps en short et en tongs dans le jardin, allongées sur des canapés défoncés, à écouter la radio, feuilleter des magazines et fumer des cigarettes. Emma déboulait dans le jardin lorsqu'un client demandait l'une d'elles : alors il fallait vite aller s'habiller dans le mobil-home, enfiler une robe, se maquiller, effacer cet air de fille perdue du Wyoming et courir vers le premier étage.

« Au début, elles étaient très agressives avec Anna et moi. La situation était intolérable : on était à l'hôtel, comme des touristes, on se documentait confortablement sur leur souffrance. Anna et moi, on se sentait mal, on voulait foutre le camp, on se disait que notre présence était une manière de légitimer l'esclavage : alors on n'arrêtait pas de s'excuser, et c'était encore pire parce qu'elles avaient l'impression qu'on s'apitoyait sur elles.

« Elles ne parlaient jamais des clients ; une fois, la plus jeune, Kirsten, une jolie Noire, toute fine, que j'aimais beaucoup, m'a raconté des choses que je n'ai pas envie de répéter.

« Nous passions les journées, Anna et moi, à faire du patin à roulettes, afin de nous entraîner pour la grande scène de bal du film. Il y avait un vieux tourne-disque et le soir, autour du barbecue, nous écoutions des opéras entiers de Verdi, ou du Fleetwood Mac, des trucs de country, en buvant de la sangria sous le grand pommier. C'est drôle, je ne revois pas les visages des filles, ni même celui d'Emma, avec qui j'ai pourtant beaucoup parlé : l'image qui me reste, presque quarante ans après, c'est celle du cheval et du pommier.

« Je me souviens d'une légende, je ne sais plus si elle est indienne : un cheval cache sa tête sous terre pendant un an et devient un arbre. Si l'on approche son oreille du tronc, si l'on possède assez de mélodie en soi pour écouter un arbre, on peut l'entendre galoper. Je pense que ce pommier avait de sacrées choses à raconter, il galopait sous terre, avec ses racines qui approfondissaient l'histoire de la prairie. Et c'est drôle, on aurait dit que le cheval cherchait à se rapprocher du pommier parce qu'il était toujours là, près de nous, la tête penchée au-dessus de la clôture : peut-être écoutait-il le galop intérieur de l'arbre.

« Ce cheval s'appelait Visconti. J'ai cru que c'était Michael qui l'avait nommé ainsi, car je savais que *Le Guépard* était son film de référence, mais non, les filles l'appelaient comme ça, c'est elles qui lui avaient trouvé ce nom. D'ailleurs elles ne connaissaient pas Michael, elles ne l'avaient jamais vu : en arrivant, il avait parlé rapidement avec Emma, tout semblait avoir été réglé à l'avance avec les studios.

« Je passais des heures au téléphone. On n'entendait rien, la ligne était mauvaise. En plus, c'était un téléphone mural, il était dans l'entrée, juste en bas de l'escalier qui menait aux chambres, là où tout le monde passait. Je m'asseyais dans le rocking-chair, et je déversais mon malaise sur mes amis, en France, qui me disaient : fous le camp, reviens à Paris, c'est quoi ce film ? Je me faisais engueuler par Emma parce que je passais tout le temps des appels *long distance*, alors je lui donnais tous les billets que j'avais sur moi, j'ai claqué comme ça des centaines et des centaines de dollars.

« Et puis je me souviens, j'ai appelé Godard : je devais jouer bientôt dans *Sauve qui peut (la vie)*, et j'étais désemparée parce que j'allais peut-être rester enfermée dans cet endroit pendant des mois, Michael ne nous avait rien dit, il était adorable et nous appelait chaque soir, mais c'était toujours pour s'assurer qu'Anna et moi nous nous immergions bien dans nos rôles ; de toute façon, le tournage avait pris tellement de retard que nous ne tournerions pas de sitôt.

« Bref, j'ai raconté à Jean-Luc Godard où j'étais, je lui ai dit que j'habitais dans un bordel et ça l'a passionné : "Quelle chance !" il a dit. Tu parles d'une chance, il y avait des filles qui étaient réduites à cette misère, et lui il trouvait que c'était formidable parce que *Sauve qui peut (la vie)* était un film sur la prostitution, mon rôle serait celui d'une prostituée, comme dans le film de Michael, et Godard m'a dit : "Ne bougez pas, je vais venir vous voir", et d'ailleurs il a pris un avion, il est venu sur le tournage, pas au bordel, mais là-bas, dans la fausse ville qu'avait fait construire Cimino, et c'est ainsi que les deux plus grands cinéastes du monde se sont rencontrés.

« L'un des derniers soirs, il faisait très chaud, on avait mis des lampions et fait une tonne de sangria qu'on buvait à la louche. On avait fini par devenir très intimes avec les filles. Je dis "filles" parce qu'elles s'appelaient ainsi entre elles : "*Come on, girls*" ("Vous venez, les filles ?").

« Avec la chaleur et la sangria, je dégoulinais de sueur, j'étais remontée pour me changer. J'avais mis un short en jean et une petite chemise à carreaux rouges et blancs nouée au nombril, j'étais dans l'escalier, pieds nus, et un homme est monté. Je revois encore la scène : le type m'a dit un truc sale, il m'a barré la route et a commencé à se coller contre moi. J'ai hurlé. Emma est arrivée tout de suite, elle a parlé au type qui devait avoir soixante ans, le genre homme d'affaires, elle lui a dit que j'étais sa petite cousine, il était tout rouge, comme mon chemisier, il balbutiait, il avait peur du scandale, il s'est excusé.

« J'ai raconté ça tout de suite aux filles, elles ont éclaté de rire. Ce soir-là, Anna a dansé pieds nus sous le pommier avec une petite robe noire, comme Marilyn Monroe dans *The Misfits*, et puis nous l'avons rejointe ; et tandis que nous dansions, des chevaux se sont approchés le long de la clôture ; il n'y avait plus seulement Visconti et son crin fauve, mais un petit troupeau qui l'entourait, noir, crème, champagne, six ou sept chevaux qui passaient leur tête par-dessus la clôture : peut-être entendaient-ils le galop du pommier, comme nous l'entendions ce soir-là à travers notre ivresse et notre joie, et peut-être venaient-ils nous chercher pour partager avec nous cette ivresse et cette joie ; toujours est-il que, d'un coup, sans même nous être concertées ni avoir prononcé aucun mot, nous nous sommes baissées l'une après l'autre pour passer sous la clôture, nous avons sauté chacune sur un cheval et, dans la nuit, nous avons galopé, d'abord dans la prairie, puis loin, très loin, vers les montagnes qui ne finissent jamais. »

TROISIÈME PARTIE

DES NOMS

24

L'élixir du docteur Bach

La lumière m'a réveillé, j'avais mal à la tête et la bouche pâteuse. Il y avait de l'herbe partout, j'étais vautré dedans, je grelottais. En essayant de me relever, j'ai entendu une voix : « Vous pouvez pas rester là ! » — une voix désagréable, crissante, qui venait de derrière.

Je n'arrivais pas à tourner la tête, je me sentais lourd, et puis j'avais envie de pisser. La voix continuait : « C'est une résidence ici, c'est privé ! »

Est-ce que c'était possible qu'on me laisse tranquille, merde ? Je voulais juste récupérer un peu ; et puis j'avais mal au dos, impossible de bouger : peut-être que je m'étais cassé quelque chose ?

J'ai fait un effort, tout était flou, humide, sale, mais la voix se rapprochait : « Dégagez, maintenant. J'vais appeler la police, moi ! » — et alors j'ai reconnu Mme Figo.

Je me suis redressé brusquement ; les arbres ont vacillé dans les couleurs pâles et j'ai vu le petit jardin tourner avec moi, les buissons d'acacia, le tronc des platanes, les lampes encore allumées sur la pelouse comme de gros champignons : j'étais chez moi, rue de la Py.

La silhouette de Mme Figo s'agitait devant les portes vitrées, avec son trousseau de clefs accroché autour du cou et son éternel survêtement, mains sur les hanches, pleine de mépris pour ce type affalé dans le jardin comme un ivrogne. Je savais que c'était son obsession : elle voyait des clochards partout ; selon elle, ils s'étaient procuré le code d'entrée de la résidence, et la nuit ils squattaient les escaliers, souillant les parties communes avec leur vinasse et leurs boîtes de conserve huileuses.

Alors en titubant, j'ai essayé de sourire pour la rassurer, j'ai même dit : « C'est moi ! » — et elle a poussé un cri.

Comme elle se précipitait vers moi, j'ai cru qu'elle voulait me frapper ; mais elle m'a aidé à m'asseoir et m'a essuyé le visage avec un mouchoir. Ses gestes étaient très doux, précautionneux, je ne comprenais pas, j'ai fermé les yeux :

— Vous avez mal ? Qu'est-ce qui s'est passé ?

J'ai compris que j'avais le visage en sang. J'en avais aussi sur les mains et sur ma belle chemise perle, qui était fichue. Est-ce que ça n'était pas plutôt du vin ? Il m'arrive souvent de m'en foutre partout.

Mme Figo se raidit, soupçonneuse : « Vous avez bu ? » J'ai répondu timidement : « Non, non. » Elle m'a assuré que c'était du sang, on m'avait agressé, c'est ça ? Cette ville n'est vraiment pas sûre, avec tout ce qui se passe dehors, il ne faut pas traîner si tard, elle m'a pris par la main et amené dans sa loge.

Face au miroir de sa salle de bains, j'ai vu ma tête.

Qu'est-ce que j'avais encore foutu cette nuit ? Je n'arrivais pas à me souvenir. Pendant que je me passais de l'eau sur le visage, Mme Figo répondait au téléphone :

— J'en sais rien, disait-elle. Je sais pas où il est, je surveille pas les locataires... Vous avez qu'à l'appeler... J'en sais rien moi, j'suis pas sa secrétaire...

J'ai pensé qu'elle parlait de Tot — ou peut-être de moi. J'ai eu la vision furtive des deux moustachus, un frisson m'a parcouru, mes vêtements étaient mouillés, j'allais tomber malade. Dans la glace, ma tête me semblait énorme, je n'avais pas de blessures, mais une sale gueule, celle des matins de l'enfer : la bouche gonflée, les yeux vides, les cheveux morts. Mes mains étaient noires de terre, et le bout de mes doigts me faisait mal ; j'avais beau les savonner, la terre ne partait pas.

En me penchant vers le robinet pour boire de l'eau, j'ai relevé les manches de mon manteau et, sur mon bras gauche, il y avait un nom et un numéro écrits au feutre :

LÉNA 07 78 12 95 23

Par réflexe, j'ai vérifié si j'avais mon téléphone. Poches extérieures du manteau : rien. Poches intérieures : rien non plus. Dans la doublure ? Non. Et les poches du pantalon ? Devant, derrière : rien du tout. J'étais accablé : non seulement j'avais perdu mon téléphone, mais je n'avais plus mon portefeuille. J'ai vérifié de nouveau : manteau, pantalon. Non : il y avait mon cahier, encore impeccablement roulé dans la doublure, il y avait ma flasque vide, un paquet de cigarettes tout écrasé, un briquet, mais ni téléphone ni portefeuille.

Mme Figo m'attendait dans sa loge avec une tasse de thé et une part du gâteau préféré de son mari, une spécialité de Porto, avec des fruits confits. Je me suis jeté dessus comme un enragé. La sollicitude de Mme Figo était troublante ; il me sembla facile, presque séduisant, de m'écrouler là, dans sa loge, comme une serpillière, mais je voulais avant tout rentrer chez moi, alors je tins bon.

Elle me fit asseoir dans son fauteuil de bureau, me demanda de vérifier si je n'avais rien de cassé, me recommanda d'aller quand même aux Urgences de l'hôpital Tenon, là, juste derrière la résidence. J'acquiesçai (je savais déjà que je ne le ferais pas). Je me sentais entièrement démuni, au bord de craquer, comme on l'est quand on a trop bu, et les larmes aux yeux ; j'aurais pu me coucher par terre, comme un chien, et dormir aux pieds de Mme Figo, bien au chaud, toute la journée ; mais j'ai pensé que malgré son changement d'attitude à mon égard, il ne fallait pas que j'exagère.

— Qu'est-ce qui s'est passé ? me demanda-t-elle.

Je n'osais lui dire qu'il ne s'était rien passé : j'avais juste bu comme un damné, et traversé la nuit en hurlant de joie jusqu'à m'écrouler. Elle pensait vraiment que j'avais été agressé, je ne voulais pas la décevoir, j'ai juste dit que je ne me souvenais de rien.

— Vous êtes sous le choc, conclut-elle.

J'ai repris une part de gâteau, que j'ai avalée avec un grand verre d'eau. Et puis Mme Figo m'a tendu la main, j'ai cru que c'était par tendresse, j'ai attrapé sa main comme si j'allais l'embrasser :

— Vos clefs, a-t-elle dit.

— Quoi ?

— Elles sont restées à l'intérieur, non ? Prenez ce double et rapportez-le-moi tout de suite, je compte sur vous, d'accord ?

Avant que je ne sorte de sa loge, elle m'a demandé si j'avais pris mes dispositions pour mon déménagement :

— Quel déménagement ? ai-je dit.

Là, elle a tiqué : j'ai vu qu'elle s'efforçait de retenir sa colère, vu les circonstances, mais j'étais décidément un type impossible, un irresponsable. Le 1er octobre, je devais quitter les lieux, et c'est vrai : j'avais oublié. Sans doute Mme Figo a-t-elle pensé que je m'en foutais, ce qui est faux : j'étais juste distrait. À part ce qui a trait à ma recherche — à ma *grande recherche*, me disais-je en riant intérieurement — les choses me sortaient de la tête. De toute façon, je n'allais pas me mettre à penser à mon déménagement : je n'avais qu'une envie, dormir.

À peine entré chez moi, je me suis précipité dans la cuisine pour trouver un comprimé d'Efferalgan ; l'horloge marquait 6 h 20, et même si je titubais, même si cette journée s'annonçait difficile, c'était un plaisir de revenir chez soi : j'allais rester au lit. Tant pis pour le téléphone, tant pis pour le portefeuille. De toute façon, il n'y avait pas grand-chose dedans : un billet de dix euros et ma carte de crédit, mais comme je n'avais plus rien sur mon compte, inutile de faire opposition, on verrait ça plus tard.

Il faisait sombre : l'ampoule de l'entrée et celle de la cuisine étaient cassées, je ne les avais toujours pas remplacées. J'ai pesté une fois de plus contre ma négligence, mais l'obscurité ne me gêne pas, et puis ça me plaisait de circuler chez moi comme dans une grotte : rien ne divise l'ombre, la solitude embrase les coins ; il est possible qu'un appartement sans lumière épouse mieux l'esprit : la nuit y habite comme chez elle.

Ce matin-là, il y avait chez moi une odeur de pluie et de terre mouillée, mais c'était peut-être moi qui puais : je me suis déshabillé rageusement, j'ai balancé mes vêtements par terre, manteau, chemise, pantalon, chaussettes et slip qui ont formé un petit tas dans l'entrée.

Le frigo était vide, je n'avais absolument rien à manger ni à boire, pas même une bouteille d'eau : j'ai bu directement au robinet. C'était quand même absurde cette manie que j'avais de vivre au jour le jour, sans rien prévoir, en me laissant glisser par nonchalance jusqu'au vide. Ce matin, un tel vide me sautait au visage ; et je n'étais plus très sûr qu'il fût aventureux, voire spirituel, comme j'aimais à le penser. Il me semble parfois que je me jette délibérément un sort, pour voir comment je serai capable de le briser : c'est ma manière de vivre ce roman.

Je me suis assis tout nu sur le tabouret de la cuisine pour regarder le comprimé d'Efferalgan fondre dans le verre : en général, la fraîcheur du pétillement me fait du bien, il suffit que je place ma tête au-dessus du verre pour sentir les

216

bienfaits du paracétamol ; mais ce matin-là, je ne sentais rien du tout, mon mal de tête était si puissant qu'il n'allait pas s'effacer avant une journée ou deux. J'avais vraiment trop bu avec Pointel ; je n'avais pas la force de récapituler tous les alcools que nous avions mélangés — et d'ailleurs n'avais-je pas continué à boire avec Léna ? Arrivé à un certain point, le désir prend la forme d'une énigme : qu'est-ce qui brûle sans se consumer ? Je courais après ce feu. Serait-il introuvable, il me semble pourtant que chaque nuit m'en rapproche et qu'une vérité frémit dans ces parages. L'excès ne conduit pas qu'au dérèglement : j'aime en lui ce qui dédaigne le malheur. Une vitesse traverse les formes tourmentées ; j'y reconnais mon exigence.

Sur la table traînait un petit flacon qui appartenait à Anouk : l'élixir du docteur Bach. C'est un breuvage élaboré dans les montagnes d'Auvergne qui aide à surmonter les états émotionnels les plus divers ; elle m'en avait parlé avec un peu d'ironie, l'avait oublié le soir où elle avait dormi chez moi, et depuis des semaines que ce petit flacon était là, je ne l'avais même pas remarqué.

Le docteur Edward Bach définit les états émotionnels en sept grandes familles, chacune d'elles donnant lieu à une variété d'élixirs dont les essences s'ajustent à la spécificité des déséquilibres de l'âme. Anouk m'avait énuméré chacune de ces familles avec soin, et tandis que fondait le comprimé d'Efferalgan, j'en redécouvrais la liste au dos de la boîte : il y avait le découragement, la tristesse, les peurs, les doutes, l'indécision, le manque de confiance et le désintérêt de la vie.

Il était indéniable que le docteur Bach avait mis le doigt avec précision sur les maux les plus saillants qui affectent l'espèce humaine; il assurait à ce propos que ses élixirs «agissent par leur caractère subtil en profondeur et aident à réharmoniser votre équilibre psychique et énergétique».

Personnellement, j'étais pour — surtout ce matin.

Ce flacon était spécialement destiné à lutter contre le découragement et le désespoir: c'était écrit dessus. Le docteur Bach avait même ajouté: «Pour la fatigue du courageux qui n'abandonne jamais, mais qui ne reconnaît pas ses limites.»

C'était exactement ce qu'il me fallait: le type qui ne reconnaît pas ses limites, c'est moi. Mais à y bien réfléchir — et Dieu sait si réfléchir, ce matin-là, était difficile —, dans mon cas, il s'agissait moins de courage que d'intempérance: je ne savais pas m'arrêter.

Le docteur Bach promettait «lâcher-prise et régénération» à celui qui choisirait cet élixir. Je n'ai pas hésité: ce nouvel équilibre, il me le fallait. J'étais dans un tel état que j'aurais pu ingurgiter n'importe quelle potion, même la plus inepte. Et puis ce qui me plaisait particulièrement avec l'élixir du docteur Bach, c'est qu'il y avait du cognac dedans. À très petites doses, hélas: vingt millilitres, autant dire presque rien, mais c'était déjà ça. J'ai ouvert le flacon, et en espérant «lâcher prise», en priant pour être «régénéré», pour que mon «équilibre psychique» se «réharmonise», j'ai avalé d'une traite tout le contenu du flacon. Mélangé à l'Efferalgan, sait-on jamais, l'élixir du docteur Bach produirait peut-être un miracle.

25

Le monde est plein de mâchoires

Je me suis dirigé vers la chambre. C'était une joie de retrouver l'hirondelle et le manuscrit, mon entassement de livres, mes papiers, mon merveilleux divan-lit ; même si je ne m'étais absenté qu'une nuit, j'avais l'impression de les avoir quittés depuis trop longtemps, d'avoir délaissé l'unique lieu où je respire vraiment, d'avoir déserté ma solitude, ce point que je conçois comme une étoile.

J'étais ivre et lourd, j'avais mal à la tête, mais c'était un plaisir de vivre, d'avoir de la nuit dans le sang et de vivre en riant. Oui, j'avais tant de nuit en moi que je me sentais comme Dom Juan, dont la soif immense à la fois le tourmente et le protège : les êtres sont presque tous fossilisés ; pas lui.

Il y en a qui demandent des signes, d'autres recherchent la sagesse ; quant à moi, je me laisse entraîner par un mouvement qui ne s'ordonne à aucune raison. Est-ce de la folie ? Je ne crois pas ; même au cœur de l'ivresse, lorsque tout se brouille — lorsque mon esprit s'efface —, je distingue une lueur : c'est une ligne discrète, mais elle brille suffisamment pour qu'un sentier s'y creuse.

Alors, peu importe qu'il soit impossible de recevoir ce qui se donne ainsi, peu importe que cette chance ne s'exprime qu'à travers une lumière qui se dérobe : en demeurant allongé dans ma chambre, il m'a toujours semblé que je m'accordais à cette vérité dont on ne peut témoigner que par le silence. Ce récit en porte-t-il la trace ? Je place ici mon espérance.

J'avais chaud, je me suis levé pour ouvrir la baie vitrée. Tout de suite, avec la fraîcheur du dehors, le sang se modifie : voir le ciel s'éclaircir lorsqu'on a festoyé appelle la disparition ; on pourrait s'évanouir comme une buée : l'oubli du soir vous grise, mais celui du matin espère une délivrance. Je fixais ainsi le ciel, dont les couches de gris semblaient ne pas vouloir se dissiper : dans une telle épaisseur, je reconnaissais ma tête serrée par la migraine. Quelques fenêtres étaient allumées dans l'immeuble d'en face, le matin tremble ainsi dans une lumière indécise, le feuillage des platanes attend sa part de lueur, et pour l'instant les nuances dorment. J'attendais que l'Efferalgan fasse effet. Peut-être faudrait-il en prendre un autre ? Le pharmacien, chaque fois, insistait : un comprimé seulement toutes les six heures. Mais je m'en foutais : ce n'est pas lui qui avait mal au crâne. Si ça ne passait pas, je prendrais un nouvel Efferalgan, puis je me ferais un café, et quand ma nausée se serait un peu calmée, dans l'après-midi, j'irais au McDo de la porte de Bagnolet dévorer un Big Mac, comme j'en ai l'habitude dans ce cas précis.

Profitant de la baie vitrée ouverte, les avant-bras posés sur la rambarde du balcon, j'essayais de respirer à pleins poumons l'air du jardin et imaginais avec plaisir mon visage enfoui dans la fraîcheur des acacias ; et voici que depuis mon quatrième étage, j'aperçus, discutant en bas avec une locataire, Mme Figo : son visage était levé vers moi, sans gêne elle examinait ma bite.

J'ai eu l'impression qu'elle me faisait signe. La cour intérieure était silencieuse. On entendait le piaillement léger d'un oiseau, venu d'un fourré. Sans presque élever la voix, Mme Figo a dit : « Les clefs ! » Je suis allé les chercher dans l'entrée, et toujours à poil (j'étais conscient, mais ralenti, paralysé par l'ivresse), je les ai lancées par la fenêtre. J'avais visé la pelouse, afin qu'elles ne lui tombent pas dessus ; elles ont atterri exactement à l'endroit où Mme Figo m'avait trouvé ce matin : elle les a ramassées et les a jointes au trousseau qu'elle portait autour du cou. La femme avec qui elle parlait, une vieille dame qui traînait un cabas, me regardait, bouche bée.

J'ai baissé les volets et me suis allongé. L'écran était éteint, mais il diffusait dans la nuit une lueur opaque qui donnait un relief lunaire aux volumes de la chambre. Même si l'on n'allumait pas le téléviseur, il y avait toujours une image — une *image vide* —, une surface où se concentre l'absence. La nuit la plus profonde se laisse percer sans l'aide d'aucune lumière, sinon celle qui anime le ciel noirci : même les ténèbres scintillent. Mais peut-on crever une image vide ? Il m'est arrivé de rêver que le ciel avait disparu, qu'il s'était résorbé en un point qui s'efface. Que le ciel ne fût qu'un point, rien ne paraît plus insupportable ; c'est pourtant ce que l'on éprouve face à un écran vide : on s'écoule comme de la peinture noire dans l'image qui nous absorbe.

J'avais trop mal à la tête pour visionner un film, alors j'ai regardé l'écran vide ; ou plutôt c'est lui qui m'a regardé : sa présence remplissait la chambre, elle jetait des reflets sur ce minuscule espace que j'avais réussi à élaborer entre le mur, contre lequel ma tête reposait, et le téléviseur. C'est dans cette position, immobile, allongé sur ma couchette à la manière d'un mort, protégé d'un côté par la rangée de papyrus, et de l'autre par l'hirondelle et le coffre au manuscrit, que j'avais l'habitude d'entrer dans ce vertige où les noms me consacrent.

J'hésite à le dire, tant j'ai veillé sur le secret d'une telle disposition. Pourtant, il le faut : pourquoi ai-je entrepris cette chronique d'une période de ma vie, si ce n'est pour vous confier des mystères ? Je suis entraîné depuis plusieurs années à vivre dans plusieurs dimensions à la fois ; et si la vie de l'obsessionnel éméché peut faire de moi un personnage de roman éventuellement comique, s'y superpose une autre vie, tout aussi solitaire, mais plus mystique, où la recherche qui m'anime a décidé de figures moins pittoresques : la nuit, quand j'atteins le calme, une méditation s'enclenche.

Préparées par le visionnage intensif des films, à n'importe quel moment de la journée ou du soir, mes pensées, d'un seul coup, s'ajustent ; en elles, une souplesse se libère : voici qu'un verger se compose, d'abord dans ma tête, ensuite dans l'espace entier de la chambre, où se mettent à flotter, l'un après l'autre, les noms que j'ai tracés derrière moi, au-dessus de ma tête, sur le mur que l'oreiller dissimule. Ces noms s'élèvent dans l'air, on dirait qu'ils dansent : s'ils se rencontrent, en voici un troisième qui les rejoint ; un triangle se forme — je jubile.

C'est ainsi que ça a lieu : qu'il soit midi, 21 heures ou 4 heures du matin, je dis les noms, ils se combinent, le temps s'ouvre.

Avec ma gueule de bois, les noms ne risquaient pas de venir. J'ai attendu que l'Efferalgan fasse effet, j'ai fermé les yeux, mais je savais déjà que je ne m'endormirais pas : des images de la nuit me revenaient.

Je souriais en pensant à ma rencontre avec Léna ; et malgré le mal de crâne, je savourais : c'était bon d'avoir rencontré une femme comme elle. Depuis combien de temps est-ce que ça ne m'était plus arrivé ? En fermant les yeux, je voyais apparaître son immense corps, j'entendais sa voix et, d'une manière bouleversante, je ressentais la douceur de ses hanches, de ses lèvres, de son prénom qui portait avec lui tout un monde lointain, celui de l'Est et des automnes étincelants, celui aussi des animaux sauvages, de la chasse, du sacrifice.

Ç'avait été une nuit folle ; et comme d'habitude, à cause de l'alcool, j'en avais oublié des pans entiers, mais certains moments surgissaient avec une précision ardente ; et voici que, les yeux ouverts, je les revivais : je voyais Isabelle Huppert nous dire au revoir et monter dans une voiture dont le chauffeur lui tenait la porte ; je voyais aussi Macron serrer la main de Pointel, et celui-ci s'éloigner sur sa béquille, le téléphone vissé à l'oreille ; je nous voyais, Léna et moi, en train de fumer une cigarette ; il y avait Sabbat qui reniflait le caniveau en remuant la queue ; il y avait une montagne de coquilles d'huîtres vides sur le trottoir ; le téléphone de Léna s'était mis à sonner et elle m'avait dit : « Je ne veux plus parler à ce type », puis elle me l'avait passé.

C'était une voix masculine : « Qui êtes-vous ? » J'ai répondu : « Michael Cimino. — Qui ça ? — Cimino. » Il s'est énervé : « T'es qui, toi ? Passe-moi Léna. — C'est impossible. — Comment ça ? — Parfois, les choses ne deviennent plus possibles, on se parlait et on ne se parle plus. — C'est elle qui t'a dit ça ? — Elle ne m'a rien dit, mais j'ai compris. » Il a hurlé : « Passe-la-moi, connard ! »

J'ai raccroché et rendu le téléphone à Léna : « C'est fait. » Le téléphone a sonné de nouveau, mais Léna l'a éteint. Nous avons couru vers la place de la Bastille, Léna a arrêté un taxi, Sabbat a bondi à l'intérieur, le chauffeur a protesté : pas de chien, mais Léna lui a promis de l'argent, je l'entends encore donner l'adresse : « Chez Orphée », dit-elle, puis elle précise en regardant son téléphone : « 7, rue Fontaine, près de Pigalle », et nous voilà partis.

Le nom d'Orphée a glissé dans ma tête comme un présage, il me semblait que je pénétrais moi aussi sous la terre : cette nuit nous allions chez les morts. Et voici que ce nom tournoyait au-dessus de mon divan-lit : lui qui les contient tous en allume d'autres, qui se mettent à scintiller dans la nuit comme de petites lumières.

Que s'est-il passé là-bas ? J'ai quelques souvenirs — des flashs. À l'entrée de la boîte, il y a foule : des types, des filles, très bruyants, avec des bières, qui débordent sur la chaussée. Je crois voir dans cette foule les deux moustachus, mais Léna m'entraîne jusqu'à une porte dérobée ; un videur est assis sur une chaise de bar : c'est là, Chez Orphée.

File d'attente, je titube, un type m'aborde en disant me connaître, il dit qu'il est le « Maire de la Nuit » et que je lui ai dédicacé un de mes romans lors d'une signature dans une librairie il y a quelques années. On entre grâce à lui. Le bar est tout en longueur, je commande des vodka-gingembre, on boit, on danse, je ne sais plus trop si l'on s'embrasse — je crois que oui. Ça tourbillonne entre le bar et le fumoir, la piste de danse est toute petite, le corps de Léna ondule comme un fou rire, on boit encore et encore, ça ne s'arrête plus.

Il y a un blanc — un trou de plusieurs heures —, puis je me vois dans la rue, bras dessus, bras dessous avec Léna, je regarde mon téléphone : il est 2 h 20 (je vois encore l'heure avec exactitude), on arrive au musée de la Chasse et de la Nature, on traverse une cour intérieure pavée, il y a une porte vitrée, Léna tourne la clef dans la serrure, nous entrons.

Tout est plongé dans le noir ; des ombres courent le long des murs, comme dans une grotte : une forme s'agite avec des ailes noires, on dirait qu'elle vole au-dessus de nos têtes ; la pénombre découpe des reliefs où les ailes grandissent : je crois voir une chauve-souris, me raidis et baisse la tête, bute contre une marche et m'étale sur le sol de l'entrée où un miroir me renvoie une image grotesque.

Cette chute me fait du bien : je dessoûle. Avec la lumière

de mon téléphone, je distingue des marches, une rampe : je me relève et dans l'escalier, par une petite verrière, tournent des étoiles qui scintillent dans une lueur bleu-noir. Je reprends mes esprits, mais j'ai du mal à monter : les reflets vacillent, je dois m'accrocher à la rampe.

Dans ce halo bleuté flottent des têtes de cerfs, la hure d'un sanglier dont les yeux jaunes me fixent, et des mâchoires accrochées le long des murs.

Léna est en haut, tout au bout de la galerie, elle me fait signe de la suivre, et de nouveau je la perds de vue. Un ours blanc me contemple, dressé sur ses pattes arrière, immense, la gueule ouverte, les griffes tendues vers moi ; et partout des trophées sur les murs, des têtes de biches, des massacres, des regards fixes qui brillent dans l'obscurité comme des perles.

Je prends un couloir sur la droite, et titube dans une obscurité où du vert glisse dans le noir avec des battements d'ailes. Une odeur de lierre, fraîche, mousseuse, allège la pénombre. J'avance, les bras tendus devant moi, comme un somnambule.

Et soudain ce sont des paons, des renards, des loups, des lynx, une infinité de bêtes qui parcourent les couloirs. J'accélère, et voici qu'avec le miroitement des vitrines, je découvre, campés au coin d'une salle, prêts à me déchiqueter, un léopard des neiges, une panthère, un rhinocéros, des crocodiles.

J'avais largué les amarres : l'ivresse court devant vous, et en riant vous courez pour la rattraper. Les ténèbres galopent à travers des forêts : depuis cette nuit, j'évolue en compagnie des fauves, et mon vertige est si large qu'en chassant au bord des précipices, la bave aux lèvres, je m'apprête à bondir sur ma proie, je saute de la falaise en même temps que celle-ci et tombe dans le vide, comme dans un rêve éveillé.

Léna avait disparu. Elle m'avait parlé d'un appartement de fonction qu'elle occupait tout en haut, sous les toits ; je trouvais fou qu'elle habitât ici, au milieu des animaux. Chez Orphée, elle m'avait raconté qu'il lui arrivait de se promener la nuit avec une bougie dans les couloirs du musée ; je l'imaginais parcourant les étages d'une démarche lente, comme dans un songe, avec la pâleur d'une Gradiva.

Depuis cette nuit avec Léna, chaque instant est devenu pour moi un éveil ou un endormissement : c'est la nuit, c'est le jour, n'importe quand ; mais sans doute devrais-je remonter plus loin encore : depuis le tout début de cette histoire, je ne sais si mes yeux sont ouverts ou fermés. Ai-je rêvé Cimino, New York, la statue de la Liberté ? Ai-je vraiment vu ces films où des cerfs m'offrent leur tête ? Et Tot, Anouk, Pointel, Isabelle Huppert — existent-ils vraiment ?

Je suis couché sur mon divan-lit, près de la porte de Bagnolet, entouré de mes fétiches, et en même temps je suis avec Léna, évoluant au ralenti parmi les salles du musée de la Chasse ; en même temps, j'approfondis une expérience millénaire et avance à travers un labyrinthe : je m'approche d'une paroi, je m'en éloigne, je veux transpercer ce voile où des images recouvrent mon nom. Quelque chose échappera toujours aux humains ; et n'en finira jamais de brûler sans nous — nos désirs viennent d'une nuit lointaine.

J'essaie de comprendre : en pénétrant avec Léna dans le musée de la Chasse et de la Nature, une pensée m'accompagnait ; si j'essaie aujourd'hui de la préciser, je découvre à quel point elle me protégeait : comment nommer cette pensée ? A-t-elle même un nom ? Je ne saurais la formuler autrement que par le terme de *miracle*. Je crois que si l'on n'espère pas un miracle, rien n'arrive : ce qui ne tend pas vers le miracle rend servile.

Oui, depuis le début, je crois en mon étoile : tout au long de ce périple où ma solitude n'a fait que s'approfondir, malgré les erreurs, malgré les mauvais choix, j'ai été à chaque instant cette étoile (je me suis figuré l'être), moi qui n'ai jamais cessé de croire à l'existence d'une étincelle, d'une poussière divine dans la folie, même si la folie ne connaît pas de mot pour la terreur, et ne reconnaît ni la joie ni la pitié.

Léna apparaissait dans l'embrasure d'une porte, puis aussitôt disparaissait. En entrant dans une pièce rouge sombre où un sanglier me contemplait, ses défenses violemment tournées vers moi, je trouvai son blouson en hermine abandonné sur le sol ; puis, entre deux portes, sa jupe ; plus loin encore, son chemisier.

Allait-elle m'attirer vers la source ultime, vers ce lac ajusté au cœur du bois où, dénudant ses seins, découvrant ses cuisses, révélant sa toison, la déesse, avec ses doigts qui ont glissé dans sa vulve, asperge le voyeur dissimulé derrière le tronc d'un chêne, et par ce geste le met à mort ?

Tant pis si je me faisais zigouiller : je bandais merveilleusement, comme dans un rêve, il fallait que je rattrape Léna.

Je n'en finissais pas de traverser des chambres, de me perdre dans les couloirs de ce musée où les animaux ne faisaient que revenir : l'ours blanc, les têtes de cerfs, le sanglier, à chacun de mes passages, ouvraient leurs mâchoires. En avançant dans ces ténèbres, pris d'angoisse, ivre, titubant, je pensais à une phrase qui figure dans mon cahier spécial, une phrase que j'avais sur moi, roulée à l'intérieur de mon manteau, et qui venait de Bernard Lamarche-Vadel, un ami écrivain qui s'était suicidé il y a une dizaine d'années, dont le nom m'accompagnait depuis le début de cette aventure et en qui, parce qu'il était lucide, parce qu'il avait deviné un bûcher au cœur de l'espèce humaine, je voyais un grand prêtre, peut-être même un sorcier : « Le monde est plein de mâchoires », disait cette phrase.

Je me suis mis à la répéter, sans doute pour conjurer le malaise où cette nuit et ses ombres me jetaient : « Le monde est plein de mâchoires », disais-je, et je commençai à rire — « Le monde est plein de mâchoires », n'est-ce pas une vérité incontestable ?

Les phrases qu'on répète sont comme des prières lancées contre un mur : on croit qu'elles s'y écrasent, mais il arrive qu'elles transpercent le mur ; il arrive que le visible atteigne l'invisible — et qu'ils coïncident.

Et voici que j'entendais la voix de Léna maintenant : est-ce qu'elle m'indiquait le chemin ? J'avais l'impression qu'elle chantonnait, ça s'envolait, je n'entendais pas bien, mais ça ressemblait à l'air de *Don Giovanni* : « *È aperto a tutti quanti, viva la libertà!* » (« C'est ouvert à tous, vive la liberté! »).

Je débouchai enfin dans un salon où semblait flotter l'odeur de l'orage ; l'espace était large, tout en boiseries, un peu de lumière venait d'une fenêtre ouverte devant laquelle se balançait un rideau.

Un grand cerf au pelage roux me fixait en silence ; ses bois se dressaient au-dessus de sa tête comme une immense couronne dont les rameaux s'enchevêtraient ; on avait l'impression qu'il portait ses racines sur la tête, et qu'entre ses perches, ses empaumures et ses andouillers, se déployait un arbre séphirotique semblable à celui dont les branches dessinées au feutre rouge brillent sur le mur de ma chambre, juste derrière ma tête.

La voix de Léna m'a invité à entrer ; dans la pénombre, j'ai distingué d'abord ses yeux, puis ses hanches, sa chevelure brune, la blancheur de ses courbes ; de petites lueurs bleues brillaient au-dessus de ses seins : elle était allongée, nue, sur un canapé en cuir.

Elle avait gardé ses talons vert pomme, je me suis agenouillé entre ses cuisses. Elle riait. Je lui ai glissé mes doigts dans la bouche, dans la chatte, dans le cul : ainsi entendais-je son cœur battre partout, et tandis qu'elle suçotait mon index, une flamme roulait dans mes reins, bien vive, ardente et limpide.

En ouvrant la bouche entre ses cuisses, je retrouvais cette émotion oubliée qui baigne les étreintes : j'avais sur la langue un peu de cette rosée, de ce rose poudré qui se mêle à votre salive lorsque vous aimez.

Léna engloutit ma queue avec un sourire très doux. Nous ne parlions pas. J'avais commencé à lui dire des cochonneries, mais elle a mis un doigt sur mes lèvres. Elle avait raison : faire l'amour interrompt le flot de paroles que la société nous inflige.

En quelques secondes, je me suis déchaîné : lorsque j'étais dans sa bouche, j'avais envie de sa vulve et de son cul ; il m'aurait fallu plusieurs queues pour assouvir l'immensité du désir que j'avais pour Léna.

Le cerf me regardait, si bien qu'un nouveau triangle s'était formé dans ma tête, composé du visage de Léna, de son sexe que je léchais avec joie et des ramures du grand cerf. Entre les trois circulait un souffle qui me transmettait une ardeur nouvelle ; et j'avais beau avoir éclusé des litres d'alcool, mon désir était vif, d'une violence que la présence des animaux avait attisée : si un nouveau dieu s'installait quelque part sur la Terre, et s'il envoyait les lettres de son nom se disséminer parmi les humains, ce serait entre les cuisses d'une femme et les bois d'un cerf qu'on les déniche-rait ; et ces lettres, il me semble aujourd'hui qu'elles tour-noient dans ma tête tandis que j'écris ces phrases : j'ai encore le goût du sexe de Léna dans ma bouche, mais aussi la vision des bois. Celui qui saura déchiffrer le chuchote-ment entre une femme et un cerf y entendra le nom du dieu.

Il y avait un petit cabinet tendu de soie noire où Léna me conduisit. Le plafond était couvert de têtes de hiboux ; leurs yeux bleus vous fixaient dans l'obscurité comme si la lune était devenue féroce. Qu'est-ce qui s'ouvre entre cette femme et moi ? Qu'est-ce qui vient se murmurer de lèvres à lèvres ? Quel est ce chant cru qui ruisselle avec tant de

231

limpidité ? Léna m'a enfoncé son index dans le cul en me regardant droit dans les yeux, elle s'est mise à genoux pour me sucer, puis s'est cambrée, les bras appuyés contre le mur, en tendant bien sa croupe. Elle riait, ses ongles vernis brillaient dans la nuit, je me suis glissé entre ses fesses. À travers notre plaisir, *les animaux affluaient*, ils ont crié dans nos gorges.

26

Les trois yuccas

— Le chien, nom de Dieu !

J'ai sauté hors du lit. Où était passé Sabbat ? J'ai couru
dans la cuisine, dans la salle de bains, j'ai ouvert la porte des
toilettes ; j'ai même regardé dans le placard de la chambre
et sous le lit, mais je savais que Sabbat ne *pouvait* pas être
là : hier, j'étais sorti avec lui, et ce matin, j'étais revenu sans
lui.

C'était évident, c'était logique, c'était clair : j'avais perdu
le chien.

Sans doute m'étais-je levé trop vite : avec la cuite qui me
brûlait la tête, j'ai perdu l'équilibre et me suis étalé ; ma tête
a cogné contre le petit meuble de l'entrée, et j'ai perdu
conscience. La télé s'est mise en marche toute seule. Tot
m'avait expliqué que le voisin d'en dessous avait la même
télécommande que moi ; ainsi, en allumant sa télé, il allumait aussi la mienne ; et il arrivait souvent que je fusse
réveillé en pleine nuit par un film qui, en m'inondant de sa
lumière, m'exhortait, comme font les images, à y prendre
part.

Ce matin-là, c'est la tête de Marlon Brando qui a surgi dans l'obscurité de la chambre, et voici que j'étais repris par ma passion. J'avais laissé le lecteur de DVD allumé, et c'était la fin d'*Apocalypse Now*, le moment où le crâne rasé du colonel Kurtz envahit l'entièreté des ténèbres auxquelles le film nous a lentement introduits — où ce crâne à lui seul prend la place de la guerre.

C'est un moment effrayant qui coupe la respiration, qui troue la simplicité de nos présences et nous confie à l'invisible, à cette obscurité où, sans même le savoir, nos gestes se trament. On a remonté le fleuve, c'est la fin de la rivière, on arrive au pays des morts ; des cadavres s'entassent autour d'un temple, des cadavres se balancent aux branches des palmiers, des cadavres pourrissent dans la mousson. La voix du colonel Kurtz s'élève depuis le fond du temple : « J'ai vu des horreurs », dit-il. Allongé sur sa paillasse, dans l'ombre, il se passe de l'eau sur la tête en murmurant les vers de T. S. Eliot :

« Nous sommes les hommes creux / Nous sommes les hommes empaillés / Penchés les uns vers les autres / La tête pleine de paille hélas / Nos voix sèches chuchotent insignifiantes / Comme le vent de l'herbe sèche / Ou des pattes de rat sur le verre cassé de notre cave. »

On est dans la cellule d'un bonze, dans la chapelle d'un guerrier païen, dans l'antre d'un dieu qui tue. Il y a des livres sur une table : la Bible et *Le Rameau d'or* de James Frazer ; il y a une machine à écrire, un manuscrit dans lequel il consigne ses malédictions contre l'Amérique, contre les politiciens, contre l'armée.

« Ça sentait la mort lente là-dedans », dit la voix off : c'est la lenteur du sacré, une humidité de ténèbres où le rite et la tuerie se confondent.

Un jour — et peu importe que ce soit au lendemain d'une beuverie, dans les vapeurs pathétiques et cocasses de la gueule de bois —, vous comprenez que le rite est sans fin : vous comprenez que même si personne n'y assiste, même si les vases sont vides, même si l'officiant fait défaut, *ça a lieu*. Vous avez la révélation que les dieux sont morts, mais que le rite continue. Vous sentez qu'un filigrane s'écrit en silence derrière l'histoire des hommes.

Qu'est-ce qui maintient le monde ? J'ai lu que c'était le souffle des enfants récitant l'alphabet. Voilà, si les enfants s'arrêtaient de réciter les lettres, nos têtes éclateraient, comme celle du colonel Kurtz.

Au moment où le capitaine Willard lève sa machette pour trancher la tête de Kurtz, on sacrifie un buffle, le rideau se déchire, le sang du buffle et celui de Kurtz giclent en même temps. Le capitaine Willard descend les marches du temple, la machette à la main, tenant le manuscrit de Kurtz, le peuple se prosterne : celui qui tue le roi devient roi.

C'est à ce moment-là que je me suis ressaisi. Qu'est-ce que je foutais à regarder une fois de plus *Apocalypse Now* alors que Sabbat avait disparu ? Il n'y avait pas une minute à perdre, il fallait que je le retrouve, sinon Tot allait me tomber dessus : n'étais-je pas le gardien de Sabbat — n'étais-je pas censé veiller sur lui ?

Sous la douche, je me suis demandé comment il était possible de perdre un chien : c'était absurde, on *ne peut pas* perdre un chien, il était forcément quelque part, on me faisait une farce. Je commençais un peu à dessoûler, je me suis fait un café, et j'ai enfilé une chemise blanche de fête. Est-ce que par hasard le chien n'était pas chez Tot ? Je l'avais peut-être tout simplement ramené chez lui, sans m'en souvenir. Mais c'était peu probable : quand Mme Figo m'avait réveillé dans le jardin, le chien n'était déjà plus avec moi ; il serait donc rentré tout seul chez Tot, il aurait pris l'ascenseur et ouvert la porte ? À moins que Tot ne fût rentré justement cette nuit et qu'il ne l'ait récupéré, auquel cas j'étais tranquille.

J'ai frappé à la porte de l'appartement de Tot : pas de réponse. J'ai tourné la clef : il n'y avait personne — ni Sabbat ni Tot. Ça sentait le renfermé là-dedans. Je n'étais pas venu depuis longtemps : au lieu de ramener Sabbat chez Tot après chacune de ses promenades au petit jardin, j'avais pris l'habitude, par amitié pour ce pauvre dalmatien, de le garder avec moi ; au fond, je ne m'étais pas vraiment rendu compte que nous vivions ensemble, c'était naturel, il y avait Sabbat et moi, Tot était sorti de mon esprit, et du coup j'avais complètement oublié d'aller arroser les plantes. C'était ça l'odeur : les plantes qui pourrissent.

Je me suis précipité dans le salon où Tot avait élevé une sorte d'autel à ses trois yuccas. On n'y voyait rien. Je n'arrivais pas à trouver l'interrupteur ; j'ai marché à tâtons jusqu'à la fenêtre pour relever le store.

Comment avais-je pu oublier les plantes ? Tot y tenait pourtant plus que tout : il m'avait demandé non pas d'arroser mais d'*hydrater* ses trois plantes ; il était allé jusqu'à me montrer — je m'en souvenais à présent — comment dépoussiérer leurs feuilles en passant une éponge humide sur leur limbe ; il m'avait recommandé, avec une délicatesse surprenante pour un homme aussi dur, de pulvériser sur chaque épi un peu d'eau non calcaire trois fois par semaine : un ustensile pour filtrer l'eau était à ma disposition près de l'évier dans la cuisine, à côté de l'arrosoir et du pulvérisateur, et bien sûr je ne m'en étais pas servi.

Je revois Tot en rangers et treillis militaire m'expliquer ces subtilités avec le ton grave, légèrement loufoque, d'un jardinier ; et pour que je n'oublie rien, il avait tout résumé sur une fiche de consignes qu'il avait posée à mon intention au bord de la tablette où reposaient les trois plantes.

Une fois remonté le store, la lumière a jailli sur les yuccas. C'était une catastrophe : les trois plantes, que Tot avait disposées à des hauteurs différentes selon une gradation qui formait par son ampleur un unique et immense feuillage dont le camaïeu allait du vert sauge à l'émeraude, en passant par des nuances lichen ou amande, ces trois plantes s'étaient rabougries jusqu'à n'être plus qu'un épouvantail aux feuilles squelettiques, toutes sèches et grises ; on aurait dit un assemblage de cendres ; il y avait même des toiles d'araignées qui s'étaient formées au bout des feuilles.

J'ai mis un doigt dans le pot, mais à la place du terreau bien gras, bien noir, qui accueillait il y a trois semaines encore chacune des plantes de Tot, il n'y avait plus qu'une croûte aride, dure et craquelée.

Il est vrai que Tot m'avait précisé qu'il n'était nul besoin d'arroser énormément ses plantes — il suffisait de les *brumiser* (je me souviens encore de ce mot) ; et comme s'il se doutait que je n'allais peut-être pas les arroser du tout, il avait cherché à me rassurer quant à la contrainte qu'impliquait au quotidien un tel arrosage, précisant que ce genre de plantes n'exigeait que très peu d'hydratation, disons deux fois par semaine ; et je dois bien avouer que j'avais pris cette souplesse inespérée de Tot comme une autorisation à ne pas trop m'en faire : si Tot lui-même jugeait inutile d'arroser chaque jour ses plantes, alors il devenait possible d'y penser avec décontraction, et même, en tirant sur la corde, de ne plus y penser.

Je m'étais dit qu'en raccompagnant Sabbat, le soir, de temps en temps, je remplirais l'arrosoir et *basta*, ce n'était pas un problème, ce simple geste ferait l'affaire. Mais voilà, je n'étais jamais revenu dans l'appartement de Tot, et aujourd'hui encore, il avait fallu un événement inexplicable, quasi aberrant, pour que je me résolve à y faire un tour.

Je me suis jeté dans le fauteuil club qui fait face à l'armurerie. J'étais accablé : non seulement j'avais perdu le chien de Tot, mais j'avais laissé crever ses plantes ; s'il revenait là, tout de suite, il serait capable de me tuer. En glissant peu à peu dans le fauteuil club, dont je sentais la mollesse envelopper délicieusement mon corps fourbu, je me suis demandé si Tot me tuerait plutôt pour avoir perdu son chien ou pour avoir laissé mourir ses plantes ; non que Tot n'aimât pas son chien, mais il m'apparaissait plus attentif, plus délicat, et pour tout dire plus affectueux envers ses yuccas qu'envers son chien : il avait toujours avec Sabbat cette attitude brutale du chef qui, personnellement, me répugne.

D'une manière générale, le comportement de Tot était violent : il évoluait dans des ténèbres qui nous sont épargnées, et n'en sortait qu'avec cette colère qu'on attrape au contact du mal. Tandis que je contemplais ses plantes crevées, et que le canon de ses fusils miroitait dans la vitrine, la tête du colonel Kurtz — ou plutôt celle de Marlon Brando — continuait à m'apparaître : elle se confondait ce matin-là avec celle de Tot. Et j'entendais flotter dans l'appartement, en un murmure qui m'était adressé comme une menace, le dernier mot que prononce le colonel dans *Apocalypse Now* : « L'HORREUR ».

Au fond, je trouvais une certaine beauté à ces trois yuccas desséchés : on aurait dit une sculpture de corail, un buisson de pierre, comme si le désert s'était mis à croître au milieu de l'appartement de Tot. Ce désert n'était-il pas sa vérité ? N'était-il pas la vérité même de ce monde dans lequel je m'enfonçais ? Les ténèbres, en avalant nos pensées, les fossilisent ; si on leur abandonnait son esprit, si on l'offrait complètement aux morsures du mal, il suffirait de quelques jours pour qu'il se dessèche et prenne l'aspect de ces pauvres épis calcinés.

Voilà, c'était l'âme de Tot que je voyais ; et je redoutais d'y voir la mienne.

La lumière du matin était encore grise, d'un gris-blanc qui, en se frottant aux feuillages brumeux des grands platanes, traversait les baies vitrées de chaque appartement de la résidence en y jetant une transparence sale. J'ai repensé à ces premières fois où je gardais Sabbat, à ces moments où, lorsque je contemplais dans ce fauteuil club les nuances du ciel, il venait se coucher de tout son long sur moi, pattes enroulées autour de mon cou, et s'endormait en poussant des soupirs ; j'avais passé ainsi des instants dont j'ignorais qu'ils étaient merveilleux ; et ce matin, alors que mon destin me jouait un mauvais tour — ou plutôt me révélait à quel point ma négligence était extrême, indéfendable —, j'en éprouvais de la nostalgie.

En contemplant les yuccas, je me suis souvenu que Kafka voyait la négligence comme un péché capital ; et le mot *péché* avait beau me faire sourire, aucun mot ne me semblait désormais plus juste : perdre Sabbat ne pouvait pas relever d'une simple et vulgaire faute, mais d'une défaillance spirituelle ; il y avait un problème avec ma vie : alors même que je l'avais désirée libre, ouverte, suffisamment disponible pour être en rapport avec la vérité, je me rendais compte, ce matin, qu'au lieu de me diriger vers elle, au lieu de vouer ma solitude à la rigueur de son appel, j'avais dévié de ma voie, je m'étais éloigné. Kafka l'a écrit : si l'impatience a chassé les hommes du paradis, la négligence les empêche d'y revenir.

Malgré ma bizarre manière de vivre, malgré mes turpitudes et mes approximations, j'avais longtemps cru *être dans le vrai*. Je l'avais cru parce que j'avais les noms. Ces noms m'offraient une réserve de lumière que j'imaginais suffisante ; mais ce matin-là, dans le fauteuil de Tot, j'ai réalisé que cette lumière était limitée, et que sans doute elle ne suffirait pas à me tirer d'affaire : je pourrais me sauver, mais pas entièrement. Une *grâce à moitié*, est-ce que ça existe ? La grâce est toute ; ou alors elle n'est pas. Il était évident que je venais de perdre quelque chose de plus qu'un chien.

C'est donc ce matin-là, enfoncé dans le fauteuil club de Tot, avec un mal de crâne dont je pensais qu'il ne me quitterait plus jamais, que j'ai eu pour la première fois l'envie de fuir. Je devais rendre l'appartement dans une semaine : pourquoi ne pas partir tout de suite ? Je m'étais mis dans une situation si absurde qu'il me serait impossible de la justifier auprès de Tot : un homme aussi méthodique ne pouvait pas comprendre qu'on égare un chien et qu'on laisse crever des plantes. D'ailleurs était-ce réellement compréhensible ? Plus je fixais l'armurerie de Tot — et en particulier la carabine Haenel, la plus redoutable de toutes, m'avait-il dit —, plus il me semblait évident qu'il serait impossible de s'expliquer avec lui. Pour lui dire quoi, d'ailleurs ? J'ai pensé, quasiment à voix haute : *Je refuse le duel.* C'est vrai, il était hors de question que je me retrouve face à un monstre comme Tot ; ce type grillait en enfer, c'était l'évidence, il cramait rageusement dans ses ténèbres, il n'était entré dans ma vie que pour me précipiter à mon tour dans son feu noir : la preuve, son clebs et ses foutues plantes. Je ne lui avais rien demandé, moi : il s'était barré sans donner aucune nouvelle et je me retrouvais à vivre dans son monde, à sa place, avec des tourments qui n'étaient pas les miens, une culpabilité qui me tombait dessus à cause de lui. Il m'avait tout simplement piégé, je m'étais laissé capturer dans son univers désertique, et voici que j'étais à sa merci : j'avais commis la faute qui lui permettait de régner sur mon esprit.

En regardant le fusil Haenel, je me suis redressé. Ce n'était peut-être pas perdu. Il y avait forcément un sens à tout cela ; il suffisait que je retrouve un peu de lucidité et tout s'arrangerait. D'abord sauver les plantes. Procéder à un arrosage massif. Tremper chaque pot dans une bassine d'eau. Est-ce que les yuccas sont capables de ressusciter ? Je n'avais pas tellement de connaissances en théologie des plantes. Peut-être vaudrait-il mieux racheter carrément trois nouvelles plantes : avec un peu de patience, je pouvais trouver des yuccas qui ressembleraient à ceux de Tot, et s'il s'apercevait de la substitution (car on ne saurait tromper l'œil d'un passionné), je lui expliquerais que durant son absence un accès de canicule avait frappé l'ensemble de la flore parisienne, et sans doute me saurait-il gré de lui avoir offert de plus beaux, de plus jeunes, de plus vifs yuccas.

Mais je n'avais plus d'argent, non seulement j'avais perdu ma carte de crédit, mais je n'avais rien sur mon compte, alors à moins de trouver quelqu'un qui me prêterait la somme nécessaire à un tel achat, que j'imaginais dispendieux, voire luxueux (car ces foutues verdures, à Paris, coûtent un bras), cette solution était impraticable.

Pointel, peut-être : je pouvais raconter cette mésaventure à Pointel — avec un peu de chance elle le ferait rire et il m'avancerait l'argent. D'ailleurs, j'aurais dû lui en demander hier soir, là aussi j'avais été négligent, car Pointel m'avait bel et bien laissé entendre, lorsque je l'avais rencontré au printemps, qu'il avait toujours un scénario à réviser, une note d'intention à fignoler, toutes sortes de travaux d'écriture dont il ne parvenait pas à s'acquitter tout seul et qu'un écrivain comme moi saurait exécuter très facilement ; mais au lieu de lui parler de mes difficultés, et de lui proposer mes services, je m'étais lancé dans un récit détaillé de ma rencontre avec Cimino, et la soirée s'était perdue ainsi, à travers mille et un récits, et je ne me souvenais plus de la manière dont Pointel et moi nous étions quittés : avions-nous envisagé de nous revoir, avions-nous décidé de quelque chose que l'ivresse m'avait fait oublier ?

Bref : appeler Pointel. Régler la question des plantes. Régler la question de l'argent.

Quant au chien, il était avec Léna, c'était évident. J'y voyais un peu plus clair, maintenant : Sabbat, hier soir, était monté dans un taxi avec Léna et moi, il nous avait accompagnés toute la nuit, et vu mon état, au moment où j'avais décidé de rentrer chez moi, très tard, peut-être même au petit matin, Léna avait sans doute préféré garder Sabbat avec elle, et elle avait eu raison : comment, ivre mort, aurais-je pu m'occuper d'un chien ? Je ne savais déjà pas moi-même comment j'étais rentré. Voilà, Sabbat avait passé la nuit dans le musée de la Chasse, je pouvais être tranquille.

J'ai vérifié que le numéro de Léna était encore sur mon bras. Pas de problème, j'allais l'appeler. J'ai cherché mon téléphone : où est-ce qu'il était encore passé, celui-là ? Et là, je me suis souvenu avec accablement que je l'avais perdu.

Trouver de l'argent. Trouver le chien. Trouver un téléphone. Je ne savais à nouveau plus où j'en étais.

Peut-être Tot avait-il le téléphone ? Je me suis redressé d'un coup et j'ai inspecté l'entrée, le salon, la chambre (car Tot, contrairement à moi, avait une chambre, un véritable capharnaüm, un trou effarant rempli de choses obscures) ; et j'ai réalisé que d'une manière générale les gens n'avaient plus de téléphone fixe (et d'ailleurs Tot n'avait pas non plus de portable).

Dans la cuisine, j'ai ouvert le frigo : une chose volumineuse, dodue, suspecte, était posée dans une assiette, entourée d'un papier aluminium qui laissait dépasser un os ; il y avait aussi, je l'ai reconnue avec plaisir, une boîte de Kiri dont le format familial (douze portions) m'a immédiatement réconforté ; et sur l'étagère grillagée du haut, une bouteille de vin blanc couchée à l'horizontale. Je n'ai pas hésité, j'ai trouvé l'ouvre-bouteille et ouvert ce blanc, qui était délicieux. J'ai mangé une portion de Kiri. C'était sûrement l'heure de l'apéro : je me suis servi plusieurs verres. Il fallait se réveiller maintenant. Alors, j'ai prononcé à voix haute, en éclatant de rire, cette phrase qui était l'*incipit* d'un de mes anciens romans et qui, aujourd'hui, me semblait drôle : « C'est maintenant qu'il faut reprendre vie. » Et c'est vrai, c'était le moment — il fallait reprendre vie, il fallait trouver Léna.

27

L'absolu

J'avais de nouveau la foi. J'ai couru dans l'escalier en récapitulant : 1 / trouver un téléphone (par exemple au Phone Call, dans la rue en bas) ; 2 / appeler Léna ; 3 / se procurer de l'argent — ou plutôt : se procurer de l'argent en premier, car sans argent, comment pourrais-je payer ma communication téléphonique ? Mais où trouver de l'argent ? Emprunter à qui ? Dans les parages, il n'y avait que Guy « le Cobra » ou Walter, des Petits Oignons ; peut-être aussi Anouk, elle habitait juste à côté, rue Orfila, mais j'avais oublié à quel numéro.

Je les voyais mal me prêter de l'argent, mais il ne fallait surtout pas s'arrêter à ce genre de détail ni se décourager : je devais absolument aller de l'avant, sinon je finirais moi aussi par pourrir, comme les yuccas de Tot : je me voyais déjà, à demi endormi dans son fauteuil club, avec la bouteille de vin blanc vide à mes côtés, passant mes journées à contempler le ciel en attendant la vengeance de Tot.

En traversant le petit jardin, j'ai pensé à Mme Figo : maintenant qu'elle me trouvait sympathique, elle accepterait à coup sûr de me prêter son téléphone. J'ai accéléré le pas, mais il n'y avait personne dans la loge ; et comme le Phone Call était fermé, j'ai foncé vers les Petits Oignons.

L'air frais m'a fait du bien. Il y avait une douceur légère dans les rues, un ciel gris d'été parisien, avec des enfants qui revenaient de l'école, et cette agitation heureuse de 16 heures. J'avais cru, à cause de la gueule de bois, que nous étions encore le matin. Le feuillage des marronniers de l'avenue Gambetta faisait comme une treille au-dessus de ma promenade ; je titubais un peu, mais il me suffisait de suivre le cortège des arbres pour arriver jusqu'aux Petits Oignons où, comme je l'espérais, Walter me laisserait téléphoner. J'aurais bien pris un Efferalgan et mangé quelque chose : comme petit déjeuner, le Kiri de Tot, c'était frugal. D'habitude, dans ces circonstances de libations excessives, un Big Mac vient agréablement achever la séquence gueule de bois, mais aujourd'hui je devais faire place à l'action.

La façade rouge des Petits Oignons apparut là-bas, comme un havre familier, et mon cœur se mit en joie. À peine arrivé, on me bouscula, je tombai la tête sur le comptoir, un peu sonné.

C'était le Baron, les yeux exorbités, harnaché comme un soldat de Malcolm X, béret, ceinturon, Pataugas militaires ; il m'avait envoyé une bourrade — amicale, prétendait-il ; il éclata de rire en se cramponnant à mon bras :

— *Compañero*, je t'ai cherché partout !

Il était affreusement soûl et s'agitait en faisant de grands gestes qui exaspéraient Walter ; je n'eus pas le temps d'ouvrir la bouche, déjà le Baron vitupérait contre notre aveuglement, il avait prévenu, dit-il, il savait qu'il y aurait des morts, il était contre les extrémismes et contre les tueries, il était horrifié par ce bain de sang, mais il nous l'avait dit, personne en France ne s'était préparé spirituellement au combat, personne n'avait compris qu'à travers ces terroristes décérébrés, c'étaient des puissances qui s'exprimaient, pas des États, pas des lobbys, mais des esprits : une bataille d'archanges qui s'affrontaient à travers des cycles de révélation ; et cette nuit, le sanctuaire des martyrs qui participent au verbe mental d'Allah s'était élargi, et même si personnellement il condamnait ces actes, il ne pouvait que déplorer combien nous persistions à ne pas entendre ce qui se jouait dans le ciel et sur la terre entre l'Islam et la chrétienté, à ne pas même avoir l'intuition que les esprits se déchaînaient, car le savions-nous : plus les esprits se déchaînent dans le ciel, plus le massacre s'agrandit sur la terre. Et si les terroristes se font sauter avec leurs ceintures d'explosifs, c'est parce que le sacrifice s'auto-accomplit pour frapper de terreur tous ceux qui ne sont pas capables d'absolu, dit le Baron, et il répéta cette phrase presque en hurlant : *Si les terroristes se font sauter avec leurs ceintures d'explosifs, c'est parce que le sacrifice s'auto-accomplit pour frapper de terreur tous ceux qui ne sont pas capables d'absolu.*

Walter, qui lavait des tasses dans l'évier, lui demanda de se taire maintenant, mais le Baron ne le voyait même pas.

— Vous consommez, vous jouissez, mais où est Dieu dans votre vie ? Où est l'absolu, c'est ça la question qu'ils vous posent...

Un type protesta :

247

— Ah bon, l'absolu, c'est de massacrer des innocents, c'est ça ton absolu ?

— Mon absolu est ailleurs, je vous parle des tueurs ; c'est ça qu'ils disent, ils le disent à moi autant qu'à vous, ils nous disent : *regardez-vous, votre âme est morte*. Ils disent : vous êtes le désordre du monde et nous renversons ce désordre.

Et il se remit à hurler :

— LE TRANSCENDANT VOUS PUNIT !

Une voix très douce se fit entendre :

— Un peu de compassion pour les victimes.

C'était Gloriot, il revenait des toilettes.

— Je compatis, camarade, répondit le Baron en le fixant, mais je te parle de plus haut, je te parle du croisement des absolus.

Walter tapa sur le comptoir.

— Ça suffit ! Maintenant tu arrêtes ce cirque, ou tu t'en vas !

Le Baron loucha affreusement et se radoucit, il se mit à me fixer, et accrochant le revers de mon manteau :

— Des archanges l'ont décidé, ça a lieu depuis les nuées obscures, ils veulent nous faire saigner. Vous ne comprenez donc pas qu'Allah et la Vierge Marie se disputent les cieux ?...

— Oh merde, je veux plus entendre ça, dit Walter.

Le Baron le toisa.

— Tu sais ce que c'est le sacré ? *Le sacré, c'est quand ça crève.* D'ailleurs lui il sait, dit-il en me désignant.

Walter me jeta un regard soupçonneux, j'étais gêné ;

j'attendais de pouvoir en placer une pour le téléphone, pour l'argent, pour le chien.

— De quoi vous parlez ? demandai-je.

— Tu n'es pas au courant ? Il y a eu un attentat. Tu vis où, toi ?

— Un attentat ici, à Paris ?

— Il y a plus de cent morts.

Il me tendit *Libération* : en première page, allongés sur le trottoir, devant la terrasse d'un café, des cadavres étaient recouverts de draps blancs. On aurait dit que ça se passait là, devant nous, devant les Petits Oignons. Le titre — « Carnages à Paris » — me réveilla. Où étais-je donc pendant ce temps ? Walter avait raison : je vivais sur une autre planète.

Walter me servit un café et un verre d'eau, je n'eus pas le temps de lui dire que je n'avais pas d'argent, car le Baron avait repris sa logorrhée : il prétendait que nous avions une mission lui et moi, et nous seuls pouvions la mener à bien, car je possédais la voie droite et lui la voie gauche. À nous deux, nous pouvions rééquilibrer le monde.

Les élucubrations du Baron ravivaient mon mal au crâne. J'avais envie de vomir. Il me fallait un Efferalgan, il me fallait quelque chose à manger, il me fallait dix mille choses, ce n'était plus possible, j'étouffais, sortir d'ici, vite, mais impossible, j'étais paralysé.

Je m'excusai auprès du Baron, je voyais bien ce qu'il voulait dire, même s'il me semblait présomptueux de discerner encore ne fût-ce qu'un peu d'éclat dans ma conduite : ma voie — si j'en avais encore une — relevait peut-être elle aussi de la main gauche, elle était de plus en plus ténébreuse, la lumière m'avait abandonné, j'allais bientôt cramer en enfer comme lui, je sentais que l'enfer me voulait.

Le Baron m'écoutait avec sérieux, il me détrompa :

— Ton âme est sauve. Il y a un sentier qui traverse l'enfer, mais qui est indemne ; tu chemines sur ce sentier : tu vois l'infernal, tu en es troublé, mais tu n'y participes pas — tu es intact.

Walter s'arrêta de laver ses tasses, il nous regardait bouche bée.

— Dites, les mecs, vous êtes sérieux ?

J'essayai de couper court et demandai, assez fort pour que chacun au comptoir pût m'entendre, si quelqu'un avait vu un chien, j'avais perdu cette nuit mon chien, un dalmatien qui s'appelle Sabbat, il avait disparu, je le cherchais partout.

— C'est pas le chien de Tot ?

C'était la voix de Guy « le Cobra », assis à une table devant une bière. J'étais sauvé. Je me suis avancé vers lui, il m'a offert une bière que j'ai acceptée avec joie. À lui, j'allais pouvoir tout dire.

Il était en grande forme : on venait de lui livrer un stock énorme de Bergman, de Tarkovski, de Resnais, ça changeait des comédies françaises débiles qu'il vendait par caisses entières. Avais-je eu le temps de voir *Fitzcarraldo* ? Absolument, je l'avais vu, je l'avais adoré, c'était l'un de ces films psychotico-opératiques que j'affectionnais, et il avait raison : comme *Apocalypse Now*, et peut-être mieux encore (mais moi *Apocalypse Now* me parlait spirituellement), c'était un film extatique ; non seulement ce qu'il racontait relevait de l'état second, mais il était filmé *depuis* un état second, et en

un sens il *était* lui-même cet état second. Et ce qui m'intéressait, même s'il n'avait pas, selon moi, la force métaphysique de Coppola ou la puissance politique de Cimino, c'est
qu'il posait d'une manière radicale la question, aussi intem-
pestive qu'inactuelle, de l'héroïsme. Lacan, dis-je à Guy « le
Cobra », définit à la fois le héros comme celui qui ne cède
pas sur son désir et celui à qui on a fait du tort : n'est-ce pas
la définition de *Fitzcarraldo* ?

Guy « le Cobra » était d'accord : hisser un bateau sur une
montagne, construire un opéra en pleine Amazonie, quoi
de plus beau ? On va bien sur la Lune. Selon lui, si ce type
était pris pour un fou, c'était avant tout parce qu'il fait ça
pour rien.

C'est vrai, dis-je : dans la prunelle du Seigneur, on ne
voit aucune folie ; et ce qui ne se reflète pas dans la prunelle
du Seigneur n'existe pas : ceux qu'on nomme les fous, dis-
je à Guy « le Cobra », ne sont que les témoins de la dérai-
son du monde.

Nous éclatâmes de rire, tandis qu'on posa une main sur
mon épaule. C'était le Baron : il devait partir, on repren-
drait cette conversation un autre jour, quand les circonstances seraient plus favorables ; il fit une grimace et
loucha en direction de Walter — puis, après un salut
militaire, il disparut.

J'expliquai tout à Guy : ma gueule de bois, le chien, le
téléphone, l'argent ; il sortit deux billets de vingt euros, et
me les tendit avec son téléphone.

Je relevai alors la manche de ma chemise pour lire le

numéro de Léna, et Guy se mit à rire, ça lui plaisait ce genre de fantaisie.

Je suis sorti téléphoner dans la rue, Léna ne répondait pas. Il y avait un répondeur, mais j'ai raccroché tout de suite. Dire quoi ? Je ne m'étais pas préparé, et puis j'allais lui laisser quel numéro pour me rappeler ? Bon Dieu, tout était si compliqué. Et c'était quand même un peu délicat : après tout, nous avions passé la nuit à faire l'amour, et qu'avions-nous convenu *après* ? Devions-nous nous revoir ?

Je composai de nouveau le numéro en m'efforçant de prendre un air détendu, mais préoccupé. Oui, c'était bien, ça : « préoccupé ». Il fallait qu'elle sente que, tout en étant un type sérieux, je prenais les choses avec amusement ; que je n'étais pas un lourd, pas le genre à lui pourrir son répondeur avec des jérémiades : si je l'appelais, ce n'était pas pour roucouler vaguement dans l'après-sexe, mais parce que j'avais une raison, certes un peu saugrenue, mais bien réelle, de lui parler. Élégance, détachement, précision : lui demander si par hasard elle n'avait pas croisé un dalmatien, que j'aurais involontairement oublié chez elle. L'histoire du clebs à Tot allait m'aider à la revoir, nous avions déjà un récit.

Je composai le numéro, sa voix s'enclencha : « Vous êtes bien sur le répondeur de Léna Schneider. » Mais est-ce l'excès de vinasse ou un pic imprévu de timidité, mon cœur se mit à battre très fort, voici que j'avais la bouche pâteuse, en fait je n'étais pas du tout prêt, mais c'était trop tard : je me lançai dans une phrase interminable ponctuée de rires gênés ; j'étais ravi de notre rencontre, disais-je, vraiment ravi, la nuit avait été merveilleuse, vraiment merveilleuse, et j'espérais qu'elle allait bien, de mon côté j'étais dans une forme olympique, dis-je en éclatant de rire stupidement, mais voilà, durant cette si belle nuit j'avais perdu trois choses : mon téléphone, mon portefeuille et mon chien, oui je sais c'est bizarre de perdre un chien, dis-je en éclatant encore une fois d'un rire stupide, d'ailleurs ce chien n'était pas vraiment mon chien, peut-être se souvenait-elle que je le lui avais dit au restaurant, c'était le chien de mon voisin, et du coup sa perte était non seulement problématique en soi, voire terrible, car le pauvre chien, s'il n'était pas avec elle, était donc livré à lui-même, quelque part dans Paris, mais en plus cette perte me mettait dans des difficultés incommensurables parce que son propriétaire était un homme extrêmement irascible, et...

Un bip coupa l'enregistrement. Mon message était une catastrophe : non seulement je venais faire le balourd sur le répondeur d'une femme le lendemain d'une nuit d'amour avec elle, mais en plus je lui racontais un tombereau d'inepties en m'esclaffant comme un débile.

J'étais consterné. Peut-être qu'en enregistrant un nouveau message, je rattraperais cette bévue ? Non, il valait mieux s'abstenir, je risquais de m'enfoncer. D'ailleurs, je n'avais plus qu'une envie : acheter un pack de bières, me recoucher et le boire au lit pour oublier toutes ces conneries.

Guy « le Cobra » m'a rejoint sur le trottoir, je lui ai rendu son téléphone et nous avons fumé une cigarette ensemble ; il m'a demandé si j'avais des proches parmi les victimes. « Je ne sais pas, ai-je répondu, depuis cette nuit je ne sais plus rien. »

Et lui ? Il allait s'éloigner un peu de Paris : de toute façon avec ce qui était arrivé cette nuit il n'arriverait pas à dormir ni à penser à autre chose ; il fallait partir et il partait aujourd'hui même, là, tout de suite, avec sa camionnette, pour rejoindre une petite maison qu'il avait retapée en Auvergne, au Mont-Dore, au milieu des lacs et des volcans ; il n'avait pas l'électricité pour l'instant, mais il lui suffisait de rouler quelques heures depuis Paris en pensant au lac de Guéry, et de commencer à gravir le col de la Croix-Morand, pour qu'aussitôt le bleu du ciel et la clarté des roches effacent la pesanteur et qu'il retrouve enfin le silence.

Nous avons traversé la rue de la Chine. J'ai raconté à Guy qu'il y a quelques années j'avais vécu ici dans une voiture, stationnée très exactement au numéro 27 ; c'était l'époque où je participais à l'insurrection des Renards pâles : nous étions masqués, nous n'avions plus d'identité car l'identité n'était qu'un piège, un consentement au contrôle ; seule l'absence d'identité était révolutionnaire et à nos yeux l'avenir ne pouvait s'ouvrir qu'ainsi, à travers l'immensité d'un lâcher-prise où chacun, en se libérant de ses attaches, ferait *revenir le temps* ; ç'avait été la dernière chance, la dernière joie collective avant l'aplatissement général. Aujourd'hui, Paris était en état de sommeil, comme la France entière, comme l'Europe ; et tout était soumis à des intérêts qui nécessitaient que nous dormions, que nous n'arrêtions plus de consommer notre anesthésie, et que la politique et l'avenir aient lieu sans nous.

Guy « le Cobra » avait pris part, lui aussi, à des événements ; et puis la solitude lui avait finalement semblé plus importante : à la fin, me dit-il, la seule véritable politique consiste à garder son âme ; et plus simplement encore : à *avoir une âme*.

— Tu en connais, toi, qui ont une âme ? demanda Guy. Et nous, en avons-nous vraiment une ? Comment savoir ?

Une vie ouverte et libre exige le silence, ajouta-t-il, tandis que nous descendions la rue Orfila en direction de la rue des Pyrénées où était garée sa camionnette ; il lui semblait qu'on ne cessait de nous voler le silence, et cette nuit on nous l'avait volé une fois de plus, on l'avait carrément détruit : en massacrant une centaine d'innocents, on avait rendu impossible que nous fussions en paix, on nous noyait dans le bruit et la fureur afin de nous empêcher de penser. Chaque crime, dit-il, nous rapproche de ce chaos d'où, un jour, nous ne parviendrons plus à sortir, car nous aurons tellement de bruit dans les oreilles que nous ne saurons plus reconnaître l'enfer.

Nous étions arrivés devant sa boutique. Guy continuait à parler avec une gravité qui me surprit : la montagne et le silence se ressemblent, dit-il en me serrant la main, la montagne s'élève d'univers en univers, elle n'est jamais immobile ; et le silence lui-même se déplace, il cherche de l'air à travers le calme des hauteurs et se procure l'ivresse qu'aucune vie humaine ne lui prodigue.

Guy est monté dans sa camionnette et s'est éloigné. J'ai allumé une cigarette. Le banc, le marronnier, le rebord du trottoir formaient un triangle parfait. Et si je m'installais là ?

Il est possible à chaque instant de tout reprendre : il suffit d'une figure propice, et la géométrie nous sauve. Oui, ce triangle me plaisait : banc-feuillage-trottoir, c'était idéal — ce qui a lieu sous un arbre relève toujours du sacré. Mais je n'avais pas besoin de me précipiter : il y avait d'autres triangles, des milliers d'autres, ils ne cessaient de s'ajuster entre les murs et le corps des passants, entre les voitures et le mouvement des paroles, ils parcouraient les rues de la ville, dévalaient les boulevards et se faufilaient dans les jardins publics où ils clignotaient comme des étoiles.

Je les voyais maintenant, je ne voyais plus qu'eux : ils s'offraient à moi comme une promesse, comme un sourire. J'avais ma solitude, j'avais les noms, j'avais les triangles. C'était bon d'entrer dans cette légèreté, d'être là tout entier pour la clarté, de recevoir son affirmation. C'était nouveau, c'était une évidence : le dehors s'allume au travers d'éclats qui attirent la vérité. Je ne rentrerais plus chez moi.

28

Un lac en plein Paris

À la billetterie du musée de la Chasse, je demandai Léna. Une jeune femme au visage brûlé me répondit qu'elle était en réunion toute la journée ; on ne pouvait pas la déranger, mais elle avait laissé une enveloppe pour moi.

J'ouvris aussitôt l'enveloppe : il y avait mon portefeuille et mon téléphone. Et ce mot : « Rendez-vous ce soir au Fumoir, 20 heures ? Je t'embrasse. Léna. »

J'étais fou de joie, je levai les bras au ciel. La jeune fille eut l'air amusé.

— Et le clebs, il est où ? dis-je.

La fille s'était raidie, je m'excusai, la saluai et sortis.

Léna ne parlait pas du chien : s'il était avec elle, elle l'aurait dit dans le mot, non ?

J'avais plusieurs messages sur mon téléphone, ce qui ne m'arrivait jamais : un de Pointel, qui était très heureux de la soirée, et proposait qu'on se revoie ; un autre d'Anouk, qui me demandait si j'avais des nouvelles de Tot ; et un troisième de Léna, un simple appel manqué : sans doute avait-elle voulu me prévenir qu'elle avait mon portefeuille, et puis, en entendant la sonnerie, elle s'était rendu compte que c'était elle qui avait mon téléphone.

Même si Sabbat était toujours dans la nature, et qu'on pouvait légitimement s'affoler pour lui (car comment un chien habitué à être nourri parviendrait-il à survivre dans la rue ?), je me sentais mieux, non par indifférence, mais parce que les choses avançaient.

Je laissai un message à Anouk, lui disant que je n'avais pas de nouvelles de Tot, mais que j'avais perdu son chien. Est-ce que par hasard elle l'avait vu, est-ce que par miracle il était chez elle ?

Puis j'appelai la fourrière ; on me répondit qu'on n'avait pas trouvé de dalmatien, d'ailleurs on ne trouvait jamais de dalmatien, ça n'existait pas les dalmatiens abandonnés.

— Le mien n'est pas abandonné, il est perdu.

— Comment ça, perdu ? Ça se perd pas un chien !

— Si, la preuve.

— Eh bien, faites attention la prochaine fois.

On m'avait donné deux numéros, j'essayai l'autre : c'était la fourrière de Gennevilliers, qui recueille les animaux perdus de Paris et du département. Est-ce qu'ils avaient déjà eu le temps de l'amener là-bas ? Je tombai sur un répondeur : les horaires d'ouverture de la fourrière étaient de 9 h 30 à 12 heures et de 13 h 30 à 17 heures. Il était 17 h 30, j'appellerais demain. J'appellerais aussi des vétérinaires, comme me l'avait conseillé au téléphone la fille des renseignements : quand je lui avais demandé le numéro de la fourrière, j'avais précisé que je venais de perdre mon chien et elle m'avait confié qu'elle aussi venait de perdre son chat, et qu'il fallait non seulement appeler les fourrières dont elle allait me donner les numéros, mais aussi le fichier national canin; selon elle, il serait bon de coller une affichette un peu partout avec la photo de mon chien, et peut-être même d'aller dans les boulangeries de quartier, car ceux qui recueillaient des animaux errants — de vieilles personnes, en général, dit-elle — venaient le faire savoir en achetant leur pain; je pouvais également déclarer la perte de mon chien au commissariat de police; enfin, il y avait un site sur Internet: soschiensperdus. com, un truc comme ça: je pouvais toujours essayer.

La fourrière. Le fichier canin. Les vétérinaires. Le commissariat. L'affichette. Soschienperdus. Bien sûr, j'allais tout faire. Il fallait agir vite. On était le 24: dans une semaine, je devais quitter l'appartement. Tout se précipitait, et malgré l'embarras où me plongeait la disparition de Sabbat, cette accélération était peut-être le présage d'une vie nouvelle, d'une vie enfin vécue, où je m'accorderais à ma propre vitesse, à ma propre lenteur, où plus rien ne viendrait se mettre en travers de mes pensées, pas même un écran de télévision, pas même des films.

Cette accélération m'avait sorti de mon lit, elle m'ouvrirait au labyrinthe des rencontres, à l'épaisseur des activités, à tous ces détails du temps qui s'éparpillent au gré des rues; mais surtout elle me transmettrait à une vérité plus secrète encore que celle qui anime la solitude, une vérité à laquelle, même en écrivant *The Great Melville*, je n'avais pas eu accès, une vérité si proche du silence que plus rien ne brille en elle, sinon ce qui la rapproche d'une autre vérité, elle-même emmitouflée dans son secret, elle aussi discrète, tenace, épuisée par l'isolement, et qui cherche à savoir ce qui existe au-delà de toute solitude.

Des cars de CRS s'alignaient le long des boulevards, il y avait des hommes en armes sur les trottoirs et, sur le visage des passants, une peur nouvelle, une peur qui mettrait du temps à s'effacer, une peur qui peut-être même ne s'efface-rait jamais, mais creuserait profondément chaque visage, y imprimerait des marques indélébiles, plus sombres que la fatigue, de ces marques qu'on voit sous les yeux des hommes dans les pays où la liberté n'existe plus.

J'ai couru jusqu'au Fumoir, un élégant café qui fait le coin entre la rue de Rivoli et le Louvre, mais j'avais une heure d'avance. Ces lustres, ce calme, ces boiseries chics m'ont mis mal à l'aise ; ma présence me semblait déplacée, comme si le tourbillon qui agitait mon esprit depuis cette nuit ne pouvait plus s'accommoder d'aucun confort : moi qui venais de passer des mois allongé à regarder des films, je ne tenais plus en place.

Je suis vite ressorti. De l'autre côté de la rue, la colon-nade du Louvre m'attirait : avec la nuit qui commençait à tomber, la blancheur majestueuse de ses pierres étincelait comme celle de la baleine. Je souriais, heureux du retour de Moby Dick : chaque fois que ma vie s'élargit, la baleine blanche me fait signe, avec la fidélité d'une déesse ; en m'élançant vers la cour Carrée, voici que j'étais porté par cette odeur de cannelle fraîche qui embaume les falaises verdoyantes au large de Java : il n'y avait plus aucune différence entre ma route et celle du navire baleinier — le grand Melville était de nouveau avec moi.

J'ai traversé la cour Carrée, qui était déserte. Le silence y tournoyait comme dans une grotte à ciel ouvert. La fraîcheur du bassin soulevait les pavillons, et le long des murs il me semblait qu'une cavalcade de biches, de gazelles et de bouquetins filait jusqu'aux étoiles, leurs bouches allongées vers le ciel rouge et noir, comme si la soif, plus ancienne encore que l'origine, indiquait une source au-delà des toits, vers les nuages.

Si j'avais pu lécher, il y a quinze mille ans, la paroi de Lascaux où ces biches, ces gazelles, ces bouquetins s'élancent au-dessus d'un trou, je serais devenu absolument limpide, clair comme on l'est quand on fait l'amour, et cette clarté serait venue à travers le temps jusqu'ici, jusqu'à ce lac italien où j'écris ce livre.

J'ai franchi un autre porche et me suis retrouvé face à la Pyramide, livré soudain à ce grand espace plein de souffles où glissaient devant moi l'arc du Carrousel et le jardin des Tuileries. Le ciel était rouge, le vent du soir soulevait ma poitrine ; il y avait encore quelques groupes de visiteurs qui se prenaient en photo, mais déjà les murs du Louvre revenaient à leur solitude, à cette noblesse de la pierre qui ne s'adresse qu'à elle-même.

C'est là que ça a eu lieu : d'habitude, il faut que je m'allonge, il faut que j'atteigne une forme de concentration, de fluidité, il faut que l'hirondelle, le papyrus et la boîte rouge se disposent parfaitement autour de mon corps ; mais pour la première fois, ça m'a pris en plein air, dans un des

261

endroits les plus touristiques du monde. J'étais absolument là, je n'avais jamais été *mieux là* — et en même temps, je n'étais plus nulle part.

Les animaux continuaient à s'ébrouer autour de moi ; ils se ruaient vers un point qui semblait les anéantir. La démesure est un effet de l'amour. Des hiboux, des ours, des buffles envahissaient l'espace ; des taureaux traçaient sur les parois des lignes insensées ; un troupeau de bisons faisait trembler les murs. Tous se vouaient à cette passion qui nous précipite à l'abîme, à la soif qui ne s'éteint pas, au désir d'éteindre l'horreur.

J'étais comme eux, j'étais ce chamois effaré qui galope vers la sortie ; cet aurochs aveuglé par les combats ; cette antilope qui cherche une source. Je suis seul depuis trop longtemps : je me mis à courir avec le troupeau.

Comment décrire ce qui est arrivé ? En un clin d'œil, la cour du Louvre s'est vidée. Disparue, la Pyramide. Escamotés, les touristes. Même la statue équestre de Louis XIV s'est effacée. À la place : un lac.

J'ai l'habitude des visions, avec l'alcool : ça se dérègle allègrement, les couleurs se libèrent. Mais là, c'était autre chose, comme si j'accédais soudain à ce qui existe sous la croûte. Un lac, son calme immense ; un lac en plein Paris.

J'ai commencé à rire, je me suis dit, à la manière de Rimbaud : j'ai vu un lac à la place du Louvre. Alors pourquoi pas, tant qu'on y est, *une école de tambours faite par des anges, ou des calèches sur les routes du ciel ?* Pourquoi pas les monstres, les mystères ? Mais ce qui arrivait ce soir ne relevait pas seulement d'une hallucination de poète : certes il y avait un lac, mais surtout *il n'y avait rien.* Toutes les formes s'étaient rompues : ce lac était clairement vide.

J'étais déjà en train de me dire, pour me rassurer : *J'ai rencontré un lac, et il était vide.* Je savourais même la phrase. Et voici que d'un seul coup, le lac s'est rempli. Il n'a fallu que quelques secondes pour que sa surface se mette à briller, et que l'immense espace qui court jusqu'à la place de la Concorde, là-bas, après le jardin des Tuileries, et remonte les Champs-Élysées jusqu'à l'Arc de Triomphe, soit entièrement rempli de sang.

Un lac de sang à la place de Paris : sans doute était-ce ma manière à moi de réaliser ce qui avait eu lieu cette nuit, de prendre part au malheur. Car la tuerie, je le sentais, n'aurait plus aucune limite : la mort était entrée dans cette ville qui s'est toujours crue intacte, qui avait même intimidé les nazis, et non seulement elle avait trouvé des victimes, une centaine d'innocents dont bientôt nous connaîtrions les noms, des hommes, des femmes, des enfants, mais cette mort éclaboussait aussi les vivants, qui, je le comprenais ce soir, ne seraient plus les mêmes, parce que personne, pas même les survivants, n'échappe à la logique du sacrifice. Lorsqu'un sacrifice a lieu, le monde se trouble jusqu'à ce qu'un cercle se dessine : c'est une illusion de croire qu'on ne meurt qu'à l'intérieur du cercle. Le cercle dit : maintenant, on meurt — il ne dit rien d'autre. Il ne dit pas si les protections existent ; il ne dit pas non plus où il commence et où il finit. Le cercle du sacrifice est illimité, ainsi la mort, lorsqu'elle s'abat sur quelques-uns, nous touche-t-elle tous ;

ainsi devenons-nous des corps en état de sacrifice, des corps à chaque instant sacrifiables.

Les pensées se bousculaient dans mon esprit. Cette béance vers laquelle se précipitent les bêtes traquées par le chasseur était là, ouverte devant moi comme une gueule ensanglantée. J'avais d'abord eu peur de tomber dans le trou — de me noyer dans le sang des bêtes. Je me retenais au bord du gouffre, accroché à un balustre du pavillon Sully ; mais voici que je ne craignais plus rien, ni le sang ni la mort. Un étrange calme m'envahissait, comme s'il était nécessaire que cette flaque de sang se manifestât aussi clairement. Je m'abandonnais à cette folie : regarder l'abîme en face. D'ailleurs, fou, ne l'étais-je pas depuis longtemps ? La folie n'est-elle pas le moyen le plus juste de voir apparaître une flaque de sang grande comme une ville — et de prendre part à la tragédie ? J'ai pensé que peut-être il me fallait devenir fou pour devenir sage. Oui, *devenir fou pour devenir sage* : quel programme. Une parole de saint Paul, je crois.

Voilà, des trous passent dans l'existence ; on cherche à les éviter, mais ce n'est pas une bonne idée parce que les trous ne font jamais que signaler l'immense trou qui permet au monde de respirer ; on s'imagine séparé de toutes choses par un espace creux à la limite duquel on ne se presse même pas d'arriver, et voici qu'un jour l'espace creux s'ouvre à nos pieds, voici que le trou s'élargit aux dimensions du monde : on est dedans.

Mais j'avais de la chance : je n'étais pas encore dedans. J'étais au bord. Car il y a, tout autour de la cour Napoléon, sur les balustrades du premier étage, une centaine de statues qui représentent des personnages illustres. Leur nom est inscrit dans la pierre : Rabelais, Saint-Simon, Bossuet, Pascal, Rousseau, La Fontaine, Poussin, Froissart, Philippe de Champaigne, Molière. Ce sont des noms parfaits, qui existent absolument : ils sont remplis de temps et signent une mémoire. Eh bien, c'est eux qui m'ont empêché de tomber dans le vide, de m'abandonner au vertige, de me laisser fasciner par l'abattoir. Les noms m'attirent, je les aime. J'ai prononcé chacun d'eux à voix haute, et instantanément le danger s'est éloigné. J'ai même ajouté des noms qui n'y étaient pas, des noms à moi, ceux qui sont dans ma tête et composent un arbre sur le mur de ma chambre. Avec cette récitation, le lac s'est effacé : la Pyramide a réapparu, le Carrousel aussi, les Tuileries, et même les touristes, ceux qui traînent le soir et se photographient avant de rejoindre leur hôtel.

C'était impressionnant, cet exorcisme, et j'ai pris peur ; car en jouant avec les noms, avec le murmure et le silence, on se déplace dans le sacré : ainsi se met-on à glisser de forme en forme, jusqu'à cet intervalle rouge et noir où le monde n'est plus le monde, mais une lueur qui clignote.

J'ai regardé l'heure sur mon téléphone. Ça y est, j'étais en retard. Je me suis mis à courir sous la pluie, et suis arrivé tout essoufflé au Fumoir.

29

Les gouttes

Léna était assise sous une fenêtre, pâle et silencieuse, les yeux baissés sur un livre ; son visage était plus blanc, plus laiteux qu'hier soir ; elle portait une robe noire décolletée, avec des boucles d'oreilles en aigue-marine et ce collier de petites pierres bleues taillées en pétales qu'elle arborait déjà cette nuit.

En une seconde, le désir que j'avais eu pour elle a déferlé avec la violence d'un tumulte ; à la voir ainsi éclairée, et le visage pensif, j'ai compris qu'elle m'attirait parce qu'elle était étrangère à la lumière qui la traversait ; en elle, la discrétion se confondait avec l'indifférence : elle était peut-être ainsi avec les autres, mais surtout avec elle-même.

Et puis je devinais en elle quelque chose que sa douceur protégeait, et que peut-être même elle empêchait de définir : une forme d'absence à elle-même en laquelle je voyais de l'irréductible, un secret, plus intense que l'amour, et que jamais la société ne parviendrait à atteindre ; une telle chose ne relevait pas de l'égarement, comme chez moi, mais de cette constance de la raison qui procure une autorité à ses propres clartés : Léna n'appelait jamais au secours, je crois qu'elle ne connaissait pas l'errance.

J'arrivai à sa table, elle leva les yeux sur moi, je lui demandai ce qu'elle lisait. Elle retourna la couverture du livre et, en souriant, répondit :

— Ovide, *Les Métamorphoses*.

Elle me rappela que, cette nuit, je lui avais confié ma passion pour l'histoire d'Actéon, le chasseur qui se détourne de ses proies habituelles pour suivre la déesse qu'il a entrevue dans les bois. On connaît l'histoire : Actéon surprend Diane au bain entourée de ses nymphes. La nudité de Diane est taboue. Lorsqu'elle se rend compte qu'elle a été vue, elle cherche son carquois, son arc, ses flèches, mais étant dans l'eau, elle est désarmée : alors elle éclabousse son voyeur ; et les gouttes, en giclant sur Actéon, le transforment en cerf, sur lequel ses chiens se jettent et qu'ils dévorent.

Selon moi, il était révoltant qu'Actéon fût condamné à mort pour avoir contemplé la nudité d'une déesse. Il ne devrait pas être interdit de regarder une femme nue, quand bien même elle serait Diane, la plus chaste des déesses. J'avais dit cette nuit à Léna, du moins me le rappelait-elle, car je l'avais oublié, que toute ma vie était fondée sur l'idée de voir les déesses nues sans en mourir ; cette idée l'avait amusée ; elle avait repris Ovide, où la mort d'Actéon est racontée, afin d'en parler plus précisément avec moi.

— À propos, me dit-elle, je n'ai pas retrouvé ton chien.

— Je pensais que les déesses étaient infaillibles.

— Les déesses ont de grandes faiblesses, c'est pour cela qu'elles sont dangereuses.

C'est ce soir-là, plus encore que durant nos ébats du musée de la Chasse, que je fis connaissance avec l'intérieur mystiquement alvéolé de la tête de Léna. Rien ne laissait penser qu'elle avait festoyé une partie de la nuit : elle avait bien des cernes, mais légers, qui accentuaient la pâleur nacrée de son teint. Rien non plus n'indiquait que nous avions fait l'amour quelques heures plus tôt : nous poursuivions une conversation, avec un naturel qui m'apaisait. La masse d'emmerdements que je transportais avec moi, ces visions aberrantes qui me tombaient dessus en pleine journée, ce délire que les noms tramaient dans ma tête, cette gueule de bois quasi permanente, tout cela lui était épargné ; elle était là, entière et disponible, rien ne semblait l'entamer : sa présence relevait d'une forme de don, et il suffisait d'être à son côté pour se sentir gratifié.

Je continuais à voir le lac de sang, les yuccas crevés ; j'entendais les invectives du Baron : j'étais *envahi*. J'aurais voulu anéantir ces tourments ; je demandai à Léna si elle avait réussi à travailler aujourd'hui. Oui, elle n'avait dormi qu'une heure ou deux, mais cela lui avait suffi ; elle était heureuse car Isabelle Huppert était passée la voir au musée : elles avaient fait la visite ensemble, et après avoir vu les photographies de George Shiras, elle avait accepté avec enthousiasme de faire une lecture du texte que Jean-Christophe Bailly avait consacré à l'exposition. Deux images, en particulier, avaient attiré son attention : l'une, qu'elle trouvait magnifique, d'une biche qui se baigne dans un lac, et dont l'encolure fend l'eau avec une douceur qui, selon elle, ne se voit plus chez aucun humain ; l'autre, d'un cerf dont la couronne, en se reflétant dans l'eau, semble prendre la forme d'une racine.

Isabelle Huppert, dit Léna, avait parfaitement ressenti combien ce qui est fugitif est désirable ; et combien le charme de ce qui nous échappe glisse ici dans une lumière miraculeuse, celle des sous-bois et des rivages d'une nuit qui n'appartient à personne.

Car à travers cette exposition, Léna désirait qu'on vît ce qui ne se voit pas — que nous fût révélée la vie invisible des animaux sauvages, comme si elle s'imprimait pour la première fois dans le monde visible.

Un jour, dit Léna, il n'y aura plus d'animaux. Les humains auront eu leur peau à tous ; il n'existera plus de silhouette furtive, plus de regards tremblés dans les feuillages ni de sous-bois qui frémissent ; plus rien ne sera fugitif : les forêts, les montagnes, les plaines glisseront lentement dans la démence, et nous tremblerons, livrés à la férocité de nos propres mâchoires.

Ces paroles de Léna m'ont frappé au point que je me les récite encore aujourd'hui, en marchant dans la forêt, tandis que je ressasse le détail de cette aventure où se sont mêlées, d'une manière passionnée, des figures que j'essaie de rassembler.

Tout en dînant (elle d'un risotto aux asperges, moi d'un steak tartare), nous avons passé la soirée, Léna et moi, à reconstituer notre nuit ; elle aussi avait beaucoup bu hier, mais tandis que j'avais fini par perdre conscience, elle avait *traversé son ivresse* ; et en revenant sur les détails de notre rencontre, il me semblait que nous commencions déjà à nous raconter notre histoire, comme font les amoureux.

Il nous était impossible de retrouver dans cette chronologie le moment où Sabbat nous avait échappé : avait-il été attiré par un autre chien, s'était-il perdu dans la foule devant Chez Orphée, nous avait-il faussé compagnie avant le Tendre Voyou ? Car à un moment de la nuit, m'apprit Léna, nous étions allés dans ce bar dont elle adorait le nom : Tendre Voyou, un bar de nuit tenu par un ami à elle, où nous avions mangé un morceau et continué à boire ; notre ivresse était joyeuse, interminable comme un fou rire, dit-elle. Le bar a fermé à 2 heures, et nous avons pris un taxi : « Je t'ai demandé ton adresse, mais tu étais complètement absent, tu n'entendais rien, alors nous sommes allés chez moi, tu t'en souviens ? »

Je me souvenais de tout ce qui s'était passé au musée de la Chasse, lui dis-je, et en particulier de notre entente, qui me semblait aussi précise que le trouble qu'elle m'inspirait. Cette nuit, j'avais rompu la malédiction d'Actéon : je n'étais pas mort.

« C'est parce que tu m'as regardée avec justesse, dit Léna : le problème avec Actéon, c'est qu'il regarde Diane comme il regarde toutes ses proies, avec l'œil de celui qui veut tuer ; alors elle lui renvoie son regard : elle le tue. »

Selon Léna, la virginité de la déesse n'était qu'un leurre, elle n'avait pas trouvé mieux pour être singulière, voilà tout ; si elle se dérobait aux regards, ce n'était pas pour rester intouchable, mais parce que aucun mortel ne savait comment la regarder. Bien regarder quelqu'un excède le désir, me dit-elle, et Actéon, précisément, l'avait mal regardée : il l'avait regardée avec ses habitudes de prédateur — il l'avait regardée *comme une chienne*. Ainsi avait-elle, en toute logique, lâché les chiens sur lui.

Léna avait lu et relu cette page d'Ovide pour moi, et elle avait remarqué qu'entre Diane et Actéon — inaperçu, et comme en réserve —, il y avait ce qu'elle appelait un « hymen ésotérique » : autrement dit, un miroir.

L'objet véritable du miroir n'est pas de réfléchir, dit Léna, mais de donner une image ; celle-ci s'interpose — ainsi se rapproche-t-elle du voile, dont s'entoure la déesse pour éloigner ceux qui croient la saisir.

Eh bien, dans le récit d'Ovide, il y avait les gouttes : celles dont Diane asperge Actéon ; et dans ces gouttes, le monde entier se condensait à travers la perfection d'une miniature irisée ; ce que Diane renvoyait ainsi à son voyeur, c'était la scène entière à laquelle il avait assisté : la grotte entourée de pins et de cyprès, la petite source à l'onde transparente dont la déesse inondait son corps virginal, les nymphes autour du corps immense de Diane, puis la rougeur dont le regard inopportun d'Actéon l'avait coloré.

L'aspersion, c'était ce que Léna trouvait de plus beau dans cette histoire ; et il lui semblait même qu'il y eût une vérité inconnue dans ces gouttes, aussi bien que dans la rosée, dans les larmes, dans la sueur qui vient aux amants. Les gouttes sont parfaites, dit Léna, c'est elles qui transmettent la volupté ; si Actéon avait agi autrement, c'est là, dans l'iris nacré d'une molécule d'eau, qu'il aurait pu se joindre à Diane.

Avais-je déjà vu, dans *Le Jardin des délices* de Jérôme Bosch, cette bulle transparente à l'intérieur de laquelle deux amoureux nus se caressent ?

Je demandai à Léna comment, selon elle, Actéon aurait dû s'y prendre pour bien regarder la déesse et échapper à sa colère.

— C'est très simple, me dit-elle, ça s'appelle l'amour : il suffit d'arrêter de reluquer, et de se jeter à l'eau.

Dans la rue, au bas de l'église Saint-Germain-l'Auxerrois, nous nous embrassâmes. Je me sentais enfin léger : la délivrance efface la pesanteur ou les soucis, elle nous accorde à la justesse qui nous manquait. Cette nuit avait une clarté de neige. Je sentais la présence du fleuve, comme s'il coulait à l'intérieur de mon ventre. Melville a écrit que nous sommes un morceau du pain rompu de la Cène. Les joues de Léna étaient un peu rouges ; elle voulut marcher pieds nus dans l'herbe : « Je serais mieux », dit-elle. Je m'agenouillai devant elle et pris sa chaussure dans le creux de ma main. C'était un plaisir inouï, comme de caresser une biche. Je détachai la bride de ses escarpins, lui ôtai les chaussures et fis glisser ses bas, puis elle enfonça ses pieds dans l'herbe.

30

La chasse

J'ai passé trois jours à chercher Sabbat. Je suis allé deux fois en RER à la fourrière de Gennevilliers. J'ai visité une dizaine de chenils. J'ai examiné une centaine de chiens abandonnés. J'ai téléphoné à tous les vétérinaires de Paris. J'ai demandé aux éboueurs s'ils n'avaient pas ramassé un chien mort. Et puis j'ai marché des heures dans les rues, la nuit, le jour, en pensant que seul un miracle me redonnerait Sabbat, mais que je me devais à lui, et que marcher jusqu'à l'épuisement était une manière de lui rendre justice, d'expier cette faute, peut-être de me racheter.

Durant ces trois jours, je ne suis pas rentré chez moi.

J'avais peur de Tot, c'est vrai. Je pensais à ce qu'il m'avait dit de la chasse : que seule la mort en était l'objet ; qu'il aimait tuer ; que l'instant où l'on tenait en joue une proie contenait toutes les satisfactions. Je pensais à la carabine Haenel, avec laquelle il me traquerait ; je pensais à la mort précise qu'il m'infligerait.

Cette nuit-là, après avoir traversé une fois de plus la ville entièrement, de la porte de Champerret à la porte de

Bagnolet, pris de lassitude face à l'absurdité d'une telle tâche, je rentrai finalement chez moi, ouvris ma porte en pensant : si Tot est là, qu'il me tue, et m'écroulai sur mon lit, tout habillé.

Trois heures plus tard, je me réveillai en sursaut et me précipitai sur l'écran de télévision que je débranchai à toute vitesse, glissai dans son carton et transportai sur le palier. Je collai mon oreille à la porte de Tot : était-il rentré à la fin ? Avec Tot, on ne pouvait pas savoir : il vivait comme dans une tombe. Je fis tourner la clef dans la serrure, et m'apprêtai à l'affronter. Sans même allumer la lumière du couloir, je me dirigeai vers sa chambre. Il n'y avait personne. Je retournai sur le palier, et transportai le grand écran jusque dans le salon. Les trois yuccas étaient encore là, raides morts. J'avisai l'armurerie, et sans bien savoir ce que je faisais ni quelle main me guidait, j'ouvris un tiroir où je trouvai une petite clef qui entra parfaitement dans la serrure de l'armurerie. Je m'emparai de la carabine Haenel, d'une boîte de cartouches et d'une sacoche où je glissai le tout. Puis je sortis le grand écran du carton et l'installai devant l'armurerie. J'écrivis quelques mots à la diable sur un morceau de papier que je scotchai sur l'écran.

Sur la table de l'entrée, j'attrapai les clefs du 4 × 4, comme si j'étais Tot. Je pris l'ascenseur jusqu'au parking souterrain, et me dirigeai vers la Jeep.

Que faisais-je exactement ? J'étais froid et vide. J'aurais pu mourir aussi bien que sauver le monde ; j'ignore si en démarrant je pensais encore à retrouver Sabbat ou à me débarrasser de moi-même — si en fuyant je pensais mettre le feu à cette histoire ou me griser de vitesse jusqu'à ce que la voiture plongeât dans un précipice.

C'est en sortant du parking, après que le portail automatique se fut refermé derrière moi, que la scène m'est revenue.

C'était un après-midi chez Tot ; nous buvions des bières et Sabbat dormait tranquillement à nos pieds : il m'avait soudain proposé de l'accompagner dans sa virée, s'était mis à rouler des couvertures dans un sac, avait choisi plusieurs boîtes de cartouches, fait glisser les deux carabines dans des sacoches en cuir, était passé en cuisine où il avait enfoui dans une musette un gros morceau de lard, deux paires de saucisses et des tranches de pain ; et munis de plusieurs packs de bière et de la bouteille de vodka que j'avais prise chez moi, nous étions descendus dans le parking souterrain où Tot garait sa Jeep 4 × 4, et où Sabbat grimpa avec une joie altière.

Nous avions roulé en direction de Fontainebleau, du moins c'est ce que Tot avait prétendu : j'étais déjà si ivre que les panneaux sur l'autoroute se brouillaient dans la nuit et qu'il m'était impossible de distinguer autre chose, dans le nom des villes, que des traînées de lumière où couraient des étoiles folles. Je ne comprenais pas comment il était possible de chasser dans une telle forêt où les rois de France avaient poursuivi rituellement le cerf et le sanglier ; je m'en prenais à Tot : ne fallait-il pas un permis, et d'ailleurs était-ce vraiment la saison de la chasse ?

Je lui rappelai que, dans cette forêt, à l'intention du roi Louis XI et de sa meute, on avait lancé un condamné revêtu d'une peau de cerf, afin que sa piteuse existence se confondît avec celle des proies animales. Tot, impassible, se contentait de hausser les épaules. Le chien passait sa tête entre nous deux, il savait où nous allions — et frémissait.

Bientôt les bois vacillèrent autour de nous, et Tot s'arrêta pour ouvrir une barrière ; le ciel était noir, vert, gris ; la route sinua entre d'immenses feuillages qui remplissaient la nuit.

Tot portait nos deux fusils en bandoulière. Je titubais derrière lui. La lune glissait entre les sapins. Je me laissais mener comme un enfant ; je pestais : plutôt que de suivre Tot, j'aurais préféré m'endormir au pied d'un arbre.

Nous arrivâmes, après la lisière, à une prairie qu'illuminait la lune. Je trébuchai plusieurs fois dans la boue avant de grimper l'échelle de bois d'une cabane où Tot avait pris place avec Sabbat : c'était un de ces abris où les chasseurs passent des nuits à guetter le renard, la perdrix, ou du gibier plus important.

J'avais complètement perdu prise et me croyais dans un trois-mâts : autour de nous, l'étendue des feuillages formait une mousse noire, un océan d'écume dans lequel j'avais envie de plonger. Tot me retint plusieurs fois par le col. Il était ivre, lui aussi, mais ricanait, inaltérable. Je m'affalai quant à moi au fond de l'abri, enveloppé dans une hébétude depuis laquelle je persistais à pérorer : il fallait garder l'œil, disais-je, car notre baleine allait bien finir par surgir, et l'on apercevrait alors, entre les broussailles de la nuit, ce déchaînement couronné de mouettes qui annonce la remontée de la baleine ; à ce moment, je crierais — assez fort pour que tout l'équipage l'entendît et que le capitaine aussitôt ordonnât aux harponneurs de se préparer : « Elle souffle ! Elle souffle ! »

À mon réveil, la forêt ruisselait de sang ; je me mis à trembler. Étaient-ce les sous-bois ou les ramures des grands cerfs ? À un moment de sa vie, chacun comprend que le sang doit couler pour qu'on se maintienne en vie, exactement comme les soupirs doivent s'exténuer et la lumière brûler. Alors on avance en espérant que les ténèbres ne couvriront pas son âme ; et pour que cette espérance se réalise, on s'applique à consumer en elle tout ce qui lui semble contraire.

Cette nuit-là, j'aurais voulu incendier cette forêt de sang ; changer en bûcher cet océan écarlate. Et voici que dans ma folie je hurlai qu'il fallait épargner la baleine. Tot avait un genou à terre, l'œil vissé à sa lunette, il ne m'entendait pas. À ses côtés, Sabbat, le regard tendu dans la même direction, attendait le coup de feu pour se précipiter. C'était un cauchemar : Tot avait fait de son chien un tueur, à eux deux ils allaient massacrer ma baleine. Je croyais hurler, mais les mots se noyaient dans ma bouche. Dans ma tête, tout se confondait : la lune avec la bosse de Moby Dick, les feuillages avec les vagues, la nuit avec l'océan. Il n'y avait plus autour de moi qu'un immense corps indistinct, scintillant, blanchâtre, où les signes de la chasse et de la vérité venaient se confondre, où le dalmatien n'était plus que le masque endormi du daim, où le daim camouflait l'agneau, où l'agneau agonisait, semblable à la baleine qu'on sacrifie sur tous les océans, semblable aux êtres humains qu'on extermine sur tous les continents.

«Nous avons tué la baleine blanche! braillais-je. Nous avons rasé la Terre, décimé les troupeaux, coupé les bourgeons, tranché les liens, vidé les sources. Nous sommes les assassins du monde et plus que du monde, de Dieu, et plus que de Dieu, nous avons tellement tué qu'il ne reste plus que ça : le crime, partout le crime et seulement le crime.»

Tot se retourna : «La ferme!» Son visage était si effrayant, si proche de la mort qu'il allait infliger que mon sang se glaça et je perdis conscience.

Un coup de feu me ranima. Il n'y avait plus personne dans la cabane. Je regardai mon portable : il était 3 heures du matin. Je descendis l'escalier, affolé, la tête lourde. J'entendis au loin la voix de Tot qui donnait des ordres à son chien : qu'un dalmatien pût foncer sur une proie comme un chien de chasse me semblait ahurissant.

Sabbat sortit des fourrés en jappant tout autour de Tot qui portait une biche sur les épaules ; un long filet de sang dégoulinait sur sa tenue camouflée ; les mâchoires de Sabbat, elles aussi, étaient sanguinolentes.

Nous reprîmes le chemin de Paris, Tot fonçait sur l'autoroute, je somnolais ; la vision du cadavre de la biche étalé sur la plage arrière m'écœurait. Sabbat, l'œil ouvert dans la nuit, veillait sur la biche morte. Tot s'arrêta brusquement sur un pont, juste avant Paris, afin de répondre au téléphone (il me semble que c'était Anouk, elle s'inquiétait, et Tot n'aimait rien tant que ces moments où il la faisait souffrir, il y prenait un plaisir scrupuleux).

C'était sur le pont d'Asnières. Tot faisait clignoter ses feux arrière, il y avait très peu de circulation, mais, comme il faisait encore nuit, je trouvais imprudent que nous restions ainsi sur la bande d'arrêt d'urgence ; je sortis de la voiture, trouvai dans le coffre le triangle de danger et le plaçai quelques mètres plus bas.

En revenant vers la voiture, je m'approchai du parapet. Les lumières de Paris scintillaient dans la nuit. J'aperçus vers le milieu du pont une silhouette qui se tenait debout au bord du vide. Je courus vers elle, c'était une femme, elle m'avait vu, son œil brillait dans la nuit ; et alors que je n'étais plus qu'à une dizaine de mètres d'elle, brusquement je perdis l'équilibre : quelqu'un m'avait plaqué au sol, j'essayais de me débattre mais la force du type était supérieure à la mienne ; il m'écrasait la tête avec sa chaussure ; j'eus à peine le temps de voir la femme se lancer dans le vide, je criai :

— Non !

Une voiture passa à cet instant, je voulus appeler à l'aide mais les phares m'aveuglèrent ; le type derrière moi avait relâché sa pression, je me relevai, me retournai : c'était Tot.

Il était fou de colère ; ses yeux jetaient des flammes ; il serrait les poings. Je courus jusqu'à l'endroit où la femme s'était jetée. Je grimpai sur le parapet : en bas, l'eau était noire, on n'y voyait rien.

— Vite, il faut appeler les secours !

— Trop tard, dit Tot.

Je poussai un hurlement et me jetai sur lui.

Le combat entre Tot et moi, pour aberrant qu'il fût,

relevait d'une expérience à laquelle je ne désirais pas me soustraire : l'essentiel ne réside pas forcément dans ce qui nous éclaire, mais dans une approche, parfois nécessaire, de l'obscurité.

Alors, ai-je rêvé cette scène ? Je ne crois pas. Si je l'avais oubliée, c'est parce qu'elle préludait à une série de cauchemars qui me tinrent cloué au lit avec la fièvre pendant plusieurs jours, et que j'ai préféré refouler : avoir abandonné cette femme à la mort me semblait un crime — un « crime d'iniquité », comme l'appellent les Écritures.

Son image me hantait : je la voyais continuellement se jeter du pont, et son œil brillait au fond de l'eau ; puis il se confondait dans ma tête avec celui de la biche, dont le corps, coupé en morceaux, occupait le congélateur de Tot.

J'ai déliré trois jours de suite. Je n'avais ni médicaments ni médecin. Durant ces quelques jours où la fièvre a risqué de m'emporter, j'étais absolument seul. Les murs tournaient autour de moi, je ne tenais pas debout. Mon corps était trempé de sueur et j'ingurgitais ce qui traînait autour de mon lit : de l'eau, du vin, même du whisky. La terre me paraissait une flaque de néant où venaient s'écraser les astres : dans mon délire, j'appelais à moi un univers d'où les humains fussent exclus, un univers où le regard des animaux serait seul à s'ouvrir à la lumière du jour ; mais en rampant à travers les boyaux d'une grotte qui ruisselait de sang, je me rendais compte que ce sang était le mien, et que c'était avec lui que les animaux peignaient leurs fresques sur le mur.

Je ne cessais de hurler dans mon sommeil : la femme du pont courait dans les bois, où Tot l'abattait d'une balle dans le cœur ; elle gisait ensuite, le ventre nu, ensanglanté, sur la plage arrière de la voiture où Sabbat, les mâchoires pleines de sang, lui dévorait un bras ; ou alors il m'arrivait de voir des morceaux de son corps congelé dans de petits sachets, et parmi eux son œil entouré de glaçons, qui continuait à m'observer.

Je crois que c'est ma colère contre Tot qui m'a sauvé : j'aurais voulu lancer ma fièvre sur le globe tout entier et la faire rouler dans le firmament ; j'aurais voulu qu'en sortant de ma bouche cette fièvre enflammât les villes et détruisît les rapports humains.

C'est peut-être à travers de tels abîmes que s'ouvrent les prodiges racontés dans l'*Apocalypse*. Le monde visible est un trait imperceptible dans l'infini que la souffrance révèle. Entre la cible et le coup de feu tremble un horizon ; tous les chasseurs l'ont vu au moins une fois : ils connaissent la différence infime, fragile, inconcevable, entre ce qui disparaît et ce qui reste intact.

À cause de Tot — et aussi grâce à lui —, j'avais ainsi touché à une limite. Arrive-t-il que le monde parvienne au bout de lui-même ? Et que le mal soit partout chez lui ? C'est une expérience à laquelle je repense avec dégoût, mais aussi avec crainte : il est impossible que la partie qui raisonne en nous soit autre que spirituelle.

Peut-être pensez-vous que j'aurais dû fuir quelqu'un comme Tot, ou du moins l'éviter ; mais plutôt que de toujours se protéger du diable, il est parfois judicieux de le nourrir : trop de distance lui profite. À l'époque, j'étais tout près de lui — je respirais son souffle.

Depuis ces nuits de fièvre, je n'ai plus revu Tot. Il a filé, comme souvent, en me laissant Sabbat. Un mot sous ma porte, griffonné à la hâte, disait : « Je dois partir. N'oublie pas le chien » ; et en un sens, c'est durant cette nuit démente où une femme s'est suicidée que cette histoire a vraiment commencé, ou plutôt qu'elle a tourné sur elle-même et trouvé le point qui la faisait basculer ailleurs.

31

Place de la République

J'étais donc au volant de la voiture de Tot. Quelque chose se déchaînait dans ma tête, et sans doute valait-il mieux ne pas connaître cette chose : je devais quitter ma chambre dans trois jours et non seulement je ne savais pas où aller, mais je n'y avais même pas pensé. Est-ce que j'avais confiance ? Cet instant où la clarté déchire le voile, je le sentais approcher. Que m'importaient Tot et cette rivalité démentielle, son chien, ses plantes crevées ? Que m'importaient cet appartement, ces films que j'avais visionnés comme un forcené : j'en avais fini avec cette période, maintenant j'allais vivre.

Cet après-midi-là, alors que le ciel de Paris était sombre et pluvieux, j'espérais encore retrouver Sabbat, mais ma recherche avait pris une tournure assez peu rationnelle : je conduisais au hasard. Si Sabbat devait m'être rendu, pensais-je, ce serait à la faveur d'un miracle ; j'avais abandonné toute idée de logique et circulais sans me soucier de la direction.

En traversant certains quartiers, j'ai retrouvé des époques de ma vie : chaque fois, il y avait eu l'idée d'un nouveau départ — d'une *nouvelle vie* ; et chaque fois j'avais vécu un roman, en particulier durant cette période dont j'avais parlé à Guy « le Cobra », lorsque j'avais vécu plusieurs mois dans une voiture rue de la Chine, au temps des Renards pâles.

En roulant au hasard, j'écoutais la radio et ses sales nouvelles : encore de nouveaux attentats à Bruxelles, à Istanbul, à Berlin, encore des centaines de réfugiés noyés au large de Lampedusa, encore des têtes coupées dans le désert, encore des massacres.

Après avoir roulé pendant des heures, je me suis arrêté aux abords de la place de la République. Depuis plusieurs jours, des milliers de personnes affluaient autour de la statue : chacun y déposait un mot, allumait une bougie, se recueillait en souvenir des victimes de l'attentat. Je suis sorti de la voiture et me suis adossé contre le capot pour fumer une cigarette. J'attendais Anouk, qui m'avait donné rendez-vous ici, vers 20 heures.

J'avais entendu tout à l'heure à la radio le nom de chaque mort, et il me semblait que ces noms tournaient dans le ciel, au-dessus de la place de la République ; ils faisaient bruire le feuillage des platanes comme des lucioles.

Si l'on prononce le nom d'un mort, il se métamorphose en étincelles et se joint aux signes qui trament le monde ; car en prononçant le nom de quelqu'un qui vient de mourir, on célèbre *tous les morts* : ce sont mes amis dogons qui m'avaient appris cela, au temps de l'insurrection des Renards pâles. Ils m'avaient enseigné qu'en mourant, un Dogon du Mali coïncide avec tous ceux qui l'ont précédé dans l'existence.

Alors j'ai pensé qu'il n'y avait pas de raison pour qu'un

tel prodige n'ait pas lieu ce soir, place de la République : n'avions-nous pas, à l'époque, transformé la statue de Marianne en un baobab ? Ce lieu n'était-il pas devenu en secret une extension des falaises de Bandiagara ?

En fumant ma cigarette, j'ai commencé à réciter le nom des victimes de l'attentat. Je n'avais pas accordé tout à l'heure une grande attention à leurs noms lorsqu'ils avaient été prononcés à la radio, et voici pourtant que je me souvenais de chacun d'eux. J'avais la sensation de les connaître : *ils me revenaient.*

Une mélopée sourde est sortie de ma bouche ; et c'était une langue étrange qui s'inventait à travers elle, une langue parcourue par les esprits, qui faisait trembler la frontière entre les vivants et les morts.

Au même moment, une nuée de tourterelles a surgi au-dessus de la place. Est-ce qu'elles portaient les noms ? En un simple bruissement d'ailes, elles ont enveloppé les lieux d'une clarté rose.

Anouk est arrivée, emmitouflée dans son blouson d'aviateur ; elle levait la tête vers le nuage de tourterelles, ses beaux yeux gris pleins de larmes.

Je lui ai ouvert la portière et l'ai invitée à entrer dans la voiture ; nous sommes restés stationnés devant Le Temple d'Or sans démarrer. Son parfum était doux : de l'ambre, je crois. Quand elle a enlevé son blouson, j'ai vu qu'elle portait autour du cou un petit ruban de velours noir, comme l'Olympia de Manet. Elle a tourné le rétroviseur vers elle, s'est remis du rouge à lèvres et m'a demandé une cigarette, sur laquelle elle a tiré avec nervosité. Sa respiration était rapide et soulevait sa poitrine ; j'ai allumé moi aussi une cigarette ; ni elle ni moi ne parlions.

D'un coup, elle m'a demandé, sur un ton de reproche, ce que je fichais dans la voiture de Tot. J'ai répondu que je n'en pouvais plus de chercher Sabbat à pied. Elle a acquiescé, puis m'a confié qu'elle avait perdu un ami dans le massacre, l'autre soir : elle était effondrée, ne savait plus quoi faire d'elle ; alors elle passait ses journées ici à partager sa peine avec des gens qui avaient perdu eux aussi des proches.

Je lui ai demandé le nom de son ami, et quand elle me l'a donné, j'ai dit que je l'avais prononcé quelques minutes plus tôt, qu'il était bon de prononcer les noms, que c'était une prière : dire un nom à voix haute, c'était le garder dans le monde des vivants.

Elle m'a regardé sans un mot, puis a joué nerveusement avec la boîte à gants. Lorsqu'on appuie sur le bouton, la trappe s'ouvre avec lenteur, et une petite lumière bleue s'allume automatiquement. Je sentais qu'Anouk était familière de la boîte à gants ; et qu'elle aimait cette lumière bleue. Ses doigts glissaient sur le tableau de bord, comme si elle voulait s'assurer de la consistance d'un instant dont la fragilité nous rendait elle et moi vulnérables ; elle me semblait capable de sortir une arme aussi bien que d'éclater en sanglots. Elle tourna le bouton de la radio, chercha une fréquence et nous écoutâmes une chanson de David Bowie, qui venait de mourir, et qui parlait de résurrection.

La petite lueur bleue vibrait entre les doigts d'Anouk. Ce

soir, le monde semblait nimbé de soupirs. Avait-elle faim ? Désirait-elle que nous allions dîner quelque part ? Elle voulait juste rouler, écouter des chansons en prenant les boulevards, passer d'une rue à une autre, toute la nuit. Alors j'ai démarré : nous avons d'abord tourné autour de la place, où la lumière avait grandi, et ce n'étaient pas seulement les bougies de deuil qui illuminaient ainsi la nuit, mais l'effet des tourterelles, des lucioles, des noms qui passaient d'une bouche à une autre et qui s'écrivaient sur de petits bouts de papier. Tandis que nous nous éloignions, Anouk a continué à contempler ce buisson de lumières qui, dans le rétroviseur, montait jusqu'aux épaules de la statue, avec le souffle d'un incendie.

Nous avons commencé à glisser dans la nuit ; il y avait des parfums lents, quelques voix dans les arbres et de petits groupes qui agitaient leur ivresse aux terrasses de la rue Oberkampf. Je me suis arrêté pour acheter des bières, que nous avons bues dans la voiture en fumant des cigarettes. La nuit retrouvait un peu de sa douceur, et entre Ménilmontant et Belleville, il y avait même, dans les marronniers, sur les grands trottoirs qui longent le boulevard, quelques pépiements d'oiseaux.

Anouk remarqua, posée sur le siège arrière, la sacoche de la carabine : « Tu chasses, maintenant ? » Justement, Tot l'avait appelée depuis le Canada, où il était retenu pour une histoire de dettes : il avait perdu au jeu une somme colossale, la justice s'en était mêlée, et tant que le procès n'avait pas eu lieu, il n'avait plus le droit de sortir du territoire.

Avait-elle eu affaire à deux types bizarres, deux moustachus qui cherchaient partout Tot ? Non, elle ne voyait pas de quoi je parlais. Puisqu'on en était à tout éclaircir, je lui ai demandé si elle se souvenait de cette femme qui avait sauté du pont d'Asnières et que Tot m'avait empêché de sauver. Oui, Tot lui avait raconté notre affrontement ; et elle lui donnait raison : on n'empêche pas quelqu'un de se tuer ; le suicide est un droit inaliénable ; il est inacceptable de priver qui que ce soit de sa dernière liberté.

À Stalingrad, alors que nous commencions à longer le métro aérien en direction de Barbès, nous fûmes arrêtés par des CRS : une évacuation de sans-papiers était en cours, le boulevard était impraticable, il fallait changer d'itinéraire.

Alors que je pestais, l'un des policiers s'approcha de la voiture : Anouk eut juste le temps de cacher l'étui de la carabine. Le flic avait-il vu les canettes de bières qui s'étalaient sur le siège arrière ? Il me demanda mes papiers.

Qu'est-ce qu'ils avaient tous, en France, avec les papiers ? Je n'en avais pas — il y a bien longtemps que je n'en avais plus : un jour, par amour pour une femme qui avait détruit les siens, je les avais détruits moi aussi.

Mais je ne dis rien au policier, et fis mine de les chercher dans les poches de mon manteau.

Anouk, quant à elle, tendit sa carte d'enseignante ; le flic remarqua qu'elle travaillait à Deuil-la-Barre, ils se mirent à discuter et il s'avéra qu'il avait été élève dans le lycée où elle enseignait, ce qui l'amusait.

On appela le flic sur son talkie-walkie, il s'éloigna, et j'en profitai pour démarrer. En contournant le campement des réfugiés, je remarquai des corps sous des bâches.

Cette vision me rendit fou : je n'avais pas bien vu, c'était allé trop vite, mais j'étais sûr que des pieds dépassaient des bâches, et que les corps étaient couverts jusqu'au visage, comme on fait avec les cadavres.

Je dis à Anouk :

— Tu as vu ?

Mais elle était occupée à regarder comment, derrière les grilles du métro aérien, les flics défonçaient les tentes et lacéraient les sacs de couchage.

Alors que je m'étais arrêté, et qu'un flic hurlait à notre intention : « Dégagez ! », deux personnes débouchèrent en courant sur le trottoir, avec de gros sacs en plastique et le visage masqué par une capuche. Les flics hurlaient maintenant :

— Stop ! Arrêtez-vous !

Au moment où les deux fuyards allaient nous dépasser, j'ai ouvert la portière derrière moi. Ils sont montés sans hésiter, et alors que les flics s'étaient mis à courir dans la rue en hurlant d'arrêter, j'ai démarré à fond la caisse dans un grand éclat de rire.

Anouk a éclaté de rire, elle aussi.

J'étais hilare. En voyant les flics penauds dans le rétroviseur, j'ai dit :

— Regardez la gueule qu'ils font !

Anouk et les deux passagers s'étaient retournés pour voir les flics vaincus : ils n'allaient quand même pas nous tirer dessus ?

J'ai descendu la vitre, et hurlé à leur intention :

— ENFOIRÉS !

J'ai foncé vers Barbès, pris de petites rues qui serpentent dans le 9e arrondissement et piqué vers les Grands Boulevards, direction Opéra ; nos deux passagers, blottis l'un contre l'autre, ne disaient rien.

À un moment, il y a eu un embouteillage, nous étions coincés et j'ai eu peur qu'on ne soit rattrapés : les flics avaient notre signalement, ils avaient forcément relevé la plaque de la voiture. Il y avait des rues barrées, avec des cars de CRS partout : pendant quelques secondes, je me suis demandé si ce déploiement n'était pas pour nous, si nos passagers n'étaient pas recherchés ; et puis j'ai ri d'une telle absurdité : nous étions immobilisés devant le Grand Rex, dont ils regardaient tous les deux la façade illuminée de néons rouge et or avec des yeux ébahis ; ils ont ôté leurs capuches pour mieux voir : c'étaient presque des enfants, ils devaient avoir seize, dix-sept ans tout au plus.

Le jeune homme s'appelait David, et la jeune fille Arwa. Ils étaient libyens. Elle parlait un peu français ; lui non. On avait évacué leur camp à Calais ; ils erraient à Paris, et ne voulaient surtout pas être acheminés dans un centre pour migrants, car ils seraient à coup sûr expulsés vers l'Italie où ils avaient accosté, et tout serait à recommencer ; ils n'étaient pas très rassurés, mais nous remerciaient pour notre aide.

Nous nous sommes arrêtés devant une épicerie et Anouk a acheté pour eux des sandwichs, des biscuits, deux petites bouteilles d'eau et un sachet de cerises, dans lequel nous avons tous pioché. Nos deux invités se sont mis à cracher les noyaux par la fenêtre, alors on a fait pareil, et on a commencé à rire.

— Bon, où est-ce qu'on va ?

Anouk ne savait pas trop. Arwa et David ne répondaient pas. Et si on allait se baigner, si on allait à la mer ? Après tout, il suffisait de sortir de Paris, de rouler vers la Normandie une heure ou deux, et l'on trouverait de magnifiques plages où prendre un bain de minuit.

Comme personne ne réagissait, j'ai dit à Anouk que nous allions les héberger ; elle était d'accord. Chez elle ou chez moi ? Elle vivait dans une petite chambre, alors j'ai dit qu'on allait tous chez moi : je logeais dans un petit appartement, il n'y avait qu'un seul lit mais on allait se débrouiller ; le seul problème, c'est que je devais rendre les clefs dans trois jours.

Ça les a fait rire. Arwa m'a dit :

— Vous êtes expulsé, vous aussi ?

Elle a ajouté qu'ils ne voulaient pas nous causer de problèmes : de toute façon, on leur avait donné une adresse pour les cas de force majeure, quelqu'un de confiance, un ami de la famille qui s'occuperait d'eux ; ils voulaient bien qu'on les amène là-bas, elle m'a passé un bout de papier avec écrit dessus : 21, rue du Père-Corentin.

Je voyais très bien : c'était dans le 14e arrondissement, à côté du parc Montsouris, tout en bas, vers la porte d'Orléans ; on y serait dans une vingtaine de minutes. Comme les grandes artères étaient barrées, j'ai pris des petites rues : on roulait lentement ; Anouk a proposé des cigarettes à David et à Arwa, et nous nous sommes tous mis à fumer ; elle a allumé la radio et une chanson de Joy Division a surgi : *Love Will Tear Us Apart.*

J'ai monté le son. Tout de suite, les larmes sont arrivées. Ce lieu en nous où flambent les émotions, qu'est-ce que c'est ? Le temps, l'ivresse, la soif d'aimer sans mesure ? Cette chanson de Joy Division, je l'avais écoutée des centaines de fois dans mon adolescence, et cette nuit encore, elle me donnait le frisson. C'est la chanson la plus déchirante du monde : on dirait qu'elle est froide, mais elle brûle ; son feu est désespéré, et pourtant il console ; on dirait qu'on va mourir, et pourtant on renaît — c'est mon adolescence, et c'est tout le reste : le monde qui meurt, le monde qui renaît, l'approche de la délivrance.

Est-ce que David et Arwa se laissaient envelopper eux aussi par cette mélopée ? Il me semblait qu'ils fermaient les yeux, ils étaient épuisés.

La ville étincelait à travers une nuit où flottaient notre angoisse, notre mélancolie. Que pouvions-nous leur offrir ? Arwa a dit qu'ils étaient contents de rouler en voiture dans la plus belle ville du monde, et leur rêve serait que ça ne s'arrête jamais ; que cette fuite se transforme en voyage, et que ce voyage dure le plus longtemps possible.

Les ténèbres se convulsent à chaque instant ; dans les rues que nous empruntions, il y avait des tentes de sans-abri par dizaines, et des sacs de couchage étendus sur les bouches d'aération.

Je leur ai demandé s'il y avait une chose qu'ils avaient envie de voir dans Paris.

Arwa a dit :

— La roue, la Grande Roue.

On s'est regardés, Anouk et moi : c'était quoi, cette roue ?

— Dans un jardin, a dit Arwa, à côté d'une grande place. On nous a montré la photo au lycée, on nous a dit que c'était la plus belle place du monde.

Anouk a dit :

— C'est la place de la Concorde.

C'était sur notre route, on y allait. Arwa nous a demandé ce que nous faisions dans la vie.

Anouk a dit qu'elle enseignait la philosophie dans un lycée, et qu'elle préparait une thèse ; Arwa voulait faire ça aussi, plus tard, de la philosophie, de longues études, ne jamais s'arrêter d'étudier.

— Et toi ?

— Je cherche un chien.

Même David a éclaté de rire, et ce rire était cristallin comme celui des enfants ; j'ai pensé, d'une manière complètement saugrenue, qu'Anouk et moi, ce soir de septembre, nous transportions, dans le 4 × 4 de Tot, deux enfants divins, deux petits prophètes, un roi et une reine, un frère et une sœur venus sauver le monde.

— C'est quoi comme chien ? a demandé David.

— Un dalmatien.

Ils ne comprenaient pas.

Anouk a dit :

— Walt Disney… Vous savez, les chiens blancs avec des

taches noires : *Les 101 Dalmatiens. One Hundred and One Dalmatians.*

David était aux anges, il ne s'arrêtait plus de rire maintenant. Et j'ai expliqué, en essayant d'être drôle, que je ne savais pas du tout comment j'avais pu perdre ce chien : perdre un chien, n'était-ce pas absurde, n'était-ce pas inconcevable ? J'ai ajouté que je passais mes journées à le chercher dans Paris, parce que je savais qu'il était quelque part, je savais qu'il était vivant, et que peut-être même il me cherchait — et David et Arwa n'ont plus ri du tout.

Nous avons tourné autour de la Madeleine : ils s'extasiaient, car dans ces quartiers riches tout s'illumine ; mais en vérité plus rien ne palpite au centre de Paris, sinon des lieux morts dont les banques ont absorbé les murs.

En écoutant cette nuit la chanson de Joy Division, en me laissant griser par sa froideur, j'avais senti pour la première fois combien celle-ci était avant tout prophétique : le monde entier s'était refroidi, le monde entier était devenu *cold*, il n'y avait plus de « monde entier », il n'y avait plus de monde, il y avait maintenant du froid, partout, le gel qui recouvre la tragédie, qui annule les déchirements, le rire glacé des rapaces qui dirigent la planète.

Et voici que la Grande Roue a surgi dans la nuit : elle tournait sur elle-même avec des scintillements argentés qui ressemblaient à des étoiles ; David et Arwa souriaient, leurs yeux brillaient, Anouk aussi souriait, et nous avons commencé à tourner une fois, deux fois, trois fois autour de l'Obélisque, dont les feuilles d'or étincelaient ; nous tournions dans le sens inverse des aiguilles d'une montre, nous tournions à contre-courant, nous n'arrêtions plus de tourner : la nuit désormais serait ronde et argentée, la nuit continuerait à tourner avec nous, elle saluerait le ciel et les étoiles, pour toujours.

32

Le retable d'Issenheim

Le 27 au soir, Léna m'appela en larmes. Sa sœur venait de mourir ; elle n'avait pas la force d'aller toute seule aux funérailles ; elle me demanda de l'accompagner : je la rejoignis le lendemain, sur un quai de la gare de l'Est, pour le train de 11 h 05 à destination de Strasbourg.

Nous étions donc le 28 septembre ; je n'avais toujours pas retrouvé Sabbat ; il me restait deux jours avant d'être viré de l'appartement : ça ne pouvait pas tomber plus mal. Mais croyais-je réellement pouvoir encore retrouver Sabbat ? Je préférais ne pas y penser.

Quant à mon déménagement, il prendrait à peine une heure : au fil des années, j'avais quasiment vendu tout ce qui m'appartenait. De ces milliers de livres qui avaient fini par envahir les murs de l'appartement jusqu'au plafond, qui s'entassaient dans les toilettes, dans la salle de bains et même dans la cuisine, il me restait à peine de quoi remplir deux ou trois cartons.

Il fallait juste prévoir deux autres cartons, l'un pour les DVD, l'autre pour le linge ; et puis il y avait les papyrus, l'hirondelle, le manuscrit — c'était tout. Je m'étais arrangé avec Mme Figo pour qu'elle récupérât le frigo et les quelques meubles : le divan-lit, les étagères, la table de la cuisine.

J'étais donc libre d'aller avec Léna. J'étais d'ailleurs étonné de la promptitude avec laquelle elle m'avait invité : après tout, je ne savais rien d'elle ; nous nous étions vus deux fois — qu'attendait-elle de la vie, qu'attendait-elle de moi, qu'allais-je faire à un enterrement ?

Léna fumait une cigarette tout au bout du quai en passant des coups de fil. Elle était pâle, très agitée, sa robe bleu nuit déchirait la grisaille ; elle portait un manteau léger vert bouteille et des talons rouges, qui donnaient à son deuil une forme d'arrogance. Je la pris dans mes bras, elle m'expliqua que sa sœur était morte d'une attaque, seule, la nuit, face au retable d'Issenheim, dont elle était la conservatrice : elle était atteinte de la sclérose en plaques, me dit-elle, et ne se déplaçait plus qu'en chaise roulante ; elle savait depuis le début de sa maladie qu'un jour son corps serait entièrement paralysé : aucun traitement ne suffirait à vaincre la maladie, elle le savait, tous le savaient ; et d'ailleurs, que ses membres fussent raides lui semblait une grâce venue de Dieu, car ainsi répétait-elle à la fois la raideur du Christ sur la croix et la croix elle-même.

Alors que nous montions dans le train et prenions place dans le wagon-bar, Léna ne s'arrêtait plus de parler : je savais que cette bouffée torrentielle ne prendrait fin qu'à l'instant où nous arriverions à destination ; elle commanda une mini-bouteille de whisky, qu'elle vida d'un trait, en commanda une autre ; je fis de même.

Anna (sa sœur) vivait à Colmar dans la maison familiale ; ainsi ne s'éloignait-elle jamais de l'objet de son adoration, car le musée d'Unterlinden, où l'on peut voir le retable d'Issenheim, était à quelques rues de la maison. Elle y avait toujours vécu, accompagnée par leur mère qui prenait soin d'elle depuis qu'elle était malade, et qui depuis toujours les avait poussées toutes les deux afin qu'elles devinssent comme elle conservatrices (elle-même avait travaillé au musée d'Unterlinden puis dirigé le musée des Beaux-Arts de Strasbourg).

Après leurs études communes à l'école du Louvre, tandis qu'elle, Léna, après plusieurs missions auprès des musées parisiens, dont Orsay et le Louvre, s'était vu attribuer la direction du petit musée de la Chasse et de la Nature, sa sœur Anna était revenue à Colmar, et n'avait absolument rien fait d'autre pendant trois ans qu'étudier le retable d'Issenheim, qu'elle avait passé huit heures par jour à contempler, et sur lequel elle avait écrit le livre le plus complet qui pût exister, un livre absolument insensé, me dit Léna, non seulement scientifiquement irréprochable, et qui parvenait à penser le moindre centimètre carré de l'œuvre de Grünewald sans jamais y projeter aucune platitude, mais surtout un livre traversé et même habité par une lumière radicale, comme jamais aucun livre d'art n'avait réussi à en produire, une lumière qui relevait à la fois de l'exploit philosophique et de l'acte mystique, une lumière qui finalement était l'autre nom de l'amour et de la foi absolue qu'on peut avoir pour l'art, amour et foi qui venaient prendre la place exacte de la croyance qu'on peut avoir en Dieu, et peut-être coïncider avec elle.

Ce livre, cette somme, cette folie fut accueillie avec sidération dans le monde de l'art, me dit-elle, et lorsque le poste de conservateur du musée d'Unterlinden se fut libéré, il devint évident aux yeux de tous, et indiscutable, que la seule qui pût l'occuper était Anna. À peine nommée, elle tomba malade, ses membres se raidirent, « comme ceux du Christ sur la croix », disait-elle, et en très peu de temps elle ne parvint plus à marcher, et dut se déplacer en chaise roulante.

Tous les habitants de Colmar avaient forcément croisé un jour Anna dans sa chaise en train de pester contre les pavés du centre historique, car matin et soir elle faisait le même trajet ; et elle tenait à le faire seule : d'abord la place de l'Ancienne-Douane, avec le pont à traverser, puis la rue entière des Marchands qu'il fallait remonter, car elle est en pente et pleine d'embûches, et enfin la rue des Têtes qui borde le canal et donne sur l'entrée du musée ; et s'il y en a, parmi les habitants de Colmar, qui lui ont proposé leur aide — et il devait nécessairement y en avoir — à coup sûr ils se souviennent d'avoir été houspillés par une folle furieuse qui préférait souffrir, car selon elle, si le calvaire du Christ avait un sens, il nous revenait d'y conformer notre vie.

Après un changement à Strasbourg, nous arrivâmes à Colmar en milieu d'après-midi. La ville était écrasée de chaleur. Le bleu du ciel, les rues saturées de géraniums, la bonne humeur des passants : tout m'exaspéra. J'avais écouté Léna parler d'une sainte, et voici que nous débarquions dans une kermesse. Des haut-parleurs diffusaient une musique d'accordéon tonitruante ; et toute la ville était pavoisée en l'honneur d'une foire au vin qui déchaînait la foule, dont je compris qu'elle avait lieu à l'Ancienne-Douane, à l'endroit exact où se trouvait la maison de famille de Léna.

Elle marchait vite, sans faire attention au bruit ni à la foule ; quant à moi, je traînais loin derrière elle, avec l'envie de vomir : le whisky ne me réussit pas. J'aurais voulu m'arrêter pour boire un café ou de l'eau, mais Léna filait, impassible, à travers un dédale de petites rues encombrées de touristes, où d'innombrables maisons à pignon fleuries semblaient composer le décor d'un film publicitaire en faveur de la Région Alsace.

Sur la place de l'Ancienne-Douane, des tablées de buveurs, coiffées de parasols jaunâtre et rouge, s'étaient regroupées autour d'une fontaine surmontée par une statue en bronze où un type à l'allure martiale brandissait un cépage. Je reconnus tout de suite le style de Bartholdi, celui qui avait sculpté la statue de la Liberté, à New York : décidément, même au cœur d'une fiesta de vignerons alsaciens, Cimino était là ; et le souvenir de son esclandre me rendait un peu de joie.

Léna s'est dirigée vers une longue maison à colombages nichée dans l'ombre, qu'une rangée de sapins protégeait des regards. Un immense crêpe noir était dressé au-dessus de la porte d'entrée.

Je fis connaissance avec sa mère, une grande femme énergique, très belle, qui me convia aussitôt à dîner avec les proches ; mais je refusai par pudeur, et parce que j'étais mal à l'aise : sans doute valait-il mieux laisser les membres de la famille entre eux, et respecter leur deuil.

Je ne savais que faire de moi-même : j'étais empêtré dans le vestibule de cette maison sombre et basse où des ombres passaient en silence. J'avais perdu de vue Léna ; elle m'avait présenté deux, trois personnes, puis avait disparu dans un couloir qui menait, j'imagine, à la chambre mortuaire de sa sœur.

Je l'ai attendue en grignotant des biscuits secs debout dans l'entrée ; puis je me suis aventuré jusqu'à la cuisine où l'on me proposa un café. La mère de Léna y recevait les condoléances et des groupes s'étaient formés où l'on parlait à voix basse de la sœur de Léna ; certains s'interrogeaient sur l'avenir du musée sans elle, d'autres se demandaient si la cérémonie aurait lieu, comme on le chuchotait, dans la salle du retable d'Issenheim.

Durant notre voyage, Léna m'avait confié qu'elle avait écrit un texte, et qu'elle le lirait selon les volontés de sa sœur, c'est-à-dire, en effet, face au retable d'Issenheim, avec le cercueil ouvert. Ce texte n'était pas un texte comme les autres, ce n'était pas qu'un adieu : si elle prononçait ce texte, me dit-elle, « plus rien ne serait comme avant ».

Je restai assis une demi-heure sur un tabouret, près du grand poêle de cuisine en faïence dont les carreaux vert et blanc représentaient le passage des saisons. Je fermai les yeux. La lumière entrait par un vasistas, une torpeur immense me tomba dessus. Toute la tension de ces derniers jours se relâcha : je voyais la silhouette noir et blanc de Sabbat courir dans la campagne alsacienne ; je voyais Tot enfermé dans une chambre aux fenêtres grillagées à Montréal ; je voyais Anouk s'endormir de tristesse dans un RER pour Deuil-la-Barre ; je voyais Pointel étouffer sous le poids d'un cerf ; je voyais Michael Cimino, boots, Stetson et lunettes noires, traverser une verte prairie du Wyoming à cheval sur Visconti, et nous faire un bras d'honneur à tous en souriant comme l'Ange de Reims ; je voyais Isabelle Huppert en short rouge manger de la viande crue et me parler du feu en éclatant de rire ; j'entendais ses paroles : « Le feu existe » ; et tous maintenant éclataient de rire, Tot, Pointel, Anouk, Cimino, et les infernaux des Petits Oignons, et aussi David et Arwa, et même Léna, dont il me semblait entendre les pleurs, là-bas, dans une chambre où le silence enveloppait chaque émotion ; et je voyais enfin, crépitant à travers les flammes d'un brasier, l'image de la place de la République remplie de cadavres de sans-papiers qui s'amoncelaient, des couches de cadavres superposés qu'on empilait sur un bûcher, la nuit, et voici que la statue de la République elle-même se levait, et mettait le feu aux cadavres.

Je décidai de sortir. Aussitôt franchie la porte, le soleil m'éblouit. Le bruit sur la place était abject ; les haut-parleurs diffusaient maintenant des chansons de variété allemande ; il y avait des couples qui dansaient autour de la fontaine où le bronze de Bartholdi étincelait dans la lumière d'automne.

Je ne savais pas s'il était judicieux d'envoyer un SMS à Léna : j'aurais aimé lui dire une chose réconfortante, lui dire qu'elle pouvait compter sur moi, lui dire que j'étais juste à côté, sur la place, et qu'elle pouvait m'appeler si elle avait besoin de quoi que ce soit ; mais lui donner ma position n'avait sûrement aucun intérêt : elle avait autre chose à penser ; et surtout j'imaginais le bip signalant l'arrivée d'un SMS dans la chambre où elle se recueillait au chevet de sa sœur, et je préférai m'abstenir.

Bref, je pris part à la beuverie. À la table où je goûtais les nouveaux crus des viticulteurs de Saint-Hippolyte et de Bergheim, un vieux bonhomme, lui-même vigneron, m'apprit que le sculpteur Bartholdi était de Colmar ; et que le cépage brandi par la statue (celle d'un général dont j'ai oublié le nom) était une grappe de tokay.

La confusion s'aggrava au fil de la soirée, frisant le tapage. Je m'inquiétais pour la famille de Léna, en parlai à une femme qui habitait elle aussi sur la place ; elle m'assura qu'à l'intérieur des maisons, on n'entendait rien. Je m'empiffrai de charcuterie et de fromages locaux, bus des litres de cuvées « Vendanges tardives », et offris des verres à une demoiselle pulpeuse qui écrivait des poèmes, étudiait la littérature et me tint compagnie une partie de la soirée (en s'éloignant pour aller pisser sur ses talons trop hauts, elle s'étala sur les pavés et s'écorcha violemment les genoux, si bien qu'on dut appeler le Samu).

Enfin, vers 23 heures, je reçus un SMS de Léna qui me demandait où j'étais ; elle me rejoignit à la terrasse du café Jupiter, où je m'étais isolé et buvais une bière ; et tout de suite, en arrivant, elle me tomba dans les bras — elle avait besoin, me dit-elle, d'amour et d'alcool.

J'éclatai de rire : j'étais ivre ; mais Léna s'en foutait : elle me savait gré d'être là, elle appréciait d'avoir un ami à qui se confier un soir comme celui-ci ; un ami qui l'avait suivie pour l'écouter — quelqu'un, me dit-elle mystérieusement, qui *comprend les morts.*

Elle avait bataillé pendant des heures avec sa famille pour que la cérémonie de demain fût conforme à ce que sa sœur avait souhaité ; sa mère était plutôt de son côté, elle trouvait acceptable d'exposer le corps d'Anna face au retable, mais il lui semblait indécent qu'on pût voir son visage : les morts, selon elle, avaient droit à la pudeur ; exhiber le visage d'Anna dans un lieu qui serait ouvert à tous lui déplaisait, comme si l'on montrait son cadavre nu.

Léna avait insisté : sa sœur avait imaginé des funérailles précises, qui n'étaient que le reflet des rites qui tramaient sa vie ; si on l'aimait, il fallait lui être fidèle jusque dans la mort.

Je dormis dans le salon. Je m'étais bourré d'Efferalgan, si bien que ce matin-là, malgré les quantités de vinasse que j'avais ingurgitées la veille, j'avais la tête à peu près claire.

Les pompes funèbres arrivèrent vers 9 heures ; il y eut des cris, suivis d'une violente altercation entre la mère de Léna et un employé municipal qui criait au scandale. Je m'habillai en toute hâte, courus dans la cuisine avaler un café, et vis par la fenêtre, derrière la voiture-corbillard, garée le long des sapins, une trentaine de personnes qui attendaient.

Il était 9 h 30. Le soleil tapait déjà, je rejoignis la foule, allumai une cigarette et fumai en m'adossant à un sapin. À 9 h 35, quatre employés sortirent le cercueil de la maison ; il passait à peine par la porte : il fallut le pencher ; et lorsque l'un des employés en ôta le couvercle pour faciliter l'opération, nous découvrîmes qu'il était vide.

Le corbillard démarra, transportant le cercueil vide, et quelques minutes plus tard, Léna apparut, le visage plus pâle encore qu'à son habitude, portant dans ses bras, enroulée dans un linge blanc qui semblait prendre feu, le corps de sa sœur.

Il y eut autour de moi une exclamation sourde ; certaines personnes étaient bouche bée, comme si Lazare sortait du tombeau, ou comme si la Vierge, dépêchée spécialement ce matin à Colmar, nous offrait le spectacle d'une *Pietà*.

Cette vision était en effet sidérante ; mais plus encore que l'apparition de la morte, sortie de son cercueil pour rejoindre à travers les rues de la ville le retable d'Issenheim, c'était le visage de Léna qui me stupéfia, car il était d'une blancheur qui précisément venait d'ailleurs, comme si elle était allée chercher sa sœur chez les morts pour la ramener ici, chez les vivants, en la prenant dans ses bras.

Léna sortit de la maison et fendit la foule, entourée de sa mère et d'une autre femme que j'avais aperçue la veille, et qui leur ressemblait. Léna avançait avec lenteur, droite, et la lumière du matin embrasait le linceul d'Anna qui dans ses bras scintillait au soleil comme un drap d'or.

Je suivais le cortège, le regard fixé sur la chevelure brune de Léna. La ville s'ouvrait : sur la place, et dans chacune des rues où elles passèrent, les passants s'immobilisaient, certains se signaient, il y en avait qui pleuraient, et d'autres qui s'agenouillaient.

Je n'avais pas bien vu le visage de sa sœur : il était caché par le linge, mais son corps semblait minuscule dans les bras de Léna.

À l'angle de la rue des Têtes, le cortège piétina ; des gens s'empressaient autour de Léna, qui peut-être n'arrivait plus à porter Anna ; puis nous arrivâmes au musée, où le cercueil attendait, ouvert face au retable. Léna y déposa le corps de sa sœur, attendit que nous soyons tous assis et s'approcha d'un lutrin disposé au pied du cercueil.

La partie du retable qui avait été choisie était la scène de la Crucifixion. Je n'en connais pas de plus terrible, et sans doute jamais sa mort n'a-t-elle été représentée d'une manière aussi insoutenable : le Christ y pend comme une pièce de boucherie, la chair meurtrie, les os cassés, le corps abandonné à l'horreur.

Le cercueil était légèrement redressé, de manière que le visage d'Anna pût regarder celui du Christ ; entre leurs deux visages, il y avait donc celui de Léna, qui à présent nous fixait. Elle sortit une liasse de feuilles qu'elle déplia avec lenteur. Elle portait une robe noire, et un collier de pierres rouges ; son visage, je l'ai dit, avait une blancheur d'abîme. Le Christ se dressait dans son dos, c'était une vision extraordinaire.

En regardant le visage de sa sœur, dressée devant elle dans le cercueil, elle s'est mise à lire un texte qu'elle m'a confié dans le train du retour, et que je recopie, avec son titre barré :

~~CRACHAT~~

« Je ne sais à qui je m'adresse en parlant aujourd'hui devant vous. Est-ce que c'est à ma sœur ? Est-ce que c'est au retable lui-même, au Christ en croix, au Seigneur qui, vous le savez, occupait toutes les places dans la vie de ma sœur ? Est-ce à vous, ses amis, ses proches, sa famille ? Ou est-ce à moi que je parle — à ma douleur, à ma rage d'avoir perdu celle qui n'était pas seulement ma sœur, mais celle qui me faisait croire en la vie.

« Si je m'adresse au "Seigneur", comme on l'a toujours appelé dans ma famille, je vais être méchante : car je ne crois pas en toi, Seigneur, mais je te parle aujourd'hui car j'attends un miracle. Je veux que tu ressuscites ma sœur. Tout de suite. Je veux que tu la réveilles de la mort et qu'elle se lève de ce cercueil. Je veux que tu lui fasses ce que tu as fait à Lazare. J'attends ça de toi : un prodige. Ressuscite-la et je croirai.

« Ma sœur m'a toujours dit qu'avoir la foi, c'était croire au miracle. Alors, je t'attends, c'est le moment, Seigneur. Je vais parler pour rendre hommage à ma sœur tant aimée ; je vais parler afin que vous, ses amis, ses proches et sa famille, soyez témoin que nous avons tout tenté.

« Je ne suis pas capable de consolation : je vais parler, Seigneur, pour te donner le temps de faire revivre Anna. Tu as dix minutes : si ma sœur n'est pas ressuscitée à la fin de mes paroles, je cracherai sur Ta Face.

« Ma sœur était une sainte, c'est-à-dire une femme qui croit aux choses muettes. Pour elle, rien n'existait que le signe caché dans les ténèbres. Ainsi s'est-elle passionnée très tôt pour le retable d'Issenheim qu'elle a vu pour la première fois à douze ans, avec notre père, et son ami le peintre Francis Bacon, qui est sans doute la seule personne au monde à avoir admiré le retable autant qu'elle.

« Le chemin qui mène au cœur de la Passion, chacun le déduit de sa vie ; on ne nous transmet pas ce chemin. La plupart d'entre nous se perdent, et le voyage est infernal ; mais depuis l'errance s'ouvre pour qui sait voir une lueur, peut-être une issue, parfois la récompense : ce sont nos vies. Celle d'Anna, la mienne, peut-être la vôtre.

« Mais celle d'Anna avait quelque chose en plus, que toi seul connais, Seigneur en qui je ne crois pas ; et cette chose en plus est devant vous : c'est la crucifixion. Elle était clouée, elle aussi ; sur la croix, elle aussi ; les jambes mortes, elle aussi.

« Je vous demande pardon pour la crudité de mes paroles, et pour mon impudeur : je ne veux pas faire de scandale, mais vous savez qu'on ne dit jamais les choses — on évite de les dire par pudeur et par paresse ; et notre esprit est enfoui dans un mutisme dont nous n'avons pas idée : nous croyons parler parce que nous ouvrons la bouche, mais la parole est toujours *autre chose*, et aujourd'hui il faudrait être capable de parler ; il faudrait dire ces choses qu'on ne peut pas dire.

« Si nous disions vraiment les choses, nous ne mourrions pas : c'est ce que croyait Anna. Si nous savions parler, si nous écoutions la parole, la mort n'existerait plus. C'est pourquoi je vous parle aujourd'hui : pas plus que vous je n'ai la vérité, mais je voudrais qu'Anna revive. Et si l'on parle — si par la parole on fait vivre ce qui vit depuis que les êtres parlent —, elle se relèvera, j'en suis sûre.

« À l'origine, il y a les ténèbres, on cherche à ne pas tomber. L'œil s'ouvre, on n'y voit rien. Et puis ce sont des formes. J'aperçois chez ma sœur une qualité que vous avez sans doute admirée comme moi : elle *endurait*. Elle n'aimait pas souffrir, croyez-moi, nous avons certaines nuits accompagné ses hurlements, mais lorsque enfin sa vie s'est égalée au retable, lorsqu'il n'y a plus eu aucune différence entre ce grand morceau de bois et celui qui durcissait à la place de ses membres, elle commença d'être heureuse.

« J'ose le dire : quelques-uns le savent, ma mère le sait, je le redis : Anna était une sainte. Pour elle qui consacra sa vie à l'étude de cette croix, de ce tourment, de cette résurrection, rien peut-être n'existait qui ne fût représenté dans les quelques mètres carrés de son retable. À l'intérieur de cette armoire s'intègre l'histoire du salut, se récapitulent les souffrances et se transmet l'énigme.

« C'est elle qui est clouée, c'est nous, même si nous ne le savons pas. Approchez-vous, et regardez : ma sœur, sur ce panneau de bois en quoi sa vie se résume, n'a cessé de se figurer tour à tour dans l'image de Madeleine à genoux au pied de la croix, dans celle de la Vierge évanouie dans les bras de saint Jean, et enfin dans le supplice du Christ.

« Évanouie, à genoux, bras écartés, clouée : c'est la vie de ma sœur. Depuis le fauteuil roulant qui lui servait de trône, car ma sœur, et chacun de ceux qui l'ont une fois approchée le savent, ma sœur était une reine, et elle se comparait pour rire à Anne de Gonzague ; depuis son fauteuil où harnachée, les membres comme du bois, elle était devenue l'otage de la pesanteur, ma sœur, que certains d'entre vous ont aimée, que d'autres ont crainte, que la plupart ont admirée, ma sœur approfondissait la grâce.

« À l'intérieur de l'écartement des bras du Christ, le monde existe : c'est elle qui me l'a dit. Je répète mot pour mot ce que m'a dit Anna : le monde n'existe jamais mieux qu'entre des bras qui lui offrent un abri ; c'est de l'écartement des bras du Christ cloué sur la croix que se déduit l'existence du monde ; et si Léonard de Vinci mesure le cercle du monde à la circonférence des jambes et des bras d'un homme, le retable d'Issenheim nous procure quant à lui ce qui ne se mesure pas et qu'on appelle la miséricorde.

« J'ai souvent entendu ce mot de miséricorde dans la bouche de ma sœur ; alors je vous le dis pour que vous compreniez exactement où elle habitait : sur l'Arbre de Vie, suspendue à mi-chemin entre Sagesse et Victoire.

« Encore un mot que comprendront les chrétiens parmi vous, une phrase qu'elle me récitait avec joie quand je regardais en sa compagnie le retable : "Adam ayant étendu la main avec intempérance vers le fruit défendu, il seyait que le second Adam étendît sur la croix ses mains immaculées."

« La douleur a poussé très loin dans le corps de ma sœur : toutes les souffrances, elle les a vécues. La nudité du Christ est la sienne : ses bras meurtris, ses pauvres cuisses, sa poitrine vide, son ventre rongé d'épines, la désolation qui frappe les os, la cage thoracique qui se rétracte. Je ne veux pas être inconvenante, il faut dire, voilà tout. Je n'ai jamais connu Anna légère ; toujours l'horreur la tourmentait — et je crois qu'elle aurait considéré inutile, frivole, peut-être même injuste, d'en être délivrée.

« Elle m'a demandé de vous poser une question : avez-vous le cœur intact ? Reste-t-il en vous un peu d'indemne — une part, un grain ? Anna tout entière était intacte. Vierge. Vous ne le saviez pas ? Vous trouvez peut-être qu'on ne devrait pas dire ces choses-là. Je crois que c'est la débauche qui ne devrait pas se dire, la virginité seule devrait se proclamer ; ma sœur aimait les femmes.

« Que veut dire être vierge ? Un jour, au téléphone, car vous savez qu'Anna passait sa vie au téléphone, elle passait ses soirées en *téléphonages*, comme elle disait en citant Proust, elle passait ses nuits à nous appeler, afin que nous lui tenions compagnie, et parce que la nuit la terrorisait — et déjà enfant, elle me parlait la nuit, elle ne voulait pas que je dorme, et j'avoue que je dormais quand même, malgré son monologue, comme je me suis endormie plus d'une fois au téléphone tandis qu'elle continuait à parler pendant des heures ; bref, un jour, au téléphone, il y a quelques semaines, elle a abordé la question de sa mort et alors que je protestais, ne voulant pas envisager sa disparition, elle m'a obligée à être son témoin ; elle m'a fait jurer d'accomplir absolument tout ce qu'elle avait décidé, dont cette lecture devant le retable fait partie.

« Elle a tout prévu, comme vous l'imaginez : elle voulait que son corps fût posé là, avec la tête au sud pour bien voir le corps du Christ — *deux morts face à face*, ce sont ses mots. Le couvercle ouvert, c'est son idée. La procession dans mes bras, son idée aussi. Et ces phrases, que je ne fais que vous répéter, parce qu'elle me les a dictées.

« Un soir, donc, au téléphone, après m'avoir détaillé comment la cérémonie de sa mort allait se dérouler, elle fit référence à ses amours et me demanda d'en parler. "Parler de quoi ? demandai-je. — Parler de ma virginité, répondit-elle. Je n'ai jamais été pénétrée par le sexe d'un homme, c'est la définition de la virginité, non ?" Elle riait en disant cela. Elle m'a dit : "Tu leur diras cela quand tu liras ton texte — tu leur diras que j'étais vierge : que je n'ai pas péché. Le péché existe, mais il n'était pas pour moi, dis-leur. Ajoute que je suis une folle immaculée, dis-leur ça : JE SUIS UNE FOLLE IMMACULÉE ; dis-leur que j'aime être frottée ; que je suis une femme. Dis-leur, nom de Dieu." Alors je vous le dis.

« En vous parlant, je me contente de faire revenir sa voix. Ne reconnaissez-vous pas sa clarté, son insolence ? Ce sont nos morts qui nous transmettent à la vie ; c'est parce que ceux que nous aimons meurent et que nous reconnaissons à travers leur perte une vérité que seul le deuil nous accorde qu'il nous est donné d'être en vie. En mourant, ceux que nous aimons nous réveillent : quand nous pensons à eux, non seulement nous vivons mieux, mais nous avons un cœur ; et si nous ne l'avions jamais su, nous savons enfin pourquoi nous avons un cœur : pour entendre la voix des morts que nous aimons. Pour ouvrir le passage afin que les morts ne meurent pas et que les vivants soient en vie.

« La dernière fois que j'ai vu l'œil de ma sœur s'allumer et sa main se lever, c'était ici ; elle voulait voir son retable adoré, je l'avais accompagnée, elle était dans sa chaise, elle ne bougeait plus, c'était l'été, il y a un mois. Nous avons stationné face à la crucifixion, à l'endroit exact où Anna se trouve aujourd'hui ; en silence, nous avons contemplé.

« À un moment, alors même que la paralysie l'avait entièrement gagnée, et qu'elle vivait dans la prison de son corps qui bientôt se refermerait intégralement sur elle en l'étouffant, elle a levé un doigt, puis un deuxième : l'index et le majeur, puis la main, inexplicablement, s'est soulevée ; le bras a suivi, et voici qu'il s'est levé en direction du Christ.

« En combattant la pierre qui gagnait ses muscles, Anna refaisait ainsi le geste de Jean-Baptiste qu'on voit à droite de la crucifixion, et qui est le dernier geste possible : le geste de désigner ce qui vit — notre geste. Le bout du doigt de ma sœur qui se lève en tremblant est ce qui me reste d'elle.

« Je dois pour finir vous raconter pourquoi nous sommes ici. Certains d'entre vous connaissent l'histoire : une nuit, alors qu'elle avait seize ans, et qu'elle était encore en parfaite santé, Anna s'est réveillée. Elle s'est levée d'un bond, il devait être 3 ou 4 heures du matin. C'était dans la maison où elle est morte, où vous êtes venus lui dire adieu. Anna a sauté de son lit, à l'époque elle dansait, elle gambadait, comme une biche. Elle a passé un manteau sur ses épaules et a poussé la porte de la maison pour traverser la ville pieds nus jusqu'au musée dont elle avait les clefs puisque notre mère, déjà, y travaillait.

« Arrivée face au retable, elle alluma sa lampe de poche, la braqua sur le corps du Christ et s'écroula.

« Elle ne put se relever ; elle ne se releva jamais. On diagnostiqua une sclérose en plaques, mais elle, Anna, n'en avait que faire : sa maladie, dont elle s'enorgueillissait, sa maladie, dont elle s'enthousiasmait, c'était la foi.

« En tombant aux pieds du Christ, en perdant toute force devant lui, elle s'était convertie. J'ai toujours pensé que devant une représentation du Christ aussi terrifiante que celle du retable d'Issenheim, on ne pouvait que perdre la foi. Mais ma sœur était ainsi faite : non seulement elle a trouvé la foi devant ce grand morceau de bois, mais elle se l'est incorporé, elle est devenue ce bois jusqu'à en mourir.

« Et de la même façon qu'un jour ma sœur s'est écroulée devant le Christ, frappée par la vocation, nous savons, face à lui, que les liens qui l'astreignent à la croix tombèrent. Nous savons qu'à chaque instant, pour peu que nous y consacrions notre esprit, il est possible d'espérer le détachement de ces liens : il est possible de voir le Christ disperser le poids du temps et entrer dans la vie nouvelle.

« Ce mouvement secret qui soulève le Christ sur la croix et le soustrait à la mort, c'est à lui que je m'adresse à présent. J'attends la résurrection d'Anna. Je prie la résurrection de venir sur ma sœur et de lui redonner la vie. »

Après que Léna eut prononcé les derniers mots de son oraison, elle s'est retournée vers le retable et l'a fixé en silence. Ce silence a duré plusieurs minutes. Je fixais moi aussi le retable, et il me semble que nous faisions de même : nous faisions tous exactement comme Léna.

Je me souviens avoir pensé que chaque phrase de son discours s'était gravée en moi comme ces épines qu'on voyait plantées dans le corps du Christ ; ou peut-être comme si au contraire on enlevait chacune d'elles.

Elle s'est avancée vers le cercueil, s'est penchée vers le visage de sa sœur et a embrassé ses lèvres ; nous avons retenu notre souffle, chacun de nous était suspendu aux lèvres de Léna, devinant, goûtant celles de sa sœur — espérant, pressentant le retour de la vie à travers l'humidité de ces deux bouches qui, en se mêlant, accomplissaient un verset du *Cantique des Cantiques* : « Qu'il me baise d'un baiser de sa bouche. »

J'ai répété plusieurs fois le verset et me suis dit, follement : ce baiser est une porte. Si l'on entre par lui, on sera sauvé ; on entrera et on sortira — vie et mort se retourneront. J'ai pensé mille choses en une seconde. J'ai vu la rivière étincelante où s'abreuvent les esprits. J'ai vu les noms qui sont écrits sur mon mur passer devant moi, comme s'ils étaient appelés. J'ai entendu chacun d'eux et j'ai parcouru à toute vitesse le feuillage qu'ils composent autour de ma tête.

C'était un feu : entre mort et parole, un éclair s'illumine. Quelque chose doit parler. La promesse en a été faite. Mais où se trouve cette parole ? Où parle-t-elle ? À chaque instant le feu s'adresse à nous, et Léna venait de lui répondre avec son feu à elle. Lorsqu'elle s'est relevée, je lui ai souri.

33

Le monde ou rien

Et voici que j'écris ce livre. Il est 5 heures du matin. La bougie, à ma table, se consume avec lenteur. La nuit est serrée dans un calme où frissonnent des oiseaux. Je ferme les yeux, et toute l'histoire que ce livre raconte se met à scintiller dans une féerie de détails. Je regarde par la fenêtre : le lac et les bois frémissent. Tout est encore noir ; mais les premières lueurs vont arriver, et lorsqu'il fera vraiment jour, je me baignerai.

Depuis que je suis arrivé ici, sur les bords du lac de Némi, c'est ainsi que ça se passe : je m'installe en début de soirée au bureau de la petite maison que j'ai louée, et j'écris toute la nuit ; j'ai ordonné autour de moi mes papyrus, l'hirondelle, et une chemise recouverte de cuir où je glisse mon manuscrit. Un peu avant 6 heures, je sors dans le jardin qui mène, par un sentier caillouteux, au rivage du lac ; il m'arrive de m'asseoir dans l'un des fauteuils en mousse qui sont placés auprès des lauriers-roses. Je dispose une couverture sur mes épaules et allume une cigarette en regardant les couleurs du ciel : il y a du rouge, un peu de bleu, et du gris qui coule entre eux comme de la lave. On dirait un incendie, avec des cendres qui rougeoient, et qui bientôt deviennent mauves, presque roses. Une petite bande jaune, amincie comme un filigrane, file au-dessus du village d'Aricie, là-haut, où la silhouette des pins parasols se découpe sur la crête des monts. Puis le ciel, d'un coup, trouve son bleu.

Dans ces moments-là, j'éprouve une joie sans limite. Il paraît qu'il existe dans chaque journée un instant auquel le diable n'a pas accès : si l'on parvenait à se glisser tout entier à l'intérieur de cet instant, la vie ne serait plus qu'une extase.

Depuis mon arrivée à Némi, il me semble que j'évolue à l'intérieur de cet instant. Le ciel vient se refléter dans le lac, comme dans un miroir ; et je me baigne là. Est-il possible que la vie soit à ce point limpide, aussi fluide qu'un vin léger qui vous désaltère et vous grise ? Est-il possible que le temps jaillisse en s'ouvrant, et que vous parcouriez votre vie comme on nage dans une eau violette ? Ce tendre silence qui absorbe jusqu'à la respiration des dieux s'élargit parmi les orangers et les citronniers, dans une lumière de soie bleue. La profusion est sereine. Je n'en reviens pas.

Quelques jours après mon arrivée, je suis allé voir les restes du temple de Diane. J'ai suivi un chemin bordé de cyprès, le soleil était dur. Après les grandes niches creusées dans la montagne, où commence un dédale de grottes et de tunnels, on débouche sur l'enceinte sacrée. Le site est à l'abandon : il y a quelques colonnes protégées par des bâches déchirées et un autel votif, où l'on porte encore des offrandes à Diane. Ce jour-là, un bol de figues se décomposait au soleil, entouré de bougies rouges.

Je me suis dirigé vers l'une des niches percées dans la roche, celle qui était encadrée par un pavement à croisillons ; à l'intérieur, la terre était humide, j'ai creusé un trou avec la pelle qui était dans le 4 × 4, puis j'y ai enfoui ma boîte à biscuits rouge, celle qui contient le manuscrit de *The Great Melville*. Voilà, je l'offrais à Diane. J'allais écrire un autre livre, et ce livre avait besoin de toutes mes pensées : il avait besoin d'être le seul. Et puis c'était un acte de dévotion à Némi : j'avais l'intention d'y habiter, ainsi me devais-je d'honorer le lieu en lui offrant un sacrifice.

Le 30 septembre, alors que j'avais nettoyé l'appartement et que Mme Figo, après un bref état des lieux, m'avait remercié pour le frigo et les meubles, je suis allé rendre les clefs à la loge. Au moment de démarrer le 4 × 4 dont le coffre était chargé de cartons, j'ai trouvé, en me baissant pour ouvrir la boîte à gants, un livre : *Le Rameau d'or* de James Frazer.

Je me suis souvenu qu'Anouk travaillait là-dessus pour sa thèse : elle avait dû l'oublier la nuit où nous avions convoyé les deux jeunes Libyens. J'ai ouvert le livre et, au lieu de démarrer, j'ai commencé à le lire. Il était à peu près 14 heures, j'étais stationné rue de la Py, juste devant chez moi. L'après-midi s'annonçait clair, favorable. J'ai descendu la vitre et me suis accoudé pour lire plus confortablement, avec le livre posé à plat sur le volant. L'air était plein de douceur ; et comme nous étions un dimanche, il n'y avait pas de bruit dans la rue.

Est-ce que ma vie se dégageait ? Est-ce qu'une fois de plus je me racontais l'histoire de la vie nouvelle, du nouveau départ, de la renaissance ? Je ne crois pas : cette fois-ci, je ne quittais rien ni personne ; j'avais juste envie de lumière — j'étais prêt à vivre. L'expression peut vous paraître ridicule : « prêt à vivre », qu'est-ce que ça veut dire ? On n'est jamais prêt, et en même temps, on ne cesse de vivre ; mais cet après-midi-là, pour la première fois depuis des semaines, des mois, des années, je me sentais fort. J'avais confiance. Quelqu'un faisait battre mon cœur. Je souriais tout seul au volant du 4 × 4 en me répétant cette phrase : « Quelqu'un fait battre mon cœur. »

Au fond, c'est la seule question : qu'est-ce qui vous tient à cœur ? Qu'est-ce qui vous tient *vraiment* à cœur ?

J'ai allumé une cigarette. Par la vitre ouverte, je respirais le parfum du chèvrefeuille, dont les grandes fleurs jaune et rouge s'ouvraient comme des trompettes.

En rentrant de Colmar, la veille, Léna était venue dormir chez moi ; elle avait ri en découvrant ma tanière : étais-je un loup ? Et puis *elle avait vu les noms*. Dans cette constellation griffonnée au feutre rouge qui se déployait sur le mur entier de ma chambre, elle avait tout de suite reconnu la forme d'un arbre, et elle avait compris de quel arbre il s'agissait.

J'étais debout au milieu de la chambre, les bras tendus vers le mur, la paume des mains ouvertes, et j'ai montré à Léna comment je me déplaçais à travers les noms. Comment une mémoire s'invente en faisant danser les noms. Comment il est possible d'être traversé par une pluie d'étincelles qui vous transmet au temps, à la mémoire. Comment le royaume existe.

Je lui ai dit que j'allais quitter Paris et chercher un endroit où vivre enfin selon la vérité : la vie que j'avais menée dans la solitude avec les films était certes une manière de m'avancer vers son éclat — cette vérité, je la *cherchais* — mais le désordre de mon esprit n'avait cessé de m'égarer ; j'avais besoin d'une clarté violente afin de rompre avec ma propre comédie.

Léna, assise sur un carton dans l'appartement vide, m'a écouté attentivement et m'a dit cette phrase merveilleuse : « La vérité ne fuit point les rois qui l'aiment et qui la cherchent. » C'est une phrase qui a tout illuminé ; en la recevant ce dimanche de septembre, j'ai su que mon désordre, ma folie n'étaient qu'un vêtement déjà vieilli, une pelisse en lambeaux dont j'allais me débarrasser.

Depuis le début de cette aventure — depuis ce jour de mars où je suis entré dans le bureau de Pointel, et qu'il m'a donné le numéro de téléphone de Michael Cimino —, il me semble avoir pénétré dans un pays où la vérité ne cesse de me poser une question, toujours la même : es-tu capable de m'entendre ?

La question, j'aimerais bien vous la poser à vous aussi : êtes-vous capable de *vivre dans la vérité* ? Qui peut se targuer d'être à la hauteur d'une telle énormité ? Savons-nous même de quoi il s'agit ?

J'ai cru mille fois devenir fou, mais jamais autant qu'à cet instant où Léna a collé ses lèvres sur celles de sa sœur, et où tous nous avons attendu l'impossible, où nous l'avons vu à portée de main — où nous l'avons connu ; j'ignore ce qui s'est passé à cet instant, et je n'en ai pas reparlé avec Léna : une telle chose rend la compréhension inutile. En écrivant ce livre, j'y pense à chaque phrase ; je me demande si j'ai vu ce que j'ai vu, si j'ai pensé ce que j'ai pensé, si j'étais bel et bien là.

Et en embrassant à mon tour Léna, il m'avait semblé que j'entrais dans une histoire qui n'était plus seulement la mienne, ni celle de deux personnes, mais que le *Cantique des Cantiques* continuait à se vivre à travers le corps de ceux qui savaient en entendre les miracles et qu'il s'écrivait à neuf chaque fois que des amants y croyaient.

Voilà, ce dimanche où une fois de plus je recommençais tout, j'ai pensé : *j'y crois.*

J'ai donc ouvert *Le Rameau d'or*. Le premier chapitre s'intitulait : « Le Roi du Bois ». Léna avait raison : la vérité ne fuit point les rois qui l'aiment et qui la cherchent. Au contraire, elle fait signe partout, il suffit d'ouvrir les yeux, de lire les livres, d'écouter ce que le temps vous dit.

Ça commençait comme ça : « Qui ne connaît *Le Rameau d'or* de Turner ? Dans ce paysage, irradié des reflets empourprés dont l'imagination et le génie du grand peintre savaient embraser et colorer jusqu'aux scènes naturelles les plus splendides, le petit lac de Némi, le miroir de Diane — ainsi l'appelaient les anciens —, nous apparaît, comme en un mirage, nichant ses eaux lisses dans un vallon verdoyant des monts Albains. »

Frazer continuait en expliquant que le lac de Némi est encore entouré comme autrefois d'un bois de chênes ; et qu'au bas des pentes abruptes qui descendent jusqu'au rivage, la déesse Diane possédait un sanctuaire, connu sous le nom de Bois sacré, dont les arcs-boutants étaient baignés par l'eau. La déesse était appelée la Diane du Bois ; et si, comme son incarnation grecque, elle régnait sur la chasse, on lui rendait avant tout un culte parce qu'elle protégeait les réfugiés qui ne cessaient d'affluer dans le Latium, et se cachaient pour échapper à la loi romaine dans cette forêt sauvage où leur était accordée une étrange souveraineté.

En effet, un prêtre veillait sur le culte de Diane, et ce prêtre était l'un de ces hors-la-loi : certains l'appelaient Dianus, parce qu'il était l'amant mystique de la déesse ; et tous le considéraient comme un roi parce que pour obtenir son pouvoir il avait cueilli un rameau dont la légende passionna plus tard Virgile, lequel en fit l'attribut d'Énée lorsqu'il descend aux enfers.

Mais, racontait Frazer, il ne suffisait pas, pour devenir le Roi du Bois, de casser une branche du bosquet sacré de Diane : il fallait tuer le précédent roi. Ainsi la royauté incombait-elle à celui qui avait versé le sang, et qui s'exposait du coup à perdre à n'importe quel instant sa vie : il suffisait qu'un rôdeur, un bandit, un esclave en fuite s'introduisît dans le sanctuaire et lui perçât le cœur d'un coup de glaive pour que la souveraineté changeât de main.

Cette histoire m'exaltait : elle dévoilait crûment la violence qui est au cœur du sacré ; elle vendait la mèche sur le sacrifice et la mise à mort qui — je le sentais depuis toujours — ordonnaient en secret l'histoire du monde. Pas besoin d'être cinglé comme le Baron pour savoir une telle chose ; pas besoin d'éructer à propos de la guerre spirituelle : la nervure même du temps, c'était la mise à mort. Chaque acte, en secret, recélait un meurtre.

J'avais la sensation de connaître cette histoire intimement, comme si je ne cessais de la vivre ; comme si, en elle, quelque chose me désignait : le nom de Némi m'appelait depuis toujours.

Et puis il y avait Diane ; il y avait la sensualité dont ces lieux italiens sont la promesse : une sensualité qu'en lisant Frazer j'imaginais âpre, ténébreuse, pleine de danger, mais brûlante comme une étreinte. Il y avait la splendeur d'un lac où miroitaient les délices d'une vie de baignade. Enfin, il y avait l'idée d'une source ; et c'est exactement ce dont j'avais besoin : trouver une source, y appliquer mon esprit, y apaiser mon corps.

Je n'ai pas hésité : j'ai mis le cap sur Némi.

À partir de là, les choses sont allées très vite. Je roulais depuis dix minutes lorsque mon téléphone a sonné, c'était Pointel. Je n'ai pas pu répondre, mais je me suis garé au bas du Père-Lachaise pour écouter son message. Il me demandait de le rappeler : il avait, disait-il, une chose importante à me dire. Je le rappelai aussitôt, et il me demanda si j'étais au courant. Au courant de quoi ?

— Cimino est mort.

Je rejoignis Pointel à son bureau, rue Notre-Dame-de-Nazareth, ce même bureau où j'étais allé le voir au printemps avec *The Great Melville*. En montant le petit escalier de bois, j'ai eu la sensation de revenir sur mes pas, comme si cette histoire devait nécessairement se boucler, comme s'il fallait que Cimino meure pour que je sorte enfin de ce cercle.

Pointel était très ému, il me serra dans ses bras ; et lorsque je lui dis que j'étais étonné, car je pensais Cimino immortel, je vis ses yeux se remplir de larmes. Et c'est vrai : je ne comprenais pas que quelqu'un comme Cimino pût mourir ; n'était-il pas passé depuis longtemps de l'autre côté, dans ce monde où l'art respire tout seul ?

Nous évoquâmes tout de suite des scènes de films : Pointel prenait plaisir à se remémorer l'immense scène de mariage au début de *Voyage au bout de l'enfer*, avec les regards d'amoureux timide que le personnage joué par Robert De Niro lance d'un bout à l'autre de la salle à Meryl Streep, avec aussi le rite orthodoxe pendant lequel les mariés boivent ensemble une coupe de vin en essayant de ne pas en faire couler sous peine de malheur ; « et vous vous souvenez, me dit Pointel : c'est déchirant lorsque le spectateur s'aperçoit, sans que personne au cours de la fête n'ait rien vu, qu'une minuscule goutte macule, comme une larme de sang, la cravate du jeune type qui va partir au Vietnam, et qu'on a compris qu'il ne rentrera pas vivant ».

Il y avait aussi toutes ces scènes inoubliables de roulette russe que Pointel appréciait particulièrement, et le bandeau rouge que porte Christopher Walken à son front comme un Christ égaré dans la folie sacrificielle de la guerre, et la chasse au daim dans les montagnes, et Robert De Niro qui, ajustant le cerf dans son viseur, s'abstient de tirer.

Quant à moi, la première scène qui me venait était au début de *La Porte du paradis*, lorsque l'un des immigrés

324

d'Europe de l'Est commence à dépecer le bœuf qu'il a volé pour nourrir sa famille; il a dressé sur un fil, tout autour de sa cabane en bois, d'où s'échappe une pauvre fumée, des draps blancs qui masquent l'opération. Le jeune homme est très agité, on voit qu'il ne sait pas y faire : il se penche sur le bœuf en tremblant, avec l'immémorial couteau du sacrificateur qu'il tient comme s'il s'agissait d'un stylo plume, et voici qu'il découpe comme il peut des morceaux de viande à même l'animal dont les flancs écorchés s'affaissent, béants, contre la façade de la cabane, comme dans le tableau de Rembrandt. On entend le galop d'un cheval qui s'approche, l'ombre grandit sur le drap; et tandis que le jeune homme terrorisé tourne son visage vers cette ombre qui obscurcit maintenant toute la scène, on entend une détonation, le drap se déchire, et le jeune sacrificateur, le ventre crevé d'où le sang jaillit, s'écroule sur le bœuf et s'enfonce à l'endroit même où il lui taillait la chair : c'est lui, maintenant, le sacrifié — c'est lui l'animal. On entend les cris de sa femme qui se précipite hors de la maison; et à la place du grand drap blanc dont le tissu est en flammes, un trou nous montre le visage du tueur.

C'est extraordinaire, dis-je à Pointel, comme cette scène condense toute la violence des films de Cimino, jusqu'à en figurer de manière idéale le programme; et nous fûmes d'accord pour penser qu'à travers la métaphore de ce drap transpercé, on pouvait lire ce geste qu'aura eu Cimino de crever l'écran : de chercher avec le cinéma à soulever le voile, à le brûler s'il le faut, à s'emparer d'une chose qui peut-être n'existe ni d'un côté de l'écran ni de l'autre, mais seulement dans l'acte même, tragique et sans fin, de le traverser.

Je racontai enfin les dernières heures que j'avais passées avec Michael Cimino. C'était après notre petite croisière dans la baie autour d'Ellis Island. Le bon coup qu'il avait fait à la statue de la Liberté l'avait mis en joie : il semblait ce soir-là très jeune. Une étincelle s'allume parfois dans les yeux des lions ; son reflet parcourt les nuits, et se prononce comme une victoire : dans le taxi qui nous menait vers Little Italy, Cimino avait l'étincelle.

Le chauffeur était un grand et noble Noir, dont la tête était surmontée d'une toque semblable à celle que portait le pianiste de jazz Thelonious Monk ; en regardant Cimino dans son rétroviseur, il lui dit : « *You look like a prince, man !* » Cimino sourit, il avait mon manuscrit sur les genoux ; et tandis que nous traversions New York, il en suivait les phrases avec le bout de son crayon.

Avec leurs lunettes noires, Cimino et Monk dialoguaient en silence ; je me taisais moi aussi, et comme eux, je souriais : c'était une nuit étoilée.

Nous arrivâmes au Paesano, une trattoria dont Cimino prétendait qu'elle était la dernière à proposer une véritable cuisine italienne, et où le patron l'accueillit avec des embrassades ; dans ce petit restaurant où l'on nous servit un chianti magnifique et où nous dévorâmes une *mozzarella di bufala* et les *spaghetti allo scoglio* qu'il m'avait tant vantés, Cimino s'était mis insensiblement à parler italien, comme un éternel immigré.

Il ne parla toute la soirée que de littérature, et avant tout de Proust, qu'il admirait, et dont il était en train de relire *Le Temps retrouvé* : « Melville et Proust sont les plus grands », me dit-il.

À la fin du dîner, il commanda des biscuits aux amandes que nous trempâmes dans de petits verres de *vin santo*. C'étaient les biscuits de son enfance, des croquants parfumés : les fameux *cantuccini di Prato di Mattonella* dont le patron m'offrit en cadeau un sachet pour le voyage, tant il était heureux à l'idée que quelqu'un pût en manger en France.

Le geste d'humecter un tel biscuit me parut revêtir ce soir-là une valeur sacramentelle ; et comme Cimino mangeait avec des gants de soie bleu nuit, les mouvements qu'il effectuait pour tremper ses *cantuccini* dans le vin doux s'apparentaient à ceux d'un magicien qui, plongeant la main dans un chapeau, en ressortirait des fleurs, des rubans de satin, une toupie, des osselets, un torrent d'étincelles ; mais durant cette soirée, c'est le monde tout entier qui était sorti de nos verres avec ses folles pensées, avec ses blagues et ses vieux rêves, avec ses illusions, son ivresse, ses douleurs ; et lorsque enfin nous eûmes grignoté tous les biscuits, Michael Cimino commanda deux verres d'asti spumante, il ôta pour la première fois ses lunettes noires, me regarda droit dans les yeux, leva son verre bien haut et, citant le dernier vers de *La Divine Comédie* de Dante, porta un toast à « *l'amor che move il sole e l'altre stelle* » (« l'amour qui meut le soleil et les autres étoiles »).

C'est grâce à Pointel que j'écris ce livre : car ce jour-là — le jour de la mort de Michael Cimino — il a eu l'idée

327

d'un livre où je raconterais en détail ce que je lui avais raconté, c'est-à-dire ma rencontre à New York avec Cimino ; il m'a dit qu'il fallait absolument que j'écrive ce livre et que je l'appelle *The Great Cimino*.

Au début, cette idée m'a fait rire, mais Pointel était très sérieux : quand je lui ai dit que je quittais la France, et que je partais aujourd'hui même en Italie, vivre au bord du lac de Némi, il a aussitôt ouvert un tiroir de son bureau, et m'a fait un chèque : « C'est une avance », m'a-t-il dit, et il a ajouté : « Finalement vous voyez, ce n'était pas Melville, c'était Cimino. » Il m'a raccompagné jusqu'à la porte, et tandis que je descendais les escaliers, il a dit : « On fera un film avec tout ça ! »

Allais-je vraiment écrire un livre sur Michael Cimino ? En démarrant la voiture, je riais tout seul : sur Cimino, peut-être pas, mais un livre, oui. Jusqu'à aujourd'hui, je n'y avais pas pensé ; et voici que j'en avais envie : ça ne m'était plus arrivé depuis longtemps, je pouvais remercier Pointel ; d'ailleurs j'allais encaisser au plus vite son chèque.

J'ai roulé vers la porte d'Orléans pour sortir de Paris. Un roman, me disais-je : je vais écrire un roman. Après tout, n'avais-je pas vécu ces derniers mois de véritables aventures ? Pointel avait raison : la mort de Cimino rendait cette idée nécessaire ; mais en le rencontrant, j'avais rencontré aussi mille autres choses qui s'étaient mises à flamboyer dans ma vie. Je devais raconter ça : ce flamboiement.

J'ai d'abord pris l'autoroute en direction des monts d'Auvergne : je voulais voir Lascaux. Je ne vais pas raconter ma visite dans la grotte : il me semble que toute cette aventure s'y déroule ; et que les animaux n'ont cessé de surgir dans ma vie, de bondir hors de la grotte pour venir peupler mes désirs.

J'ai pris plaisir à rouler dans la montagne, à ne plus penser à rien, à faire le vide avant d'entrer en Italie. Le soir, je revenais dormir à Clermont-Ferrand, dans une chambre d'hôtel qui me semblait un luxe. J'ai encaissé le chèque de Pointel dans une banque ; avec cet argent, j'allais pouvoir vivre plusieurs mois. J'ai reçu un message d'Anouk : elle me disait que Tot était libéré, il allait rentrer en France, il savait tout, il me cherchait. Je suis allé rendre visite à Guy « le Cobra », qui vivait seul dans une petite maison au bord du lac de Guéry, sans électricité. Il m'a prêté la cabane voisine, où je suis resté trois jours, le temps de vérifier, avant de m'isoler en Italie, si ce genre de solitude me plaisait, et lire entièrement *Le Rameau d'or*, allongé contre un pin.

Et puis un soir, je suis parti vers le sud. Comme Énée, j'avais avec moi, dans le coffre, mes fétiches, mes dieux lares : l'hirondelle, la boîte à biscuits rouge avec le manuscrit, et mes papyrus.

J'ai roulé toute la nuit. Au volant, je tremblais de joie. Je me suis arrêté à une station-service, au petit matin, à la sortie du bourg d'Aricie ; j'ai pris un café et j'ai demandé la direction du lac de Némi : il suffisait de prendre la *via Diana*, celle qui serpente à travers la forêt — elle mène directement au lac. Entendre quelqu'un prononcer ce nom m'électrisa : j'allais suivre la route de Diane.

J'ai fait le tour du lac. La petite route, par endroits, se rétrécit entre les ronces et les joncs, pleine de crevasses ; et très vite elle n'est plus qu'un chemin de terre caillouteux, un sentier qui se perd dans la broussaille à l'orée des chênes et vous force à faire demi-tour.

J'ai trouvé un endroit où le bord du lac était accessible. Les eaux étincelaient, comme une parure aux éclats vif-argent. Le ciel s'y reflétait en nappes turquoise. J'ai arrêté la voiture et me suis faufilé à travers un bois d'oliviers ; l'air était tout parfumé d'orangers, et juste après un buisson de myrte, au bord du rivage où l'eau venait se lover en un clapotis délicieux, un vieux chêne laissait son feuillage se balancer au-dessus de l'eau. J'ai pensé que derrière ce chêne, autrefois, le Roi du Bois s'était tenu, plein de gloire, inquiet, attendant glaive à la main son successeur ; je l'imaginais croquant dans un citron à l'aube, la bouche emportée par une fraîcheur acide, contemplant l'immuable étendue de ce lac où Diane, dit-on, venait se baigner en secret.

Je superposais à cette vision celle d'Actéon, recouvert d'une peau de cerf, progressant à l'affût entre les joncs lacustres, et caché derrière cet arbre, contemplant, sexe dressé, la nudité de Diane entourée de ses nymphes, la belle Diane du Bois dont les cuisses ouvertes aux vagues et les seins nacrés par le reflet des eaux procuraient au chasseur cette jouissance irrépressible qui est la *vraie source*.

J'ai appelé Léna. Il était 6 heures du matin, mais il fallait que je lui dise que j'étais arrivé. Sa voix était tout endormie, un peu enrouée, pleine d'une joie douce ; elle m'envoyait des baisers somnolents, et dans un murmure je lui ai dit que je l'aimais — que je l'attendais.

Je me suis déshabillé et suis entré dans l'eau. La fraîcheur a envahi mon corps. J'ai crié de joie. Ce bain dure encore. Il n'aura pas de fin. Chaque matin, après avoir écrit toute la nuit des pages de ce livre, je rejoins le lac par le sentier caillouteux. Je laisse mes vêtements sur le rivage et nu, j'entre dans le lac. L'eau me caresse, la lumière commence à miroiter, le ciel s'ouvre avec de petits éclats bleus. J'écoute en souriant le clapotis dans le silence de l'aube. Je guette le bruit des graviers. J'attends Léna : un matin, je l'espère, elle viendra se déshabiller au bord du lac pour me rejoindre.

L'INFINI

Composition : IGS-CP à L'Isle-d'Espagnac (16)
Achevé d'imprimer par Normandie Roto Impression s.a.s.,
le 10 novembre 2017
Dépôt légal : novembre 2017
Premier dépôt légal : juin 2017
Numéro d'imprimeur : 1704751

ISBN : 978-2-07-017787-5/Imprimé en France

331804